失われた者たちの谷　ハワード怪奇傑作集

ロバート・E・ハワード　中村融 編・訳

鳩は地獄から来る

Pigeons from Hell

1　闇にひびく口笛

グリズウェルはぱっと眼をさました。さし迫った危険を予感して、体じゅうの神経がゾワゾワしていた。彼は必死にあたりを見まわした。最初のうちはここがどこなのかも、ここでなにをしているのかも思いだせなかった。はこりまみれの窓から月明かりが射しこんでおり、やけに天井が高く、暖炉が黒々と口をあけている、がらんとした大きな部屋は不気味でなじみがなかった。やがて、しつこくからみつく蜘蛛の巣のような最前の眠りからぬけだすにつれ、ここがどこで、どうしてここに来ることになったかが思いだされた。彼は首をねじり、近くの床の上で眠っている連れの男をまじまじと見た。ジョン・ブラナーは、月明かりでかろうじて薄まっている暗闇のなか、ぼんやりと見えるふくらんだ形にすぎなかった。

グリズウェルは、どうして眼がさめたのかを思いだそうとした。屋敷のなかに音はなく、外にも松林の奥深くで陰気に鳴く梟《ふくろう》の声しかなかった。ようやく彼は、とらえどころのない記憶をつかまえた。夢のせいだ。怯えて眼をさましたのは、漠然とした恐怖に満ちみちた悪夢のせいだったのだ。記憶がどっとあふれだし、忌まわしい光景をくっきりと描きだした。

それとも、本当に夢だったのだろうか？　たしかに夢だったにちがいない。だが、最近のじっさいの出来事とあまりにも奇妙な具合に混じりあっているので、どこまでが現実で、どこからが幻想なのか、見きわめがつかないのだ。

夢のなかで、彼は眠る前ここ数時間の出来事を細部まで正確にふたたび体験したらしい。夢は、彼とジョン・ブラナーの視界に、いまふたりが横たわっている屋敷が飛びこんできたところから唐突にはじまっていた。ふたりは松林の土地をぬける、切り株だらけの古いでこぼこ道を車に揺られながらやってきた。彼とジョン・ブラナーは、休暇を楽しもうと、故郷ニューイングランドからはるばるさすらってきたのだった。雑草と灌木の茂る荒れ地のただなかにそびえる、手すりつきのポーチをめぐらせた古屋敷をふたりが眼にしたのは、ちょうど太陽がそのうしろに沈もうとしているときだった。黒い松にとり囲まれ、毒々しい低い胸壁のような夕映えを背にして黒々と不気味にそそり立つそれは、ふたりの好奇心をいたくそそった。

ふたりは疲れていた。一日じゅう上下に激しく揺られながら、森林の道を進むのにうんざりしていた。南北戦争前の栄華と戦後の没落をうかがわせる、その古い打ち捨てられた屋敷は、ふたりの想像力を刺激した。轍《わだち》だらけの道のわきに自動車を残し、のび放題の草の茂みに埋もれかかっている、崩れかけた煉瓦でできた曲がりくねった歩道を歩いていると、鳩がいっせいにバタバタと手すりから舞いあがり、はばたきの低い轟音とともに飛び去ったのだった。

オークのドアが壊れた蝶番《ちょうつがい》にぶらさがっていた。左右が広く、ほの暗い玄関ホールの床の上にも、玄関から上へのびている階段の幅広い段の上にも、ほこりが厚く積もっていた。ふたりは階段の登り口と向かいあうドアのほうへ行き、大きな部屋にはいった。がらんとしていて、ほこりまみれで、四隅には厚く張られた蜘蛛の巣が光っていた。大きな暖炉の灰の上にも、ほこりが厚くかぶさっていた。

　ふたりは薪を集めて火を起こそうかと話しあったが、それはやめにした。陽が沈んだとたん、闇のとばりがみるみるおりてきたのだ。松林の土地ならではの文目《あやめ》も分かぬ漆黒の闇だ。ガラガラヘビや蝮《まむし》が南部の森にはつきものだ、とふたりは知っていたので、闇のなかで薪を探しにいく気にはなれなかった。缶詰で質素な食事をとってから、火の気のない暖炉の前で毛布にくるまって横になり、たちまち眠りに落ちた。

　グリズウェルが夢に見たのは、途中まではこういうことだった。彼は深紅の夕陽を背にして悽愴と浮かびあがる不気味な屋敷をふたたび眼にした。彼とブラナーがひび割れた歩道を進むうちに鳩が飛び立つのを眼にした。いま自分たちが横たわっている、ほの暗い部屋を眼にし、彼白身と連れであるふたつの人影が、毛布にくるまってほこりだらけの床の上に寝ころがっているのを眼にした。ところが、その時点から夢は微妙に変化した。平凡の領域をぬけだして、恐怖の色あいを帯びてきたのだ。彼がのぞきこんでいるのは、ぼんやりとした影につつまれた部屋だった。灰色の月光に照らされていたが、その光がどこから射しこむのかはよくわからなかった。というのも、その部屋には窓がないからだ。しかし、その灰色の光のなかに、一列に並んでひっそりとぶらさがっている三つのものが見えた。その音のなさと輪郭が、彼の魂のなかに冷ややかな恐怖を呼び起こした。もの音はしなかったし、言葉もなかったが、恐怖と狂気から成る〈存在〉が、暗い隅にうずくまっているのが感じとれた……。と、つぎの瞬間、彼は天井の高い、ほこりだらけの部屋、大きな暖炉の前にもどっていた。

彼は毛布にくるまって横になり、ほの暗いドアの向こう、影に沈む玄関の反対側に眼をこらしていた。一条の月明かりが手すりのある階段を横切って射しているところ、登り口から七段めあたりに。そして階段になにかがあった。ねじ曲がった、いびつな影のようなもので、光芒のなかにはけっして出てこない。だが、顔であっても不思議のない、ぼんやりした黄色いにじみが、彼のほうを向いている。まるでなにかが階段の上にうずくまり、彼と連れを見つめているかのように。悪寒が血管を這うように進んでいった。彼がめざめたのはそのときだった――もし本当に眠っていたのだとしたら。

眼をしばたたく。夢に見たのとまったく同じように、一条の月光が階段を横切って射していた。しかし、そこにひそむ影はなかった。それなのに、夢とも幻ともつかぬものがかきたてた恐怖のせいで、まだ全身に鳥肌が立っていた。脚は、まるで氷水に突っこんでいたかのような感じだった。彼は思わず連れを起こそうとした。そのとき、不意にある音が聞こえてきて、体が動かなくなった。

それは二階で吹かれる口笛の音だった。不気味だが甘美な口笛で、節はついていないが、かん高く、流れるように吹かれている。無人のはずの屋敷でそんな音がしたら、それだけで肝がつぶれるだろう。だが、グリズウェルを凍りつかせているのは、物理的な侵入者への恐れにとどまらなかった。彼は自分をわしづかみにしている恐怖をはっきりとは名指しできなかった。しかし、ブラナーの毛布がカサカサと音をたて、グリズウェルの眼の前で彼が上体を起こした。その姿は薄闇のなかでぼんやりと浮きあがっていた。まるで一心に耳をすましているかのように、その頭は階段のほうに向けられていた。あの不気味な口笛が、ますます甘美に、ますますとらえどころのない禍々《まがまが》しさをただよわせて高まった。

「ジョン！」グリズウェルは乾いた唇でささやいた。大声をだすつもりだった——二階にだれかがいる、とブラナーに伝えるつもりだった。自分たちに危害を加えるかもしれないだれかがいる。いますぐこの屋敷を出なければならない、と。だが、彼の声は喉の奥で干からびて死んだ。

ブラナーは立ちあがっていた。ドアに向かって歩くにつれ、ブーツが床を重々しく踏みしめた。彼はゆったりとした足どりで玄関ホールにはいり、登り口へ向かって、階段のあたりに黒く群がっている影と混じりあった。

グリズウェルは身動きできずに横たわっていた。頭のなかではとまどいが渦巻いていた。二階で口笛を吹いているのは何者だろう？　グリズウェルの眼に、月光の射す地点にさしかかったブラナーが映った。階段の上とその向こう、グリズウェルには見えないなにかを見ているかのように、首をのけぞらせている。だが、その顔は夢遊病者のようだった。彼は月光の筋を横切り、グリズウェルの視界から消えた。そのときでさえ、グリズウェルはもどって来いと叫ぼうとしたのだ。出てきたのは聞き苦しいささやき声だけだった。

口笛の音は低くなり、やんだ。ブラナーの規則的な足どりで階段のきしむ音がグリズウェルの耳にとどいた。いまブラナーは二階の廊下に達していた。というのも、廊下にそって移動する足音が聞こえたからだ。不意に足が止まり、夜全体が息をこらえたかのように思えた。そのとき、すさまじい絶叫が静寂をつんざき、グリズウェルは自分も叫びながら、ぱっと起きあがった。

彼をとらえていた異様な麻痺が解けた。ドアに向かって一歩踏みだし、そこで思いとどまった。足音がまたはじまったのだ。ブラナーがもどって来る。走ってはいない。その足どりは、前にもましてゆっくりで規則的だ。と、階段がふたたびきしみはじめた。手すりにそって探る手が、月光のなかにはいってきた。ついでもういっぽうの手が。すると身の毛もよだつ戦慄がグリズウェルの全身に走った。そのもういっぽうの手に斧が握られていたのだ——ねっとりしたものを滴らせている斧が。あの階段をおりて来るのは、本当にブラナーなのだろうか？

たしかにそうだ！　その人影はいま光芒のなかにはいっていた。グリズウェルにはその姿形に見憶えがあった。そのときブラナーの顔が眼にはいり、グリズウェルの口からけたたましい悲鳴がほとばしった。ブラナーの顔には血の気がなく、死骸さながらだったのだ。黒っぽい血がボタボタと顔を伝い落ちている。その眼はどんよりと濁り、脳天を断ち割った大きな傷口から血が流れているのだ！

その呪われた屋敷からどうやって逃げだしたのか、グリズウェルには正確な記憶がない。あとに残ったのは、ほこりと蜘蛛の巣だらけの窓を突き破り、雑草のはびこる芝生を無我夢中でよろめきぬけ、恐怖で支離滅裂な言葉を狂ったようにわめき散らしていたという混乱しきった印象だった。松が黒い壁となり、月が血のように赤い霧のなかに浮かんでいた。その霧のなかには正気も理性もなかった。

正気の切れ端がもどってきたのは、道ばたの自動車が見えたときだった。突如として狂った世界のなかで、それは日常的な現実そのものに思えた。しかし、ドアに手をのばすと同時に、血も凍るヒューという乾いた音が耳にはいり、彼は飛びのいた。鎌首をもたげてゆらゆらと揺れている鱗の生えた体が、運転席でとぐろを巻いており、二叉になった舌を月光のなかですばやく出し入れしながら、彼に向かってシュッとうなったのだ。

恐怖のあまりすすり泣きをもらし、彼は身をひるがえすと、道を飛ぶように逃げていった。悪夢のなかで逃走する男さながらに。目的も理由もなしに走った。麻痺した頭脳は意識的にものを考えることができなかった。盲目的な原始的な衝動にしたがうだけだった。走れ――走れ――力つきて倒れるまで走れ。

松の黒壁が果てしなくわきを流れ過ぎた。そのため彼は、堂々めぐりをしているという幻覚にとらわれた。しかし、まもなくある音が、恐怖の霧をつらぬいてきた――着実で、容赦ないパタパタという足音が背後に聞こえるのだ。首をめぐらすと、はずむように追いかけてくるなにかが見えた――狼なのか犬なのかはわからなかったが、その眼は緑の火の玉のように輝いていた。あえぎ声をもらし、彼はスピードをあげた。道の曲がり角をよろよろとまわると、馬の鼻息の音がした。馬がさお立ちになるのが見え、乗り手が悪態をつくのが聞こえた。男のふりあげた手に青い鋼鉄のきらめきが見えた。

彼はよろめいて倒れ、乗り手のあぶみをつかんだ。

「お願いです、助けてください!」と、あえぎ声でいう。「化けものが! ブラナーを殺して――追いかけてくるんです! ほら!」

双子の火の玉が、道の曲がり角に茂っている藪のへりできらめいた。乗り手はまたしても悪態をつき、その罵声のすぐあと、六連発の銃声がはじけた——もう一発、さらにもう一発。銃火の閃光が消え、グリズウェルの手からあぶみをもぎ離した乗り手は、曲がり角で馬に拍車を当てた。グリズウェルは手足を残らず震わせながら、よろよろと進んだ。乗り手が視界から消えたのは一瞬にすぎなかった。すぐに馬を飛ばしてもどってきた。

「藪まで行ってみた。森林狼じゃないかな。もっとも、狼が人間を追いかけるなんて聞いたことはないが。いまのがなんだったかわかるかい?」

グリズウェルは首を弱々しくふるのが精いっぱいだった。

月明かりを浴びて輪郭を浮きあがらせた乗り手が、煙を吐くピストルを右手でかまえたたまま、彼を見おろした。その男は中背で引き締まった体つきをしており、つばの広い農園主の帽子とブーツは、この土地の者である証《あかし》だった。グリズウェルの服装が、よそ者の証であるのとまったく同じように。

「とにかく、いったいどういうことなんだ?」

「わかりません」グリズウェルはなすすべもなく答えた。「ぼくの名前はグリズウェル。ジョン・ブラナー——いっしょに旅をしていた友だちです——彼とぼくはこの道の先にある廃屋に寄って、一夜を過ごすことにしました。なにかが——」思いだすと、恐怖がこみあげてきて喉がつまった。「ちくしょう!」彼は叫んだ。「ぼくは気が狂ったにちがいない! なにかがやってきて、階段の手すりごしに見たんです——黄色い顔をしたなにかが! 夢を見ているのだと思いました。でも、現実だったにちがいありません。そのときだれかが二階で口笛を吹きはじめ、ブラナーが立ちあがって、階段を登っていきました。夢遊病か、催眠術にかけられた人のように。彼の悲鳴が聞こえました――さもなければ、だれかの悲鳴が。そのあと彼が、血まみれの斧を手にして階段をおりてきました――なんと、彼は死んでいいたんです！　頭が断ち割られていました。脳味噌と固まった血が顔を伝い落ちているのが見えました。それに顔は死人の顔でした。でも、階段をおりてきたんです！　嘘じゃありません。ジョン・ブラナーはあの暗い二階の廊下で殺され、そのあと死体が斧を手にして階段をおりてきたんです――ぼくを殺すために！」

乗り手は返事をしなかった。彫像のように愛馬にまたがり、星々を背にして輪郭を浮きあがらせていた。その表情はグリズウェルには読めなかった。顔が帽子のつばで陰になっていたからだ。「ぼくの頭がおかしいと思ってるんですね」グリズウェルは絶望的な声でいった。「そうかもしれません」

「どう考えればいいのかわからん」と乗り手は答えた。「これが古いブラッセンヴィル館でなかったら――まあ、いまにわかる。おれの名前はバックナー。この郡の保安官だ。黒人をひとり、隣の郡の郡庁所在地まで連行して、帰りが遅くなっちまった」

彼はひらりと馬からおりると、グリズウェルの隣に立った。ひょろりとしたニューイングランド人よりは背が低いが、はるかに引き締まった体つきだ。決断力があり、自信たっぷりという雰囲気が自然と周囲にただよっており、この男ならどんな闘いでも手強い相手になると思わされた。

「その屋敷にもどるのは怖いかい？」と彼がたずね、グリズウェルはぶるっと身震いした。だが、首をふった。清教徒だった先祖の負けん気が、おのずと現れたのだ。

「あの恐怖にもういちど直面するかと思うと、胸が悪くなります。でも、かわいそうなブラナーは――」またしても声をつまらせる。「彼の遺体を見つけないと。ちくしょう！」彼は叫んだ。底なしの恐怖に気力がくじけたのだ。「いったなにが見つかるんでしょう？　死人が歩くのだとしたら、いったいいなにが――」

「いまにわかるさ」保安官は左肘を曲げたところに手綱をかけて、青い鋼の大きなピストルの空になった弾倉に弾《たま》をこめながら歩きだした。

曲がり角をまわるとき、グリズウェルの血が凍りついた。血まみれで、薄笑いを浮かべた死の仮面をつけたものが、よたよたと道をやってくるかもしれないと思ったのだ。しかし、見えたのは、道の先のほうで、松に囲まれて不気味にそびえている屋敷だけだった。グリズウェルの体がぶるっと震えた。

「ちくしょう、黒い松を背にしたあの屋敷の邪悪に見えることといったら！　最初から不吉に見えたんです――壊れた歩道を進んで、ポーチから鳩が飛び立つのを見たときから――」

「鳩だって？」バックナーが彼にさっと視線を走らせた。「鳩を見たのか？」

「ええ、そうですとも！　何十羽もポーチの手すりに留まってました」

ふたりはしばらく無言で歩きつづけた。やがてバックナーがだしぬけにいった――

「おれは生まれてからずっとこの土地に住んでる。古いブラッセンヴィル屋敷の前なら、数えきれないほど通ったことがある、昼も夜も、どの時間だってな。でも、鳩なんてこの辺じゃ一羽も見たことがない。いや、この林のほかのどこだってだ」

「何十羽もいました」とまどい顔でグリズウェルはくり返した。

「陽が沈むとき、手すりに鳩が群らがっているのを見たといいはる男なら見たことがある」とバックナーは言葉を選ぶようにしていった。「黒人だよ、たったひとりをのぞいては。そのひとりは浮浪者だ。屋敷の庭で火を焚いていた。その夜はそこで野宿するつもりだったんだな。暗くなるころ通りかかったら、鳩の話をしてくれた。あくる朝、そこをまた通りかかった。焚き火の灰はあったし、ブリキのカップも、豚肉を炒めたフライパンもあった。毛布にはくるまって寝た形跡もあった。そいつの姿は二度と見られなかった。これは十二年前のことだ。黒人どもは鳩が見えるっていうが、日の入りと日の出のあいだにこの道を通る黒人はいない。なんでも、鳩はブラッセンヴィル一族の魂で、日の入りに地獄から出てくるんだと。黒人どもにいわせりゃ、赤い西日は地獄から射す光で、そのとき地獄の門が開いて、ブラッセンヴィル一族が飛びだしてくるからだそうだ」

「ブラッセンヴィル一族というのは何者です？」と身震いしながらグリズウェルがたずねた。

「このあたり一帯の大地主だった。フランス系イギリス人の一族だ。〈ルイジアナ州購入〉の前に西インド諸島からここへ来た。ご多分にもれず、南北戦争のせいで没落した。戦死した者もいるが、大部分の者はただつぎつぎと死んでいった。一八九〇年以来、館にはだれも住んじゃいない。その年、一族最後の生き残りだったミス・エリザベス・ブラッセンヴィルが、ある晩、疫病にかかった場所から逃げだすように古い屋敷から逃げだして、二度ともどらなかった――こいつはおまえさんの車かい？」

ふたりは車のかたわらで立ち止まった。グリズウェルは気味の悪い屋敷を怖々と見つめた。そのほこりまみれのガラス窓は、うつろで空白だった。しかし、彼には盲目とは思えなかった。あのおぞましい眼が、その暗い窓ガラスを透かして、食い入るようにこちらを見据えているように思えたのだ。バックナーが質問をくり返した。

「ええ。気をつけてください。座席に蛇がいます――いや、いました」

「いまはいないな」バックナーがうなり声でいい、馬をつないで、鞍袋から懐中電灯を引っぱりだした。「さて、調べてみるか」

まるで友人の家に立ち寄るところであるかのように、彼は壊れた煉瓦の歩道を平然と歩いていった。グリズウェルはそのすぐあとにつづいた。心臓が息苦しいほど激しく打っている。腐敗物と、腐って土になった植物のにおいが、かすかな風に乗って吹きよせてきて、グリズウェルは吐き気でめまいがした。その吐き気をもたらしたのは、この黒い林や、奴隷制と血塗られた誇りと謎めいた陰謀という忘れられた秘密を隠している、こうした古い大農園屋敷《プランテーション》に対する理不尽な憎悪だった。彼の頭にあった南部は、陽のさんさんと降り注ぐ、香料と南国の花のにおいの満ちたそよ風が吹きわたる気だるい土地だった。そこで人の暮らしは、陽射しを浴びた綿花畑で歌う黒人たちのリズムに合わせて、おだやかに営まれるのだと思っていた。しかし、いまやもうひとつの、思いがけない側面を発見していた――暗く、陰鬱で、恐怖にとり憑かれた側面を。その発見には胸がむかついた。

オーク材のドアは、前と同じようにぶらさがっていた。バックナーの懐中電灯の光が敷居で躍るせいで、屋内の漆黒がいっそう濃くなった。その光線は玄関ホールの暗闇を切り裂き、階段をあがった。グリズウェルはこぶしを握って息をこらえた。だが、こちらを見おろす狂気の人影はなかった。バックナーがなかへはいり、片手に懐中電灯、片手に銃を握って、猫のように身軽に歩いた。

彼が階段から向かいの部屋のなかへ光をふったとたん、グリズウェルは悲鳴をあげた——そしてもういちど悲鳴をあげた。眼に映ったものに耐えがたいほど気分が悪くなり、卒倒しかけたのだ。血が点々と連なって床を横切り、ブラナーがくるまっていた毛布を越えていた。その毛布はドアと、グリズウェルがくるまって寝ていた毛布とのあいだにあった。そしてグリズウェルの毛布には、身の毛のよだつ先客がいたのだ。ジョン・ブラナーがうつぶせに横たわっていた。断ち割られた頭が、揺るぎない光を浴びて、無情なまでにはっきりとさらけだされていた。外へのばされた手には、いまだに斧の柄が握られており、刃は毛布とその下の床に深々と食いこんでいた。グリズウェルがそこに寝ていたとき、頭があったまさにその場所に。

つかのま暗黒が押しよせて、グリズウェルを呑みこんだ。自分がよろめいたのも、バックナーに抱きとめられたのもわからなかった。また眼が見え、耳が聞こえるようになったときは、胸のむかつきに襲われ、暖炉に頭をあずりて、必死に吐き気をこらえていた。

バックナーに光をまともに当てられて、彼は眼をしばたたいた。バックナーの声が、眼のくらむほどまぶしい光の向こうから聞こえてきた。本人の姿は見えなかった。

「グリズウェル、おまえさんの話はとうてい信じられん。おまえさんがなにかに追いかけられてるのは見たが、森林狼か、狂犬だったのかもしれん。

もし隠してることがあるなら、吐きだしちまったほうがいいぞ。おまえさんの話は、どんな法廷でも通用しっこない。おまえさんは相棒を殺した廉《かど》で告訴されるだろう。おれはおまえさんを逮捕しなけりゃならん。いま正直に話してくれれば、悪いようにはせん。なあ、おまえさんはやつを殺したんじゃないか、ブラナーを？

こういうことだったんじゃないか――おまえさんたちは喧嘩をした。やつが斧をつかみ、おまえさんめがけて斬りかかった。でも、おまえさんがよけたんで、やつが自分で刃を受けた」

グリズウェルはへなへなと膝を折り、両手で顔を隠すと、頭を激しくふった。

「よしてください、ぼくはジョンを殺しちゃいません！　いいですか、ぼくらは同じ学校に通った子供のころから友だちだったんですよ。ぼくの話は本当です。信じてもらえなくても仕方ありません。でも、神に誓って、本当のことなんです！」

光が血だらけの頭へさっともどり、グリズウェルは眼を閉じた。

バックナーのうなり声が聞こえた。

「やつが握っている斧が凶器だってことは信じる。血と脳味噌が刃にこびりついてるし、へばりついてる髪の毛は――やつの髪の毛とまったく同じ色だからな。こうなると、おまえさんには不利だぞ、グリズウェル」

「どうしてです？」とニューイングランド人は力なく訊いた。

「正当防衛を申し立てても無駄だからだ。おまえさんが頭をぶち割ったあと、ブラナーがこの斧をおまえさんに向かってふりまわせたわけがない。おまえさんはやつの頭から斧を引きぬいて、床に打ちこみ、やつの指に握らせて、やつがおまえさんを襲ったように見せかけたにちがいない。なんともうまい手だ――べつの斧を使っていればな」

「でも、ぼくは彼を殺さなかったんです」グリズウェルはうめき声でいった。「正当防衛を申し立てるつもりはありません」

「そこんところが腑に落ちないんだ」とバックナーが率直に認め、背すじをのばした。「無実を証明するために、おまえさんが語ったみたいな途方もない話をでっちあげる人殺しがどこにいる？　すくなくとも、当たり前の殺人犯なら、理屈の通った話をするだろう。ふーむ！　血痕はドアからつづいてるな。死体は引きずられたんだ――いや、引きずられたわけがない。床にしみはついていてない。おまえさんはどっかべつの場所でやつを殺したあと、ここへ運んできたにちがいない。でも、そうだとしたら、なんでおまえさんの服に血がついてないんだ？　もちろん服を着替えて、手を洗うことはできた。でも、こいつが死んでから、そう時間はたっちゃいない」

「彼は階段をおりて、部屋を横切ったんです」と絶望のにじむ声でグリズウェル。「ぼくを殺しにきたんですよ。彼がよろよろと階段をおりて来るのが見えたとき、ぼくを殺しに来るんだとわかりました。彼が斧を打ちこんだのは、もし眼をさまさなかったら、ぼくが寝ていたはずの場所です。あの窓――ぼくが突き破りました。壊れてるのが見えるでしょう」

「見えるよ。でも、そのときやつが歩いたんなら、なんでいまは歩いてないんだ？」

「知るもんですか！　気分が悪すぎて、まともに頭が働かないんです。彼が床から起きあがって、またぼくのところへやって来るんじゃないかと心配だったんです。道で狼が追いかけてくる音が聞こえたとき、ジョンが追いかけてきたんだと思いました——血まみれの斧を持ち、血まみれの頭をして、死に神の薄笑いを浮かべたジョンが、夜の闇をついて走っているんだと！」

そのときの恐怖がよみがえって、彼の歯がガチガチと鳴った。

バックナーが床の上で光を縦横に走らせた。

「血痕は玄関へつづいてるな。行くぞ。跡をたどろう」

グリズウェルはすくみあがった。

「二階へ通じてますよ」

バックナーの眼が、ひたと彼に据えられた。

「二階へあがるのが怖いのかい、おれといっしょでも？」

グリズウェルの顔が真っ青になった。

「ええ。でも、行きますよ。あなたといっしょでも、いっしょでなくても。かわいそうなジョンを殺した化けものは、まだ上に隠れているかもしれません」

「おれのうしろにいろ」とバックナーが命じた。「なにかが飛びかかってきたら、おれがなんとかする。でも、おまえさんのためにいっとくが、おれは猫が飛びかかるより早撃ちだし、めったに的をはずさない。もしうしろからおれをぶちのめそうなんて考えてるんなら、やめとくんだな」

「莫迦《ばか》いわないでください！」憤慨が憂慮に勝《まさ》った。そしてこの憤りが、無実を申し立てるよりもバックナーを安心させたように思えた。

「ごまかしはなしにしよう」バックナーは静かな声でいった。「おまえさんを起訴したり、有罪宣告を下そうとはもう思っちゃいない。おまえさんの話の半分だけでも本当なら、おまえさんはたいへんな目にあったことになるから、あんまりつらく当たりたくない。でも、おまえさんの話を一から十まで信じろといっても無理なのは、わかってくれるな」

グリズウェルは無言のまま、先へ行ってくれと疲れた顔で手をふった。ふたりは玄関ホールにはいり、階段の登り口で足を止めた。深紅のしずくが細く連なり、分厚いほこりのなかにはっきりと筋をつけながら、階段の上へのびている。

「人間の足跡がほこりについてるな」とバックナーがうなり声でいった。「ゆっくり行こう。なにが見えるか、はっきりさせんといかん。おれたちが登れば、どうしても消えちまうからな。ふーむ！　ひとつは上り、ひとつは下り。おんなじ男だ。おまえさんの足跡じゃない。ブラナーのほうが大柄だった。血痕がずっとつづいてる――手すりに血がついてるな、血まみれの手をそこに載せたみたいに――そのしみみたいなのは、どうやら――脳味噌らしい。とすると――」

「階段を歩いておりたんです、死人が」グリズウェルはぶるっと身を震わせた。「片手で手探りし――反対の手に自分を殺した斧を握って」

「それとも、かつがれておりたかだ」と保安官がつぶやいた。「でも、だれかが死体をかついでおろしたとしたら――そいつの足跡はどこにあるんだ？」

ふたりは二階の廊下に出た。ほこりまみれで影の濃い、だだっ広い空間である。長年の汚れのこびりついた窓が月明かりをさえぎっており、バックナーの懐中電灯の光では足りそうになかった。グリズウェルは木の葉のように震えた。ここで、暗闇と恐怖のなかで、ジョン・ブラナーは命を落としたのだ。

「何者かがここで口笛を吹き」と彼はつぶやいた。「ジョンはあがっていきました。まるで呼ばれているかのように」

バックナーの眼は光を浴びて奇妙にぎらついていた。

「足跡は廊下の奥へのびてるな」と彼はつぶやいた。「階段にあったのと同じだ――ひとつは行きで、ひとつは帰り。同じ足跡だよ――おい、これは！」

彼のうしろでグリズウェルが悲鳴を押し殺した。というのも、バックナーに大声をあげさせたものが見えたからだ。階段を登りきったところから二、三フィート離れた場所で、ブラナーの足跡がだしぬけに止まり、すぐ隣にべつの足跡をつける形で引きかえしていた。そして足跡が止まったところでは、ほこりまみれの床の上に大きな血しぶきがあったのだ――そしてべつの足跡がそれにぶつかっていた――裸足の跡で、細長いが、爪先は広がっている。その足跡もそこから第二の線となって引きかえしていた。

バックナーが罵声を発しながら、その上にかがみこんだ。

「足跡が出会ってるぞ！　その出会ったところの床の上に血と脳味噌がある！　ブラナーはまさにこの場所で殺されたにちがいない――斧の一撃をくらってな。暗闇から出てきた裸足の足跡が、靴を履いた足跡と出会い――それから、両方とも引きかえしてる。靴を履いた足は階段を下り、裸足のほうは廊下をあともどりしてるわけだ」彼は廊下の先に光を向けた。足跡が暗闇のなか、光芒のとどかないところへ溶けこんでいた。左右に並ぶ部屋べやの閉ざされたドアは、秘密に通じる謎めいた入口だった。

「おまえさんの気ちがいじみた話が本当だとしよう」ひとりごとをいうように、バックナーがつぶやいた。「あれはおまえさんの足跡じゃない。見たところ女の足跡だ。だれかが口笛を吹き、それを調べにブラナーが二階へあがってきたとしよう。だれかがこの暗闇のなかでやつに出会い、頭をぶち割ったとしよう。その場合、痕跡や足跡はこのとおりになったはずだ。でも、そうだとしたら、なんでブラナーは殺されたこの場所に倒れてないんだ？　すぐには死なないで、自分を殺した相手から斧を奪い、それを持って階段をふらふらとおりていったなんてことがあるんだろうか？」

「まさか、ありえません！」グリズウェルは思いだして喉をつまらせた。「階段に立っている彼を見ました。死んでいましたよ。あんな傷を受けたあと、一分だって生きていられる人間はいません」

「たしかにそうだ」とバックナーはつぶやいた。「でも――そいつは狂気の沙汰だ！　さもなけりゃ、恐ろしく知恵がまわるやつの仕業か――そうはいっても、正気の人間だったら、殺人罪で罰せられるのを免れるためだって、これほど手がこんでいて、およそ正気とはいえん計画を思いついて、実行に移すわけがない。たんに正当防衛を申し立てるほうが、はるかに効果的なんだからな。そんな話を真に受ける法廷はどこにもないさ。とにかく、このもうひとつの足跡をたどってみよう。廊下の奥へのびてるな――おや、これはどうしたことだ？」

氷の手で魂をわしづかみされたグリズウェルの眼の前で、光が薄暗くなりはじめていた。「この電池は新品なんだぞ」バックナーがつぶやいた。その声にいまはじめて恐怖がにじんでいるのをグリズウェルは聞き逃さなかった。「出よう——いますぐここを！」

光が薄れて、かすかな赤い輝きとなっていた。暗闇はひしひしと迫ってきて、黒猫の足どりで忍びよってくるかと思われた。バックナーがあとじさり、背後のグリズウェルにぶつかってよろめかせた。バックナーはピストルの撃鉄を起こしてかまえながら、うしろ向きに真っ暗な廊下をあともどりした。ますます深まる闇のなかで、ひっそりとドアがあくような音がグリズウェルの耳にとどいた。不意に周囲の暗黒に、脅威の雰囲気がみなぎった。バックナーも自分と同様にそれを感じとったのがグリズウェルにはわかった。というのも、保安官の屈強な体が、獲物に忍びよる豹の体のようにピンと張りつめたからだ。

しかし、彼はあわてずに階段まで後退し、うしろ向きにおりていった。うしろにいるグリズウェルが先におりる形になり、悲鳴をあげて、後先考えずに逃げだせとうながすパニックと闘った。身の毛もよだつ考えが脳裏に浮かび、氷のように冷たい汗が全身に噴きだした。**死人が闇のなか、自分たちのうしろで階段をじりじりと登っていたとしたら？　死に神のにやにや笑いに顔を凍りつかせ、血のこびりついた斧をふりかぶって打ちおろそうとしていたとしたら？**

ありえないことではない、と心配するあまり、自分の足が一階の玄関ホールを踏んだのもろくに気づかなかった。そのときになって、階段をおりるにつれ懐中電灯の光が明るくなっており、いまや元どおりの強さで輝いているのにようやく気づいた——だが、バックナーがそれを階段の上方にあらためて向けると、階段を登りきったところに実体のある霧のように垂れこめている暗黒を照らしだすことはできなかった。

「なにか魔法がからんでるな」バックナーがつぶやいた。「そうに決まってる。自然にあんなふうになるわけがない」

「明かりを部屋のなかに向けてください」とグリズウェル。「もしジョンが――ジョンが――」

その身の毛のよだつ考えを言葉にはできなかった。だが、バックナーは察した。

保安官が光線で室内をぐるっと撫でていく。殺された男の血みどろの死体を眼にして、これほど安心できるとは、グリズウェルは夢にも思わなかった。

「死体はそのままだ」とバックナーがうなり声でいった。「殺されたあとに歩いたのだとしても、それ以後は歩いちゃいない。そうすると、さっきのは――」

彼はふたたび明かりを階段の上方に向けた。そして唇を噛みながら、顔をしかめていた。二度《ふたたび》銃をかまえかけた。グリズウェルには彼の心が読めた。保安官はあの階段を駆けあがり、得体の知れないものを相手に一か八かの勝負に出たいのだ。しかし、分別が彼を思いとどまらせた。

「暗闇のなかで一か八かはよしとこう」と彼はつぶやいた。「それに直感するんだ、明かりがまた消えるってな」

彼はふり返り、グリズウェルと正面から向きあった。

「しらばくれるのはもうやめだ。この屋敷のなかには、なにかおぞましいものがいる。おれにはその正体がわかるような気がする。おまえさんがブラナーを殺したとは思っちゃいない。彼を殺したのがなんであれ、上にいるんだ――いまこのときも。おまえさんの話は、正気とは思えんところがたくさんある。でも、懐中電灯があんなふうに消えちまうのも正気の沙汰じゃない。おれは上にいるものが人間だと思っちゃいない。相手がなんだろうと、暗闇のなかでとっ組みあうのが怖いなんて思ったことはなかったが、こんどばかりは陽が昇るまであそこへ行く気はない。もうじき夜が明ける。それまで外のポーチで待とう」

幅広いポーチに出ると、星々はすでに色あせかけていた。バックナーはドアと向かいあう形で手すりに腰かけ、ピストルを指にぶらさげた。グリズウェルはその近くに腰をおろし、朽ちかけた柱にもたれかかった。眼を閉じる。そよ風がズキズキする頭を冷やしてくれるようで、ありがたかった。彼は鈍い非現実感に襲われた。自分はよその土地にいるよそ者だ。その土地は突如として黒い恐怖に染まってしまった。頭上には絞首刑の縄の影が浮かんでおり、この暗い屋敷のなかにはジョン・ブラナーが横たわっている。頭を断ち割られて――ちょうど夢の切れ端のように、こうした事実が頭のなかで渦巻き、満ち引きし、やがてすべて灰色の薄明かりに溶けこむなか、招きもしない眠りが疲れた彼の魂に訪れた。

眼をさますと、冷たく白々と夜はあけており、夜の恐怖の記憶がどっとよみがえった。霧が松の幹に巻きついたり、煙のような筋となって壊れた歩道を這っていたりした。バックナーが彼を揺すっていた。

「起きろ！　陽が昇ったぞ」

グリズウェルは立ちあがり、手足のこわばりにたじろいだ。その顔は土気色で、老けこんでいた。

「起きてますよ。二階へ行きましょう」

「もう行ってきた！」バックナーの眼が、早暁の光を浴びて輝いた。「おまえさんを起こさなかった。光が射すが早いか行ってみたんだ。なにも見つからなかった」

「裸足の跡は――」

「消えちまった！」

「消えちまったですって？」

「ああ、消えちまったんだ！　ブラナーの足跡が終わったところから、廊下全体のほこりがかき乱されていた。しかも、隅に掃きよせられてるんだ。もう跡をたどれる見こみはない。おれたちがここですわってるあいだに、なにかがあの足跡を消し去ったんだ。もの音は聞こえなかった。屋敷をひととおりまわってきたよ。なんの痕跡もなかった」

バックナーが探検しているあいだ、ひとりきりでポーチで眠っていたのかと思うと、グリズウェルの体に震えが走った。

「これからどうします？」と彼は力なくたずねた。「あの足跡が消えたいま、ぼくの話を証明するただひとつの望みも消えたわけです」

「ブラナーの死体を郡庁所在地へ運ぶんだ」とバックナーが答えた。「話すのはおれにまかせろ。もし見たままの事実を当局が知ったら、おまえさんを拘留し、起訴するといいはるだろう。おまえさんがブラナーを殺したとは、おれは思っちゃいない――でも、地区検事も裁判官も陪審員も、おまえさんの話を信じないだろうし、昨晩おれたちの身に起きたことも信じないだろう。おれは自分のやり方でこの件に当たる。ほかの可能性がつきるまでは、おまえさんを逮捕はせんよ。町へ着いたら、ここであったことについては口をつぐんでろ。地区検事には、ジョン・ブラナーが身元不明の犯人、あるいは複数の犯人に殺され、目下捜査中とだけいっておく。

おれといっしょにこの屋敷へもどってきて、一夜を過ごす勇気はあるかい、昨晩おまえさんとブラナーが眠ったあの部屋で眠る勇気が？」

グリズウェルは真っ青になったが、しっかりした口調で答えた。ちょうど彼の御先祖さまが、ピーコット族を前にして丸太小屋を守りぬくと決意を表明したときのように。

「あります」

「それなら行こう。死体をおまえさんの車までかついでいくのを手伝ってくれ」

肌寒く白々とした夜明けの光のなかで、ジョン・ブラナーの血の気の失せた顔を見たり、そのじっとりした肉体に触れたりすると、グリズウェルは胸がむかついた。細い触手となった灰色の霧を足にからみつかせながら、ふたりはその忌まわしい重荷を運んで芝生を歩いていった。

2　蛇神の弟

ふたたび松林の土地に影がのびつつあった。そしてふたたびふたりの男が、ニューイングランドのナンバー・プレートをつけた車に乗って、古い道をはずむようにやってきた。

バックナーが運転していた。グリズウェルの神経はズタズタになっていて、自分でも運転する気になれなかったのだ。見るからにやつれていて、その顔はいまだに蒼白だった。郡庁所在地で過ごした昼間の緊張に加え、これまでに味わった恐怖が、黒い翼を広げる禿鷹の影のように、彼の魂を依然としておおっていたのだ。一睡もしていなかったし、食べたものの味もわからなかった。

「ブラッセンヴィル一族について話すといったな」とバックナー。「誇り高い一族だった。傲慢で、こうしたいと思ったら、血も涙もなかった。彼らの黒人のあつかいは、ほかの農園主たちとはちがっていた――西インド諸島のやり方を通したんだろう。彼らには残酷なところがあった――とりわけ、ミス・シーリア、一族のうちでいちばん最後にこの地方へやってきた者には。奴隷解放からずっとあとのことだったが、年寄りたちの話じゃ、ムラート（白人と黒人の混血）のメイドを奴隷のように鞭打っていたそうだ……。黒人どもにいわせりゃ、ブラッセンヴィル一族の者が死ぬときは、かならず悪魔が黒い松林で待っていたんだと。

さて、南北戦争のあと、一族の者はバタバタと死んでいき、荒れ放題のプランテーションで赤貧を洗う暮らしをつづけた。ついには四人の娘、姉妹だけが残り、あの古い屋敷に住んで、細々と暮らすようになった。何人かの黒人が古い奴隷小屋に住んでいて、畑で小作をしていたから、そのあがりで暮らしを立てていたんだ。彼女らは人と交わらなかった。気位が高くて、貧乏を恥じていたんだ。何カ月ものあいだ人前に出ないこともあった。日用品が必要になると、町まで黒人に買いにいかせた。

でも、ミス・シーリアが姉妹と同居するためにやってきたとき、その窮状は知れわたっていた。彼女は西インド諸島のどこかからやってきた。一族全体は元々そこで発祥したんだ——すばらしい美貌の持ち主で、年のころは三十代前半だったそうだ。でも、人と交わらない点では姉妹たちと同じだった。ムラートのメイドを連れてきていて、ブラッセンヴィル一族の残酷なところは、このメイドのあつかいにははっきりと表れた。ずいぶん前、ある年寄りの黒人と知り合ったんだが、そいつが誓っていうには、ミス・シーリアがこの娘を素っ裸にして木に縛りつけ、馬用の鞭でひっぱたたくところを見たそうだ。メイドが姿を消しても、驚く者はいなかった。もちろん、逃げだしたとだれもが思ったんだ。

さて、一八九〇年の春のことだ。ある日、いちばん年下のミス・エリザベスが、およそ一年ぶりに町へやってきた。日用品を買いにきたんだ。彼女の話じゃ、黒人はみんな出ていったという。もうすこしだけ話をしたが、いささか常軌を逸した話だった。なんでも、ミス・シーリアがなにもいわずにいなくなった。姉たちは彼女が西インド諸島へ帰ったのだと思っているが、自分はおばがまだ屋敷のなかにいると信じている、といったそうだ。それがどういう意味かはいわなかった。ただ日用品を買って、館へもどって行った。

一カ月が過ぎ、ひとりの黒人が町へやってきて、ミス・エリザベスが館にひとりきりで住んでいるといった。彼女の話だと、三人の姉はもういない、ひとこともいわず、なんの説明もないまま、ひとりまたひとりと出ていったそうだ。姉たちがどこへ行ったのか、自分は知らないし、ひとりでそこにいるのは恐ろしいけれど、ほかに行く場所を知らない。館のほかはなにも知らないし、親戚も友人もいないというんだ。でも、彼女はなにかを死ぬほど恐れていた。その黒人の話だと、夜は部屋に閉じこもり、ひと晩じゅう蠟燭を灯しているという……。

ある春の嵐の晩だった。ミス・エリザベスが恐怖で死にそうになって、自分の馬に乗って泣きながら町へやってきたのは。彼女は広場で馬から落ちた。口がきけるようになると、百年ものあいだ忘れられていた秘密の部屋を館のなかに見つけたといった。そこで三人の姉の死体を見つけたともいった。首を吊って、天井からぶらさがっていたそうだ。なにかに追いかけられ、玄関ドアから走り出たとき、斧で頭を割られそうになったが、なんとか馬のところまで行き、逃げだしたんだという。恐怖のあまり頭がおかしくなりかけていて、なにが追いかけてきたのかはわからなかったが――黄色い顔をした女のように見えたという。

百人ほどの男が、すぐさま屋敷へ馬を走らせた。上から下まで捜索したが、秘密の部屋も、姉たちの遺体も見つからなかった。でも、一階のドアの側柱に斧が食いこんでいるのを見つけた。ミス・エリザベスの髪の毛がくっついていて、彼女の話を裏づけた。彼女はそこへもどろうとしなかったし、秘密のドアの見つけ方も教えようとしなかった。訊かれただけで、気が狂ったみたいになったんだ。

旅ができるようになると、みんなは金を工面して、彼女に貸してやった――あいかわらず気位が高すぎて、施しを受けられなかったんだ――で、彼女はカリフォルニアへ行った。二度ともどって来なかったが、あとで借りた金を送りかえしてきたとき、あっちで結婚したことがわかった。屋敷を買おうという者はいなかった。彼女が出ていったときのままで、歳月がたつうちに、家具は残らず盗みだされた。たぶん、貧乏白人の仕業だろう。黒人はあの辺へ行こうとせんからな。仕方がないときは、陽が昇ったあとにやってきて、陽が落ちるずっと前に去っていく」

「ミス・エリザベスの話をみんなはどう考えたんです？」とグリズウェル。

「まあ、たいていの人間は、あの古い屋敷にひとりで住んでいるうちに、頭がすこしイカレたんだと思った。でも、例のムラートの娘、ジョーンはけっきょく逃げなかったんだと考える者もいた。林に隠れ住んで、ミス・シーリアと三人の姉妹を殺害し、ブラッセンヴィル一族への恨みを晴らしたってわけだ。猟犬で林を捜索したが、彼女のいた跡は見つからなかった。屋敷のなかに秘密の部屋があるとしたら、そこに隠れていたのかもしれん——その説に信憑性があるとしたらだが」

「それからずっと林に隠れていたわけがありません」とグリズウェルがつぶやいた。「とにかく、いま屋敷のなかにいる化けものは、人間じゃないんです」

バックナーは急ハンドルを切って、本道から枝分かれした、ほの暗い道にはいった。蛇行しながら松林の奥へのびている。

「どこへ行くんです？」

「この道を二、三マイル行ったところに、年寄りの黒人が住んでるんだ。そいつと話をしたい。おれたちが相手にしてるのは、白人の感覚では手に負えないものだ。黒人のほうが、おれたちよりくわしいことがある。この老人はもうじき百歳だ。子供のころ、主人に教育を授かって、解放されたあとは、たいていの白人よりも広く各地を旅してきた。なんでも、ヴードゥー教徒だって話だ」

その言葉を聞いてグリズウェルは身震いし、まわりを囲む緑の森の壁を不安げに見つめた。松のにおいが、嗅ぎなれない草花の香りと混じりあっていた。だが、そのすべての下に腐敗と腐朽の悪臭が流れていた。この暗く謎めいた森林地帯に対する胸の悪くなるような嫌悪の念が、ふたたび彼を呑みこもうとした。

「ヴードゥー!」彼はつぶやいた。「そのことは忘れていました——黒魔術と南部をつなげて考えられなかったんです。ぼくにとって、妖術はつねに波止場町の古い曲がりくねった街路と結びついていました。セーレムで魔女が縛り首にされていたころにはすでに古かった、破風造りの屋根がのしかかるように連なった街路。夜中には黒猫やらなにやらが忍び歩く、かび臭くて暗い横丁と。ぼくにとって、妖術はつねにニューイングランドの古い町並みを意味するものでした——でも、こんどのことは、どんなニューイングランドの伝説よりも身の毛がよだちます——この陰鬱な松林、古い打ち捨てられた屋敷、荒れ果てたプランテーション、謎めいた黒人、狂気と恐怖に満ちた古い物語——ああ、なんと恐ろしい、古くから伝わる恐怖があるんでしょう、愚か者が『若い』と呼ぶこの大陸にね!」

「ここがジェイコブじいさんの小屋だ」とバックナーが知らせ、車を止めた。

グリズウェルの眼に映ったのは、空き地と、大木の陰にうずくまっている小さな丸太小屋だった。そこでは松に代わって、垂れさがった灰色の苔を顎髭のように生やしたオークと糸杉が立ち並んでおり、丸太小屋のうしろは、沼のほとりになっていた。沼は遠くまで広がっており、繁茂する草に埋もれそうな木々が、岸を薄闇でおおっていた。ひと筋の青い煙が、枝を泥で固めた煙突から渦巻きながら立ちのぼっている。

彼はバックナーのあとについて小さな玄関前の階段まで行った。そこで保安官が、革の蝶番で留めたドアを押しあけ、なかへはいった。内部がわりあい薄暗かったので、グリズウェルは眼をしばたたいた。ひとつしかない小さな窓から、日光がわずかに射しこんでいるだけだ。老いた黒人が炉辺にうずくまり、火にかけた鍋のシチューを見つめていた。ふたりがはいると、老人は顔をあげたが、立ちあがりはしなかった。信じられないほどの老齢に見えた。顔はしわのかたまりであり、黒い眼は生きいきとしているが、心がさまようかのように、ときおり瞬間的に霞《かすみ》がかかった。

バックナーが、紐で座部を編んだ椅子にすわれとグリズウェルに身ぶりで伝え、自分は炉のそばにある粗雑な造りの長椅子に腰をおろして、老人と向きあった。

「ジェイコブ」彼はぶしつけにいった。「こんどこそ話してもらおう。あんたがブラッセンヴィル館の秘密を知っているのはわかってるんだ。いままで訊かなかったのは、おれの管轄じゃなかったからだ。でも、昨晩ひとりの男があそこで殺され、ここにいる御仁が、そのせいで縛り首になるかもしれん。あのブラッセンヴィル一族の古屋敷にとり憑いているものを、あんたが話してくれないかぎりな」

老人の眼がきらめいたかと思うと、ぼんやりとかすんだ。まるで途方もない老齢の雲が、そのもろい精神を横切ったかのように。

「ブラッセンヴィル一族」老人はつぶやいた。その声は豊かで艶《つや》があり、その口調には松林地帯に住む黒人の訛りがなかった。「気位の高い人たちでしたよ――気位が高く、残酷でした。戦争で死んだ者もいれば、決闘で命を落とした者もいました――男はね。館のなかで死んだ者もいました――古い館――」その声が支離滅裂なつぶやきに変わっていく。

「館がどうした？」とバックナーが辛抱強くたずねた。

「ミス・シーリアがいちばん気位の高い人でした」と老人はつぶやいた。「いちばん気位が高くて、いちばん残酷でした。黒人は彼女を憎みました。とりわけジョーンが。ジョーンには白人の血が流れていて、やっぱり気位が高かったんです。ミス・シーリアは、彼女を奴隷のように鞭打ちました」

「ブラッセンヴィル館の秘密とはなんなんだ？」とバックナーが食いさがった。

老人の眼から霞がとれた。それは月明かりを浴びた井戸のように黒々としていた。

「秘密とはなんでしょう？　わしにはわかりません」

「いや、あんたは知ってる。あの古屋敷は謎を秘めたまま、長いことあそこに立っている。あんたは、その謎を解く鍵を知ってるんだ」

老人はシチューをかきまわした。彼はいま、申し分なく理性的に見えた。

「旦那、命は大事なものです、老いぼれた黒人にとってさえ」

「つまり、おれにしゃべったら、だれかに殺されるっていうのか？」

しかし、老人はまたぶつぶつといっており、眼には霞がかかっていた。

「だれかじゃない。人じゃない。人間じゃないんだ。沼地の黒い神々だ。わしの秘密はもらすわけにはいかん。あらゆる神々の上に立つ神〈大いなる蛇〉が守っておる。神は小さな弟をさし向けて、その冷たい唇でわしに接吻させるだろう――頭に白い三日月をいただいた小さな弟だ。わしは〈大いなる蛇〉に魂を売った。わしをズヴェンビの造り手にしてくれたときに――」

バックナーが身をこわばらせた。

「その言葉は前にいちど聞いたことがある」と低い声でいう。「子供のころ、死にかけていた黒人の口から。どういう意味なんだ?」

老ジェイコブの眼に恐怖がみなぎった。

「わしはなにをいいました? いや――いや! なにもいいませんでした!」

「ズヴェンビだ」とバックナーがうながした。

「ズヴェンビ」老人は思わずおうむ返しにした。その眼はうつろだった。「ズヴェンビはかつての女だ――奴隷海岸では知らぬ者はない。ハイチの山間《やまあい》で夜に低くひびく太鼓がその話をする。ズヴェンビの造り手は、ダンバラーの民の誉れだ。白人に話したら命がない――〈蛇神〉にまつわる禁断の秘密のひとつなのだ」

「ズヴェンビの話をしてるじゃないか」とバックナーが低い声でいう。

「そのことを話すわけにはいかない」と老人がつぶやいた。考えを声にだしているのだ、とグリズウェルはさとった。耄碌《もうろく》がひどくて、自分がしゃべっていることにまったく気づかないのだ、と。

「わしがヴードゥーの〈黒い儀式〉の場で踊り、ゾンビとズヴェンビの造り手にしてもらったことを白人に知られてはならん。口をすべらした者は、死をもって〈大いなる蛇〉に罰せられるのだ」

「ズヴェンビというのは女なのか？」とバックナーがうながす。

「元は女だった」と老いた黒人はつぶやいた。「あの女は、わしがズヴェンビの造り手だと知って——わしの小屋へやってきて、なかに立ち、あの忌まわしい酒を所望した——すりつぶした蛇の骨や、吸血蝙蝠《こうもり》の血や、夜鷹の翼から採った露や、そのほか名づけようのないもので醸《かも》した酒を。あの女は〈黒い儀式〉で踊ったことがあった——ズヴェンビになれるまでに熟れていた——必要なのは〈黒い酒〉だけだった——もうひとりは美しかった——断るわけにはいかんかった」

「だれのことだ？」バックナーは語気を強めて訊いたが、老人は萎《しな》びた胸に頭をくっつけ、返事をしなかった。居眠りをしているようだ。バックナーが彼を揺さぶった。「あんたは女をズヴェンビにするために酒をあたえたんだな——ズヴェンビとはなんのことだ？」

老人は腹立たしげに身じろぎし、眠たげな声でつぶやいた。

「ズヴェンビはもう人間じゃない。親戚も友だちもわからない。〈黒い世界〉の住民のひとりだ。自然界の悪魔を意のままにする——梟や、蝙蝠や、蛇や、人狼を。暗闇をとってきて、わずかな光なら消し去ることができる。鉛か鋼でなら殺せるが、それで殺さないかぎり、永遠に生きる。人間が食べるものは食べない。蝙蝠のように洞穴か、古い家に棲む。時間はズヴェンビにとって意味がない。一時間、一日、一年、どれも同じだ。人間の言葉はしゃべれないし、人間が考えるようにものを考えることもできん。でも、その声で生きている者を催眠術にかけられる。人間を殺せば、体が冷たくなるまで、その命のない体をあやつれる。血が体を流れているかぎり、死骸はそいつの奴隷なんだ。そいつの喜びは、人間の命を奪うことにある」

「なら、どうして人はズヴェンビになりたがるんだ？」とバックナーが小声で訊いた。

「憎しみのためだ」と老人はささやき声でいった。「憎しみのため！　復讐のためだ！」

「その女の名前はジョーンだったのか？」とバックナーが声を殺して訊く。

　まるでその名前が、ヴードゥー教徒の心を曇らせていた老齢の霧を突き破ったかのようだった。彼はぶるっと身を震わせ、眼から霞がとれ、濡れた黒い大理石のように硬くきらめいている眼が現れた。

「ジョーンですって？」彼は言葉を選ぶようにしていった。「一世代のあいだ、その名前は耳にしませんでした。どうやら眠っていたようです、旦那方。憶えていません――あいにくですが。年寄りは火を前にすると眠ってしまうのです、老いぼれた犬のように。ブラッセンヴィル館のことをおたずねでしたね。旦那、答えられない理由をお話ししたとしても、あなたはただの迷信だと片づけられるでしょう。それでも白人の神さまが、わしの証人になって――」

　そういいながら、彼は薪をとろうと炉の向こう側に手をのばし、山積みになった枝を手探りしていた。と、その声が絶叫となって途切れると同時に、老人ははじかれたように腕を引きもどした。身の毛もよだつ、くねりまわるものが、その腕にくっついていた。ヴードゥー教徒の腕にまだらの長いものが巻きつき、禍々しい楔《くさび》形の頭が、憤怒に駆られて音もなくふたたび襲いかかった。

　老人は絶叫しながら炉に倒れこみ、グツグツと煮えている鍋をひっくり返して、燠《おき》を飛び散らせた。と、つぎの瞬間、バックナーが薪をつかんで、その平たい頭をたたきつぶした。罵声を発しながら、くねくねとねじれるものをわきへ蹴りとばし、つぶれた頭をつかのまにらみつける。老ジェイコブは絶叫したり、身悶えしたりするのをやめていた。じっと横たわり、どんよりと濁った眼で虚空を見つめていた。

「死んだんですか？」とグリズウェルがささやき声で訊いた。

「イスカリオテのユダと同じくらい死んでる」ピクピクと動いている爬虫類に険しい顔を向けながら、バックナーがぴしゃりといった。「あのろくでもない蛇は、あの年の男だったら十人くらいわけなく殺せる量の毒を血管に注ぎこんだんだ。でも、死因はたぶんショックと恐怖だな」

「これからどうします？」身震いしながらグリズウェルがたずねる。

「死体はその寝棚に置いておこう。ドアにかんぬきを支《か》えば、猪も山猫もはいってこられないから、食い荒らされずにすむ。町へ運んでいくのは明日だ。今夜はやることがある。さあ、片づけちまおう」

グリズウェルは死骸に触れるのは気が進まなかったが、バックナーに手を貸して、それを粗木な寝棚に載せてから、あわてて小屋からまろび出た。太陽が地平線の上にかかっており、眼のくらむほど赤い炎が、木々の黒い幹の隙間に見えた。

ふたりは無言で車に乗りこみ、切り株だらけの道をガタガタと揺られながら引きかえした。

「〈大いなる蛇〉が弟のひとりをさし向ける、とあの男はいってました」とグリズウェルがつぶやく。

「莫迦ばかしい！」バックナーは鼻を鳴らした。「蛇はあったかいところが好きで、あの沼地には蛇がうじゃうじゃいる。あの蛇は小屋に這いこんできて、薪の山のなかでとぐろを巻いていたんだ。ジェイコブじいさんがそれを邪魔したんで、噛みついた。超自然の出来事なんかであるもんか」短い沈黙のあと、ちがう調子の声で彼はいった。「ガラガラヘビが音をたてずに襲いかかるところをはじめて見た。頭に白い三日月をつけた蛇もはじめて見た」

どちらも口をきかないまま、車は本道へ乗りいれようとしていた。

「ムラートのジョーンが、ずっと屋敷に隠れていたと思いますか?」とグリズウェルがたずねた。

「ジェイコブじいさんのいったことを聞いただろう」とバックナーが陰気な声で答えた。「時間はズヴェンビにとって意味がないとさ」

最後の曲がり角をまわったとたん、グリズウェルは身がまえ、ブラッセンヴィル館が赤い夕陽を背に黒々と浮かびあがっている光景にそなえた。それが視界にはいったとき、彼は唇を噛んで悲鳴を押し殺した。そこにうかがえる謎めいた恐怖が、力のすべてをとりもどしたのだ。

「見てください!」車が道ばたで停止したとき、彼は乾いた唇でささやいた。バックナーがうなり声をもらした。

ポーチの手すりから、おびただしい数の鳩が渦を巻いて舞いあがり、夕陽のなかへ飛んでいったのだ。ギラギラする光を浴びて黒雲となって……。

3　ズヴェンビの呼び声

鳩が飛び去ったあと、ふたりともしばらく身をこわばらせていた。

「なるほど、とうとうおれも眼にしたわけだ」とバックナーがつぶやいた。

「ひょっとしたら、命運の定まった者にしか見えないのかも」とグリズウェルがささやき声でいう。「例の浮浪者は鳩を見て――」

「まあ、いまにわかるさ」車からおりるとき、南部男は落ちつきをとりもどしていた。しかし、ホルスターにおさまっている銃を無意識のうちに前へ持ってきたのを、グリズウェルは見逃さなかった。

オークのドアは壊れた蝶番にぶらさがっていた。壊れた煉瓦の歩道にふたりの足音がこだました。盲目の窓が夕陽を映して、炎の幕が張られているようだ。幅広い玄関ホールにはいると、どす黒いものが点々と連なり、床を横切って部屋のなかへつづいているのが見えた。死人の歩いた跡である。

バックナーは車から毛布を持ってきていた。それを暖炉の前に広げ、

「おれはドアの隣で寝る」といった。「おまえさんは、ゆうべ寝たところで寝てくれ」

「暖炉で火を起こしませんか？」とグリズウェルがたずねた。短い夕暮れが終わったとき、林をおおいつくす暗黒のことが頭に浮かび、ぞっとしたのだ。

「いや。おまえさんは懐中電灯を持ってるし、おれも持ってる。暗闇のなかに横たわって、なにが起きるか見よう。さっきわたした銃だが、使えるかい？」

「使えると思います。リヴォルヴァーを撃ったことはありませんが、撃ち方は知っています」

「まあ、撃つのはおれにまかせておけ、できればな」保安官はあぐらをかいて毛布の上にすわりこみ、大型の青光りするコルトの弾倉を空にすると、薬莢ひとつひとつを念入りに調べてから、弾をこめ直した。

　グリズウェルはそわそわと行ったり来たりした。守銭奴が金貨の目減りを惜しむように、光がすこしずつ褪せていくのを惜しみながら。片手で暖炉に寄りかかり、ほこりをかぶった灰をじっと見おろす。その灰を生みだした炎は、四十年以上も前、エリザベス・ブラッセンヴィルが起こしたものにちがいない。そう考えると気が滅入った。ほこりまみれの灰をなんとなく爪先でかきまわす。焦げた燃え残りのあいだになにかが見えてきた——しみがついて黄ばんだ紙切れだ。あいかわらず気のないようすで身をかがめ、灰からぬきとった。朽ちかけたボール紙の表紙がついた手帳だった。

「なにを見つけたんだ？」きらめく銃身ごしに眼をすがめて、バックナーがたずねた。

「ただの古い手帳です。日記みたいですね。どのページにも書きこみがあります——でも、インクが薄れすぎているし、紙がぼろぼろになっていて、たいして読めません。どうして暖炉にはいって、しかも焼けずにすんだんでしょう？」

「火が消えたずっとあとに投げこまれたんだろう」とバックナーが推測した。「たぶん家具を盗みにきただれかが見つけて、暖炉に放りこんだんだ。どうせ字の読めないやつの仕業だよ」

グリズウェルはぼろぼろになったページを大儀そうにめくり、薄れかけた光のもとで、黄ばんだ走り書きに眼をこらした。と、体をこわばらせる。

「読める書きこみがあります！　聞いてください！」彼は読みあげた――

「『わたくし以外のだれかが屋敷のなかにいる。陽が沈み、外の松林が黒く染まる夜、だれかが歩きまわる音が聞こえる。夜にはしばしばそいつが、わたくしの部屋のドアを手探りする音が聞こえる。何者だろう？　姉たちのひとりだろうか？　シーリアおばだろうか？　そのどちらかだとしたら、なぜあんなにこっそりと屋敷を歩きまわるのだろう？　なぜわたくしの部屋のドアを引っぱり、声をかけると去っていくのだろう？　だめだ、だめだ！　もう声をかけたりはしない！怖いのだ。ああ、神よ、どうしたらいいのでしょう？　ここにいたくはありません――しかし、どこへ行けばいいのでしょう？』」

「こいつはたまげた！」バックナーが大声をあげた。「それはエリザベス・ブラッセンヴィルの日記にちがいないぞ！　先を読んでくれ！」

「このページのあとの部分は判読できません」とグリズウェルは答えた。「でも、二、三ページ先に読めるところがあります」彼は読み上げた――

「『シーリアおばが姿を消したとき、なぜ黒人はみんな逃げだしたのだろう？　姉たちは亡くなった。亡くなったのがわかる。ひどい死に方だったのが感じとれる気がする。恐怖と苦悶のなかで亡くなったのだ。でも、なぜ？　なぜなの？　もしだれかがシーリアおばを殺したのだとしたら、なぜその人はかわいそうな姉たちを殺したのだろう？　三人とも黒人にはいつもやさしかったのだ。ジョーンは――』」顔をしかめて、言葉を途切れさせる。

「ページが一枚破りとられています。べつの日付で――とにかく、日付だと思いますが――べつの記入があります。はっきりとはわかりませんが。

『――黒人の老婆がほのめかしていた忌まわしいものなのだろうか？　彼女はジェイコブ・ブラントとジョーンの名前をあげた。でも、率直な話はしてくれない。ひょっとしたら彼女も恐れて――』ここで一部がなくなっています。それから――『まさか、まさか！　そんなことがあるわけがない。彼女は死んでいる――そうでなければ、去ったのだ。それでも――彼女は西インド諸島で生まれ育った。そして彼女が過去にもらした言葉の端々から、ヴードゥーの秘儀を探求したことがわかる。その恐ろしい儀式のひとつで踊ったことだってあるにちがいない――どうしてそんなけだものになれたのだろう？　そしてこれ――この恐ろしいことだ。神よ、そんなことがありえるのでしょうか？　どう考えたらいいのかわからない。もし夜中に屋敷をうろつく者が彼女だとしたら、わたくしの部屋のドアを手探りし、あれほど不気味で甘美な口笛を吹く者が彼女だとしたら――いや、いや、わたくしは頭がどうかしているにちがいない。ここにひとりきりでいれば、おぞましい死をとげることになる。姉たちがそうして亡くなったように。この点はまちがいない』」

支離滅裂な日記は、はじまったときと同じように、唐突に終わっていた。グリズウェルは断片の解読に没頭するあまり、闇が忍びよっていたのに気づかなかった。バックナーが懐中電灯で手元を照らし、読めるようにしてくれていたのにも気づかなかった。われに返ったとたん、ぎくりとして、黒い玄関にすばやく視線を走らせた。

「どう思います？」

「おれがずっと疑ってきたのは」とバックナーが答えた。「こういうことだ――例のムラートのメイド、ジョーンがミス・シーリアに復讐するため、みずからをズヴェンビに変えた。おそらく、女主人と同じくらい家族全員を憎んでいたんだろう。ジェイコブじいさんの話だと、彼女は牛まれた島でヴードゥーの儀式に加わって、『熟れて』いたそうだ。必要なのは〈黒い酒〉だけだった――やつがそれをあたえた。彼女はミス・シーリアと三人の姉を殺し、機会さえあればエリザベスも殺すところだった。この長い歳月、彼女はこの古屋敷にひそんできた、蛇が廃墟にひそむように」

「でも、なぜ部外者を殺さなくちゃならないんです？」

「ジェイコブじいさんの言葉を聞いただろう」とバックナーが思いださせた。「ズヴェンビは人間の命を奪えば満足するんだ。彼女はブラナーを二階に呼びよせ、その頭をぶち割ってから、手に斧を握らせ、おまえさんを殺させるために階下へ送りだした。そんなことを信じる法廷はどこにもないだろうが、彼女の死体を提出できれば、おまえさんの無実を証明する証拠にはなるだろう。彼女がブラナーを殺したっていう、おれの言葉は鵜呑みにしてもらえるはずだ。ジェイコブの話だと、ズヴェンビは殺せる……この事件を報告するとき、細部まで正確でなくたっていい」

「彼女は階段をおりてきて、手すりごしにぼくらを見おろしたんです」とグリズウェルがつぶやいた。「でも、なぜ階段に彼女の足跡が見つからなかったのでしょう?」

「おまえさんの夢だったのかもしれん。ズヴェンビは霊魂を投射できるのかもしれん――ちくしょう! 理性の境界の外にあるものを合理的に説明しようとしてどうなる? 見張りをはじめよう」

「明かりを消さないで!」グリズウェルは思わず大声をあげた。それから、こうつけ加えた――「いえ、消してください。暗闇のなかにいなければなりません」――すこしだけ喉をつまらせ――「ブラナーとぼくがそうしたように」

しかし、部屋が闇に呑みこまれると、胸が悪くなるほどの恐怖に見舞われた。彼は震えながら横たわり、心臓があまりにも激しく打つので、息がつまりそうだった。

「西インド諸島ってところは世界の病巣にちがいない」毛布の上にぼんやりと見えるバックナーがつぶやいた。「ゾンビのことは聞いたことがある。ズヴェンビのほうは初耳だ。ヴードゥー教徒がなにかの薬を調合して、女を狂気におちいらせるにちがいない。もっとも、それだとほかのことの説明がつかん。催眠術の力、異常な長命、死骸をあやつる能力――なるほど、ズヴェンビがただの頭のイカレた女のわけがない。怪物なんだ。人間以上であり、以下でもあるなにかで、黒い沼地やジャングルで生まれた魔術が創りだしたものなんだ――まあ、いまにわかるさ」

彼の声が途切れ、あたりが静けさにつつまれると、グリズウェルには自分の心臓の鼓動が聞こえた。外の松林で狼が気味の悪い声で遠吠えし、梟が鳴いた。それから静寂が、ふたたび黒い霧のように垂れこめた。

グリズウェルは必死の思いで毛布の上にじっと横たわっていた。時間は静止したかに思えた。まるで喉を絞められているような気分だ。不安が耐えがたいほど高まってきた。ズタズタになった神経を抑えこもうとするあまり、手足が汗まみれになった。歯を食いしばるうちに顎がズキズキし、固まったも同然となった。爪が手のひらに深々と食いこんだ。

なにが起きると思っているのか、自分でもわからない。悪鬼はもういちど襲ってくるだろう——だが、どうやって？　おぞましい甘美な口笛が鳴りひびくのだろうか、きしむ階段を裸足がこっそりとおりてくるのだろうか、斧が暗闇のなかでいきなりふりおろされるのだろうか？　狙われるのは自分だろうか、それともバックナーだろうか？　バックナーはすでに死んでいるのではないだろうか？　漆黒の闇のなかでなにも見えないが、その男の着実な息づかいは聞こえる。南部男は鋼の神経の持ち主にちがいない。それとも、狭い暗闇にへだてられたそばで息をしているのは、本当にバックナーなのだろうか？　悪鬼がすでに静けさのなかで襲撃を果たし、保安官とすり代わって、襲いかかる好機が訪れるまで、食屍鬼《グール》のせせら笑いを浮かべて、そこに横たわっているのではないだろうか？——おぞましい妄想がつぎからつぎへと湧いてきた。

いますぐ悲鳴をあげて跳ね起き、この呪われた家から脱兎のごとく逃げださなかったら、頭がおかしくなりそうな気がしてきた——絞首台は怖いが、この闇のなかにもう一刻も横たわってはいられない——バックナーの息づかいのリズムが不意に乱れ、グリズウェルは、バケツ一杯の水を頭から浴びせられたような気がした。頭上のどこかで奇怪で甘美な口笛の音がしはじめたのだ……。

グリズウェルの自制心がへし折れ、彼の頭脳は、彼を呑みこむ物理的な暗黒よりも深い闇のなかへ飛びこんだ。しばらく頭が空白となり、意識がもどったとき最初にさとったのは、自分が動いていいるということだった。彼は狂ったように走っていた。信じられないほどでこぼこの道をまろぶように走っていた。周囲は闇に閉ざされており、彼はやみくもに走っていた。屋敷から飛びだし、興奮しすぎた頭脳が働きはじめるまで、ひょっとしたら何マイルも走ったのかもしれない、とぼんやりとさとる。もうどうなってもいい。犯してもいない殺人の罪で絞首台の上で死ぬとしても、あの恐怖の屋敷へもどるかと思えば、半分も怖くない。彼は走るという衝動に突き動かされていた——走れ——走れ——いま走っているように、やみくもに走れ。力のつづくかぎり。霧はまだ頭からすっかり晴れてはいなかったが、黒い枝の隙間に星々が見えないことには漠然と驚きをおぼえた。行き先が見えればいいのに、となんとなく思った。自分では丘を登っているつもりで、それは奇妙なことだった。館の数マイル以内に丘はないと知っていたからだ。そのとき、行く手の上方にほの暗い光が射しはじめた。

彼は一目散にそちらへ向かった。岩棚らしい突起物を越えていくと、それはどんどん左右対称になってきて、おかしく思えてきた。やがて彼は、ある音が耳朶《じだ》を打っているのに気づいて恐怖に襲われた——奇怪な嘲るような口笛だ。その音が霧を吹きはらった。おや、これはどういうことだ？　自分はどこにいるんだ？　屠畜人のハンマーでガツンとやられたかのように、頭がはっきりした。自分は道を逃げているのでも、丘を登っているのでもない。階段を登っているのだ。まだブラッセンヴィル館のなかにいるのだ！　そして階段を登っているところなのだ！

人間離れした絶叫が彼の口からほとばしった。それにかぶさって、口笛の音が悪魔の凱歌を奏でる食屍鬼の笛の音《ね》となって湧きあがった。彼は止まろうとした——引きかえそうとした——手すりごしに身を投げだそうとさえした。自分の金切り声が自分自身の耳のなかで耐えがたいひびきとなった。しかし、意志の力は粉々に砕かれていた。存在しなかった。彼に意志はなかった。懐中電灯は落としてしまい、ポケットの銃のことは忘れていた。自分の体を思いどおりに動かせない。ぎくしゃくと動く脚は、頭脳から切り離されたメカニズムの部品のように働き、外部の意志にしたがっている。機械的にふりだされる脚が、金切り声をあげる彼に階段を登らせ、頭上でちらちら光る鬼火に向かわせる。

「バックナー」彼は絶叫した。「バックナー！　助けてくれ、後生だから！」

その声は喉のなかで絞め殺された。彼は階段を登りきっていた。よたよたと廊下を進んでいた。口笛が低くなり、やんだ。しかし、その推進力は依然として彼を駆り立てつづけた。ほの暗い輝きがどこから来るのかはわからなかった。それはどこからともなく発しているように思えた。しかし、よろよろとこちらへ向かってくるぼんやりした人影が見えた。それは女のように見えたが、あんなこそこそした足どりで歩く女はいないし、あんな恐ろしい顔をした女もいない。狂気に満ちたせせら笑いを浮かべた、黄色いにじみ——彼はその顔を見て悲鳴をあげようとした。ふりかざした鉤爪のような手に光る鋭利な鋼鉄を見て——だが、舌は凍りついていた。

そのとき、背後で耳をつんざく轟音があがった。暗闇が炎の舌に切り裂かれ、おぞましい人影がうしろ向きに倒れるところが照らしだされた。銃声の直後、人間離れした金切り声があがった。

閃光につづく暗黒のなかで、グリズウェルは両膝をつき、両手で顔をおった。バックナーの声は聞こえなかった。肩にかかった南部男の手が、彼を忘我状態から揺さぶり起こした。

光で眼がくらんだ。眼をしばたたき、手をかざして、顔をあげると、光の輪のへりでかがみこんでいるバックナーの顔があった。保安官は真っ青だった。

「怪我はないか？　おい、怪我はないか？　床にころがってるのは肉切り包丁じゃないか――」

「怪我はありません」とグリズウェルはつぶやいた。「間一髪のところで銃撃が間にあったんです――殺人鬼は！　どこです？　どこへ行きました？」

「耳をすませ！」

屋敷のなかのどこかで、胸の悪くなるようなドタンバタンという音がした。なにかが断末魔の痙攣でのたうち、もがいているのだ。

「ジェイコブのいったとおりだ」とバックナーがいかめしい声でいった。「鉛はやつらを殺せる。そう、おれがあの女を撃ったんだ。あえて懐中電灯は使わなかったが、光が足りないことはなかった。あの口笛がはじまったとき、おまえさんはおれを踏みこえるようにして出ていった。催眠術だかなんだかにかかっているのがわかったよ。おまえさんのあとについて階段を登った。すぐうしろにいたが、あの女に見られないよう、低く身をかがめていた。そうでないと、また逃げられるからな。撃つのが遅すぎるところだった――でも、あの女を見たら体が麻痺しちまったんだ。見ろ！」

彼は懐中電灯で廊下を照らした。いまその光は煌々と輝いていた。そして、壁にあんぐりと口をあけている開口部を照らしだした。前はドアなどなかった場所だ。

「ミス・エリザベスの見つけた隠し扉だ！」とバックナーが勢いこんでいった。「行こう！」

彼は廊下を走ってわたり、グリズウェルがふらふらしながらあとを追った。ドタンバタンという音は、その謎めいたドアの向こうから聞こえていたのだが、いまその音はやんでいた。

狭いトンネルのような通路を明かりが暴きだした。分厚い壁のひとつを貫通しているのは一目瞭然。バックナーは躊躇なくそのなかに飛びこんだ。

「あいつは人間みたいには頭が働かんのかもしれん」行く手を懐中電灯で照らしながら、彼がつぶやいた。「でも、ゆうべ自分の足跡を消すだけの分別はあったわけだ。そうすれば、おれたちが壁のあの場所まで足跡をたどって、隠し扉を見つけることはないからな。行く手に部屋がある――ブラッセンヴィル一族の秘密の部屋だ！」

と、グリズウェルが叫んだ――

「なんてこった！　ぼくが夢のなかで見た窓のない部屋ですよ、死体が三つぶらさがっている――あーっ！」

円形の部屋をぐるっと照らしていくバックナーの懐中電灯が、不意に動かなくなった。その幅広い光の輪のなかに、三つの人影が現れた。干からびて萎《しな》びたミイラのような人影が三つだ。朽ちかけた前世紀の衣服をいまだにまとっている。上履きが床についていないのは、天井から吊りさがった鎖で萎びた首をくくられているからだ。

「ブラッセンヴィルの三人の姉だ！」とバックナーがつぶやいた。「けっきょく、ミス・エリザベスは頭がイカレてたわけじゃないんだ」

「見てください！」グリズウェルはなんとか意味のわかる声を発した。「あそこを――隅のあそこを！」

光が動き、停止した。

「あれがかつては女だったんでしょうか？」とグリズウェルがささやき声でいった。「ちくしょう、死んでるというのに、あの顔を見てください。あの鉤爪みたいな手を見てください、けもののような黒い鉤爪がついています。そう、でも、あれは人間だったんです――ぼろぼろになった古い舞踏会用のガウンさえまとってるんですから。どうしてムラートのメイドが、あんなドレスをまとっているんでしょう？」

「ここは四十年以上にわたり、この女のねぐらだったんだ」隅で手足を広げている、にやにや笑いを浮かべた忌まわしいものにかがみこみながら、バックナーがつぶやいた。「これでおまえさんの疑いは晴れるぞ、グリズウェル――斧を握った狂女――当局はそれだけ知ればいい。ちくしょう、なんて復讐だ！――なんて罰当たりな復讐だ！　そうはいっても、けだものじみた性質をそもそも持っていなければ、この女のようにヴードゥーの探求に乗りだすわけはないんだから――」

「ムラートの女がですか？」と、ほかの恐怖すべてを色あせさせる恐怖に薄々かんづきながら、ささやき声でグリズウェルがいった。

バックナーはかぶりをふった。

「おれたちはジェイコブじいさんのとりとめのない話と、ミス・エリザベスの書いたことを誤解していたんだ——彼女は知っていたにちがいない。でも、一族の誇りが口に封をした。グリズウェル、ようやくわかったよ。ムラートの女は復讐を果たした。でも、おれたちが思ったようなやり方じゃなかった。彼女はジェイコブじいさんにこしらえてもらった〈黒い酒〉を飲まなかった。それは、ほかのだれかに飲ませるためのものだった。食べものかコーヒーにひそかに混ぜてあたえたにちがいない。それからジョーンは逃げた。地獄の種をまいて、それが生長するようにしておいて」

「あれは——あれはムラートの女じゃないんですか？」とグリズウェルが小声で訊いた。

「廊下であの女を眼にしたとき、ムラートじゃないとわかった。それにあのゆがんだ顔形には、いまだに一族の面影があるんだ。おれは彼女の肖像画を見たことがある。見まちがえっこない。あそこに横たわっている化けものは、かつてのシーリア・ブラッセンヴィルなんだよ」

トム・モリノーの霊魂

The Spirit of Tom Molyneaux

たいていの試合は生きている者のあいだで勝負がつく。でも、こいつは百年前に死んだ男が勝利をおさめた試合の話だ。ある底冷えのする冬の日に、古いイースト・サイドのアスレチック・クラブにすわっていたとき、歴代リング・チャンピオンのマネージャーを務めたジョン・タヴェレルがこの話をしてくれた。試合に勝った幽霊と、その幽霊を崇めた男の話を。おっと、ジョン・タヴェレルに自分の言葉で語ってもらおう。ぼくに語ってくれたとおりに――

エース・ジェッセルをお忘れじゃあるまいな。おれがマネージャーをやってた偉大な黒人のボクサーを。黒檀から彫りだしたような大男だった。身長は六フィート四インチ。試合をするときの体重は二百三十ポンド。動きはでっかい豹顔負けになめらかで、しなやかな鋼鉄みたいな筋肉が、黒光りする肌の下でさざ波を打った。あれだけの大男にしちゃ技巧派のボクサーで、左右のでっかい黒いこぶしを矢継ぎ早にふるって、破壊力のある打撃をくりだしたもんだ。

そうはいっても、マネージャーとして、おれがやつを進ませた道は、とうてい平坦とはいえなかったし、おれはときどき絶望に駆られた。というのも、エースには闘争心ってものが欠けてるように思えたからだ。勇気ならたっぷり持ちあわせてたよ。強烈な打撃をくらっても立ちつづけ、顔をさんざん殴られて、血まみれのかたまりにされちまったあとも試合をつづける勇気なら。モール・フィネガンとのあの激闘でそれは証明ずみだ。あの試合はボクシングの歴史において神話みたいなものになってる。勇気なら持ちあわせていたとも。でも、完全無欠の闘士をひたすら攻撃に駆りたてる積極性も、血まみれになるまで殴られて、ふらふらしている敵を追いかけまわす殺し屋の本能も持ちあわせちゃいなかったんだ。こういう資質が欠けているボクサーは、ここ大一番ってときに、へまをしでかすものなんだよ。

エースはボクシングをするだけで満足していた。相手よりもポイントを稼いで、負けない程度の差を積みあげていくことに。観衆はこの戦術がお好みじゃなかった。そのせいで、嘲られたり、ブーイングを浴びたりがしょっちゅうだった。でも、観衆の罵声はおれはかっかさせたけど、エースはどこ吹く風で、人のよさそうな笑みを大きくしただけだった。やつのファイトは、それでも大観衆を惹きつけた。っていうのも、やつが防御に徹しなくなったり、勝つためにはノック・アウトするしかないほど技巧派の相手と試合をしたりする機会が稀にあって、ファンは血湧き肉躍る本物の闘いってやつを見られたからだ。そういうときでも、やつが弱った敵からあとずさり、たたきのめされた男にとどめを刺す代わりに、回復して攻撃を再開する時間をあたえることがたびたびあった――そのあいだ観衆はわめきたて、おれは髪の毛をかきむしった。

さて、エース・ジェッセルはなにごとにもこだわらない流れ者、お気楽な風来坊に思えたわけだが、ひとつ心に深く根ざした感情をかかえていた。それがトム・モリノーを熱狂的に崇拝する気持ちだ。アメリカの初代チャンピオン、たくましい有色の闘う男――何人かの権威にいわせりゃ、史上最高の黒人ボクサーだよ。

トム・モリノーは百年前にアイルランドで亡くなったけど、エース・ジェッセルがこの道を志したのは、アメリカとヨーロッパにおけるその勇壮な闘いの記憶だった。トムの生涯と闘いの記録を読んだのがきっかけで、エースは拳闘の道を踏みだしたんだ。それは、やつがガキのころ苦労した波止場からのびる道で――おっと、話のつづきを聞いてもらおう。

エースの持ちもののなかでいちばん値が張るのは、その往年のボクサーの肖像画だった。やつがこれを見つけたのは――たしかに掘りだしものだった。モリノーの木版画でさえ稀少なんだから――ロンドンに住むあるスポーツマンのコレクションのなかだった。やつは持ち主を説得して売ってもらったんだ。四度の試合で稼いだ金をありったけつぎこんだけど、エースはその値段を安いもんだと思っていた。元々の額縁をはずして、がっしりした銀の額縁に換えた。ほっそりとした優美な芸術作品で、その肖像画が等身大だったことを思えば、贅沢どころの騒ぎじゃない。でも、「ミストー・トム」を称えるためなら、値段が高すぎるものなんてないし、エースは試合の数をただ三倍にして費用をまかなった。

そういうわけで、おれの脳味噌とエースのハンマーみたいなこぶしが道を拓《ひら》き、とうとう最高の試合までたどりついた。エースはヘヴィー級の有望株として名をあげて、チャンピオンのマネージャーがおれたちと契約を結ぼうとした。そのとき邪魔がはいったんだ。

拳闘の地平線上にある姿が浮かびあがってきた。そいつのせいで、おれの秘蔵っ子をふくめて、ほかのコンテンダーはみんな影が薄くなった。そいつが〈人殺し《マンキラー》〉のゴメスだった。その名に恥じない男だったよ。ゴメスってのはリング・ネームで、そいつを発見して、アメリカへ連れてきたスペイン人がつけた名前だ。本名はバランガ・グマ。アフリカ西岸出身の生粋のセネガル人だった。

百年にいちど、ボクシング・ファンは全盛期のゴメスみたいな男を眼にする。百年にいちど、そのセネガル人みたいなファイターが世に出る——生まれつきの殺し屋で、バッファローが枯れ木の藪を突き破るみたいに、並み居るボクサーの列を突き破るんだ。あの野郎は野蛮人だった、虎だった。本物の技術に欠けている分は、獰猛《どうもう》な攻撃と、体の頑丈さと、腕っ節の強さで埋めあわせた。ヨーロッパで連戦連勝という戦績をひっさげてニューヨークに上陸したときから、そいつが相手を片っ端からたたきのめすのは当然の成り行きで、ついにはその黒い野蛮人が白人チャンピオンの視界にはいってきた。犠牲者たちの壊れた体の上にぬっとそびえる姿が。チャンピオンが見たのは、壁に書かれた文字（破滅のしるしのこと。旧約聖書に記された故事にちなむ）だった。でも、大衆は試合を求めて叫びたて、ほかにどんな欠点があったにしろ、タイトル保持者は闘うチャンピオンだった。

エース・ジェッセルは、最上位のチャレンジャーのなかでただひとり、ゴメスと対戦してなかったんだが、お払い箱となり、ニューヨークに初夏が訪れるころ、タイトルが移動して、黒いジャングルの申し子、〈マンキラー〉ゴメスが闘う男たちの王者に昇りつめた。

スポーツ界も大衆も、おおかたの者は新チャンピオンを憎み、恐れた。ボクシング・ファンはリングのなかの野蛮さなら好きだが、ゴメスは獰猛ぶりをリングのなかにとどめなかったんだ。やつの魂は底なしの奈落だった。大猿みたいなもんで、原始的だった——野蛮さっていう沼地の化身だった。人間は苦労してそこから這いあがってきたわけだし、疑惑に満ちた眼でそっちを見ないわけにはいかないんだ。

白人の希望《ホワイト・ホープ》の星探しがはじまったが、結果は判で押したように同じだった。挑戦者がつぎからつぎへと〈マンキラー〉の猛攻の前に討ち死にし、ついにゴメスとグローヴを交えていない男はひとりだけになった――エース・ジェッセルだ。

おれは秘蔵っ子をゴメスみたいなボクサーと闘わせるのをためらった。っていうのも、人のいい大男の黒人に対するおれの好意は、マネージャーがボクサーと結ぶ友情の域を超えていたからだ。エースはおれにとって、たんなる飯の種じゃなかった。エースの黒い肌の下に本物の気高さがひそんでいるのを知っていたからだ。だから、内心ではエースより上手《うわて》だとわかっている男に、やつが気絶するまでたたきのめされるのを見たくなかったんだよ。しばらく時間を置いて、ゴメスが勝手に弱るのを待ちたかった。あんな闘いをしていれば疲れるに決まってるし、野蛮人の成功のあとには放蕩三昧が待っているからだ。この手のスーパー強打者《スラッガー》は、長つづきしたためしがない。ジャングルの原住民が文明の誘惑に抵抗できないのと同じだ。

でも、恐ろしく強いタイトル保持者がベルトを獲得したあとにつづく興行不振が長引いて、試合はめったに組まれなくなった。大衆はタイトル・マッチを求めて騒ぎたてる。スポーツ・ライターたちは不平をもらし、エースを臆病者だとなじる。プロモーターたちは気をそそる条件でオファーをだしてくる。とうとうおれは、〈マンキラー〉ゴメスとエース・ジェッセルが対戦する十五回戦の契約書にサインした。

トレーニング宿舎で、おれはエースのほうを向いた。

「エース、あいつをぶちのめせると思うか?」

「ミストー・ジョン」おれの眼をまっすぐ見返してエースが答えた。「力のかぎりやりますけんど、そいつは無理じゃねえかって気がしますだ。あの男、人間じゃねえですよ」

こいつはまずい、とおれにはわかった。こういう心がまえでリングにあがれば、もう半分以上は負けてるようなもんだからだ。

そのあとなにかの用でエースの部屋にはいろうとしたら、びっくり仰天して、入口で立ち止まった。部屋に近づいているときから、エースが低い声でしゃべってるのは聞こえてたんだが、てっきりトレーナーか、スパーリング・パートナーのひとりがそばにいるんだろうと思っていた。ところが、やつひとりだとわかったんだ。やつは自分の偶像の前に立っていた――トム・モリノーの肖像画の前に。

「ミストー・トム」やつはうやうやしい口調でいっていた。「おらはこれまでおらをぶっ倒せそうな男に会わずにきました。だけんど、あの黒いやつにはできそうなんです。何卒《なにとぞ》力をお貸しくだせえ、ミストー・トム」

まるで宗教儀式を邪魔したような気分だった。気味が悪かった――エースが真剣そのものでなかったら、罰当たりだと思っていただろう。でも、エースにとって、トム・モリノーはたんなる聖人じゃなかった。おれは黙ったまま入口に立ちつくし、その奇妙な活人画を眺めていた。遠いむかしにその絵を描いた画家は、すばらしい技量の持ち主だった。小柄な黒い人物が、いまにも色あせたキャンヴァスから飛びだしてきそうだった。過ぎ去った日々の息づかいが感じられるようだった。大むかしのロング・タイツをはいた力強い脚を大きく広げ、筋骨隆々の腕を高くしっかりとかかげていた。ずっとむかし、イングランドのトム・クリブと闘ったときのモリノーの立ち姿そのままに。

エース・ジェッセルは肖像画の前に立って、まるで自分の魂の内側で聞こえる、ぼんやりしたささやき声に耳をすますかのように、そのたくましい胸に頭《こうべ》を垂れていた。見ているうちに、ある奇妙で途方もない考えがおれの頭に浮かんだ——大むかしから伝わる迷信に関することだ。知ってのとおり、オカルトを探求した者たちのあいだでは、彫像や絵画にはとうに飛び去った魂を〈永遠〉の虚空から引きもどし、漠然とだが生前と似た姿に創りなおす力があるといわれてきた。エースはこの迷信を耳にしたことがあって、モリノーの肖像画に敬意を示せば、死んだ男の霊魂を死者の領域から呼びもどし、助言と助力を得られると思ったんじゃないだろうか。おれはこの莫迦《ばか》げた考えに肩をすくめ、まわれ右した。そうしながら、あいかわらず黒い玄武岩の大きな彫像のように立っているエースと、その前にある絵をちらっと見なおすと、おかしな幻に気がついた。キャンヴァスがかすかにさざ波立っているように思えたんだ。ちょうど、そよ風が吹きわたる湖面みたいに。

とはいえ、試合当日が近づくころには、そんなことはすっかり忘れていた。

エースがリングにあがると、大観衆の歓声がこだました。ゴメスが登場したとき、ふたたび歓声があがったが、心の底からのものじゃなかった。奇妙な対照を見せていたよ、このふたりの黒人は。肌の色はそっくりだけど、それ以外はなにからなにまでちがってたんだ！

エースはひょろりとした長身で、手足はすんなりしていて、筋肉は長くなめらか。眼は澄みわたり、額は秀でている。

それにくらべると、ゴメスはずんぐりして見えた。もっとも、六フィート二インチは優にあったんだが。エースの腱が太いケーブルみたいに長くて、なめらかなのに対し、やつの腱はゴツゴツと節くれだっている。ふくらはぎ、太腿、腕、肩は大きな筋肉のかたまりとなって盛りあがっている。小さな銃弾形の頭は、ばかでかい肩のあいだにまっすぐはめこまれていて、額は狭すぎるんで、縮れ毛が小さな野獣じみた血走った眼にかぶさっているように見える。胸には黒い毛がもじゃもじゃと生えている。

やつは大口をあけて笑うと、野蛮人ならではの不遜な態度で自分の胸をドンとたたき、たくましい腕を曲げのばした。自分のコーナーにいたエースは、観衆に白い歯を見せたけど、その黒い顔は血の気が失せていたし、膝はガクガク震えていた。

お決まりの手順が踏まれた。レフリーの指示があり、体重が告知され——エースは二百三十ポンド、ゴメスは二百四十八ポンド——それから大きな会場全体の照明が消された。例外は、世界の尾根にふたりきりで立つ男たちのように、ふたりの黒い巨人が向かいあっているリングの上で灯るものだけ。

ゴングと同時にゴメスがコーナーで身をひるがえし、獰猛そのものの息を呑む雄叫びをあげて出てきた。エースは、怖じ気づいていたにちがいないんだが、ゴリラに突進する穴居人の勇気をふるって、やつを迎え撃とうと飛びだした。で、ふたりはリング中央でぶつかり合った。

先手をとったのは〈マンキラー〉だった。左フックがエースの肋《あばら》をかすめた。エースは長い左を顔面に、右ストレートをボディに放って応戦し、右が当たった。ゴメスは両手をふりまわしながら突っこんできて、エースは、いちど打ちあいに持ちこもうとして失敗したあと、後退した。チャンピオンはリングの反対側まで彼を追いたて、エースがクリンチをするところに、強烈な左をボディにぶちこんだ。ブレークと同時に、ゴメスは強烈な右を顎先《チン》に放ち、エースはよろよろとロープに寄りかかった。チャンピオンが飢えた狼みたいにやつを追って突進したとたん、観衆から「あーっ！」という大歓声があがったが、エースはくりだされる腕のあいだになんとか飛びこみ、クリンチに持ちこむと、頭をふってすっきりさせた。ゴメスが左をくりだしたが、エースの腕に抑えこまれていたんで、勢いの大部分は殺《そ》がれていた。レフリーがセネガル人に注意をあたえた。

　ブレークがかかり、エースはステップを踏んで後退しながら、左ですばやく巧みなジャブをくりだした。そのラウンドは、バッファローのように吼えるチャンピオンが、細身の剣《レイピア》のようなエースの腕をかいくぐろうとしたところで終わった。

　ラウンドの合間に、おれはできるだけ接近戦を避けろとエースに助言した。接近戦だと、エースをうわまわるゴメスの体力がものをいうんだ。フットワークを使って、できるだけパンチをもらわないようにしろともいった。

　第二ラウンドのはじまりは第一ラウンドとそっくりだった。ゴメスが突進し、エースはありったけの技術を駆使してやつを食い止め、あの猛烈な打撃をよける。エースみたいな変幻自在のボクサーをコーナーにつめるのは至難の業だ。元気溌剌で、距離をとり、ゴメスより上手《うわて》の技術を駆使しているときは。ゴメスは莫迦のひとつおぼえみたいに接近して、体力と獰猛さだけで敵をたたきのめそうとする。そうはいっても、エースのスピードと技術にもかかわらず、ゴングが鳴る直前、ゴメスは距離をつめて、強烈な左をエースの土手っ腹に手首までめりこませた。コーナーにもどるとき、長身の黒人はかすかに足をふらつかせていた。おれには終わりのはじまりが見えた。ゴメスの活力とパワーは無尽蔵に思えた。消耗したようすはなく、エースの足の速さと眼の正確さを奪うには、それほど多くのパンチを命中させなくてもすみそうだった。そうなったら、足を止めてパンチを応酬するしかない。エースは一巻の終わりだ。

ゴメスは相手にダメージをあたえたのを見てとり、第三ラウンドがはじまって突進してきたときには、眼に殺意をみなぎらせていた。左ストレートをダッキングでかわし、きつい右のアッパーカットをまともに顔面にくらわせ、左右のフックをボディにたたきこんでから、すさまじい右ストレートをチンにくりだしたが、エースが体を泳がせて、その打撃の勢いの大部分を奪った。チャンピオンがまだバランスを崩しているうちに、エースが冷静に情勢判断して、痛烈な右フックをチンに放った。ゴメスの頭が、肩に蝶番でつながっているかのようにガクンとのけぞり、やつは棒立ちになった。でも、観衆が手を握りしめ、口を開き、ゴメスがぶっ倒れるのを望んで総立ちになったときには、チャンピオンは銃弾形の頭をふり、雄叫びをあげながらやってきた。そのラウンドは、両者がリング中央でクリンチしている場面で終わった。

第四ラウンドがはじまると、ゴメスがエースに襲いかかり、よけきるのは無理と思える打撃の雨を降らせて、リング上を追いまわした。打撃を浴びてやけを起こしたエースは、ニュートラル・

コーナーに立ち、左右をボディにたたきこんでゴメスを愕然とさせたけど、お返しに強烈な左を顔面にくらった。そのときチャンピオンがいきなり痛烈な左をみぞおちにめりこませて、エースがふらつくと同時に、必殺の右をチンに放った。エースは後退してロープにもたれ、本能的に両手をあげて、顎を胸にくっつけた。ゴメスの短い強烈なパンチは、守りを固めたエースのグローヴに一部をブロックされた。と、ロープに釘づけにされ、〈マンキラー〉の攻撃でまだぼうっとしていたエースが、いきなり猛攻に転じると、チャンピオンと接近戦で殴りあって、相手を吹っ飛ばし、リングの反対側まで追いたてたんだ！

観衆は熱狂した。でも、エースのコーナーのうしろでうずくまっていたおれには、壁に書かれた文字が見えた。エースはこれまで闘ったことがない闘いをしていた。でも、チャンピオンのペースについていける人間は、この世にいないんだ。

ロープぎわで闘いながら、エースは強烈な左をボディに、左右を顔面にたたきこんだが、右手の一撃を肋《あばら》にお返しされ、思わずひるんだ。ゴングと同時に、ゴメスが必殺の左をまた一発ボディに命中させた。

エースのトレーナーたちがてきぱきと手当てをした。その長身の黒人が弱っているのがわかった。こんなラウンドがあと二、三回つづけば、おしまいだろう。

「エース、あのボディへの打撃をくらわないようにできないか？」

「ミストー・ジョン、わかりましただ、やってみます」と、やつは答えた。

ゴングだ！　エースが勢いよく飛びだした。その惚れぼれするような体が、ダイナミックなネルギーで小刻みに震えていた。ゴメスが彼を迎え撃った。その鉄の筋肉が盛りあがり、引き締まった戦闘装置になる。ドスッ――ドスッ――そしてもういちど、ドスッ！　クリンチだ。そしてブレークと同時に、ゴメスが太い右腕を引き、エースの口もとに痛烈な一撃をたたきこんだ。長身の黒人がよろめき――ダウンした！　と、カウントのあいだ休んでいろとおれが叫んでいるにもかかわらず、やつは長い鋼鉄のような脚を引きよせ、跳ね起きたんだ。血が黒い胸を流れ落ちていた。ゴメスが飛びかかり、やけくそ気味の怒りに駆られたエースは、強烈な右をまともに顎に命中させた。するとゴメスが、背中からキャンヴァスに倒れこんだんだ！　観衆は総立ちで絶叫していた！　十秒のうちに、ふたりとも生まれてはじめてのダウンを喫したんだ！

「ワン！　ツー！　スリー！　フォー！」レフリーの腕が上下する。

ゴメスが立ちあがった。無傷で、猛り狂っていた。野獣のように吼えながら突進し、エースがくりだすパンチを払いのけると、たくましい肩のウェイトがたっぷり載った右手をエースの土手っ腹にまともにたたきこんだ。エースが真っ青になった――やつは大木のようにぐらりと揺れ、ゴメスの左右の連打で膝立ちになった。コーキング用ハンマーでぶったたくみたいな音がした。

「ワン！　ツー！　スリー！　フォー！――」

エースはキャンヴァス上でもがきながら、必死に脚を引きよせようとしていた。ファンの雄叫びは一瞬も途切れず、あまりの騒音に、ものを考えることもできなかった。

「ファイヴ！　シックス！　セヴン！――」

エースが立ちあがった！　ゴメスが血染めのキャンヴァスの反対側から突っこんできた。未開人の激怒に駆られ、わけのわからないことを口走りながら。やつの打撃はスレッジ・ハンマー顔負けで、ふらつくチャレンジャーに雨あられと降りかかった。左—右—またしても左。エースにはそれをよける体力がなかった。

「ワン！　ツー！　スリー！　フォー！　ファイヴ！　シックス！　セヴン！　エイト！——」

またしてもエースは立ちあがった。ふらふらしていて、眼はうつろ。手も足も出ない。左フックでロープまで飛ばされ、はね返った勢いで両膝をつく——ゴングだ！

トレーナーたちとおれがリングに飛びこむなか、眼の見えないエースは手探りで自分のコーナーまでもどってきて、ぐったりと円椅子にすわりこんだ。

「エース、相手が悪すぎるぞ」

エースがにやりと笑って血だらけの口もとをゆがませた。その血走った眼から不屈の闘志がのぞいていた。

「ミストー・ジョン、お願《ねげ》えですから、タオルを投げねえでくだせえ。なんとかします、なんとかしてみせますだ。あの野郎だって、ひと晩じゅうこんなペースをつづけられっこありません」

たしかに無理だろう。でも、それはエース・ジェッセルも同じこと。やつのすばらしい活力と、驚異的な回復力をもってしても。そのおかげで、やつはつぎのラウンドを闘うために出ていったんだが。とにかく、多少の体力は回復しているように見えた。

第六ラウンドと第七ラウンドは比較的落ちついていた。ひょっとしたら、本当にゴメスは自分の定めた猛烈なペースのせいで疲れていたのかもしれん。ともあれ、エースはなんとか距離をとって事実上のスパーリング・マッチに持ちこみ、消耗しきった人間がどれだけ長いあいだ敵を退《しりぞ》け、破壊に専念している強打者を寄せつけずにいられるかというショーを観衆に披露した。さしものおれも、エースが見せている極上のボクシングには舌を巻いた。たとえゴメスにしては用心深く闘っているのを知っていてもだ。あの凄絶な打ちあいになった第五ラウンドに、やつはエースの右手のパワーを思い知ったんだ。フェイントを警戒していたのかもしれん。生まれてはじめて、やつはキャンヴァスの上で大の字になった。やつは自分が勝っているのを承知していた。たぶん、ラウンドふたつを休憩に当ててもいいと思ったんだろう。たっぷりと時間をとって、最後の猛攻のためにエネルギーをたくわえておくつもりなんだ。

第八ラウンドのゴングが鳴ると同時に、その猛攻がはじまった。ゴメスは例によってスレッジ・ハンマーをふりまわすみたいな攻撃をくりだし、エースを追ってリング上を駆けまわり、ニュートラル・コーナーでダウンさせた。やつが敵をぶちのめすと決意したら、そのファイト・スタイルからして、技術やスピードでは最終結果をまぬがれることは不可能で、遅らせることしかできなかった。エースはカウントを九までとられ、立ちあがると、さっと後退した。でも、ゴメスが追いかけた。チャンピオンは左を二発はずしてから、右を心臓の下にめりこませ、エースは血の気を失った。左を顎にくらって膝が折れ、必死にクリンチに持ちこんだ。ブレークぎわにエースは左ストレートを顔面に、右フックをチンに放ったが、その打撃には以前の力が欠けていたんで、ゴメスはそれをふり払い、エースの土手っ腹に左を手首までめりこませた。エースはまたしてもクリンチしたが、チャンピオンは払いのけ、強烈なフックをボディに連打して、リングの反対側まで追いつめた。ゴングが鳴ったとき、ふたりはロープぎわで殴りあっていた。

エースがよろよろとまちがったコーナーへ行き、トレーナーたちに本来のコーナーへ連れもどされると、円椅子にどっかりとすわりこんだ。脚はガクガク震えていたし、分厚い黒い胸は、超人的な努力を重ねているせいで波打っていた。チャンピオンにちらっと眼をやると、すわりこんで敵をにらみつけていた。やつも激闘の跡を見せていたけど、エースよりずっとピンピンしていた。レフリーがやってきて、ためらいがちにエースを見てから、おれに話しかけた。

傷ついた頭にかかる霧を通して、エースはレフリーの言葉の意味をさとり、必死に立ちあがった。恐怖らしきもので眼をぎらつかせながら。

「ミストー・ジョン、止めさせねえでくだせえ！　止めさせねえでくだせえ！　おらはへっちゃらです、あの野郎だってへっちゃらです」

レフリーは肩をすくめ、リングの中央へもどって行った。おれはトレーナーのひとりに向きなおり、会場へ持ちこんでおいた平たいつつみをとりに行かせた。

エースに助言するだけ無駄だった。ずたぼろにやられていて、理解できなかったんだ——やつの麻痺した脳味噌には、ひとつの考えしかはいる余地がなかった——闘って闘って、闘いつづける——死をべつにすればあらゆるものより強い、古い原始的な本能だ。

ゴングが鳴って、やつはよろよろと自分の破滅を迎えにいった。その不屈の闘志に、観衆は総立ちになって絶叫した。やつがパンチを放った。狙いの定まっていない左をでたらめに。チャンピオンは両手で連打しながら突進し、やがてエースがダウンした。「ナイン」で立ちあがり、本能的にさっと後退したが、ゴメスが長い右ストレートをとどかせ、またしてもやつをダウンさせた。またしてもやつは「ナイン」を聞いてからふらふらと立ちあがったが、こんどは観衆は黙っていた。殺せと叫ぶ声はひとつもあがらなかった。これはなぶり殺しであって、原始的な殺戮だ。そしてエース・ジェッセルの勇気が、おれの心臓をわしづかみにすると同時に、観衆の息を呑ませたんだ。

エースは無我夢中でクリンチに持ちこんだ。もういちど、そしてもういちど。とうとう怒り狂った〈マンキラー〉がふり払い、右をボディにめりこませた。エースの肋骨が朽ち木のようにへし折れ、バキッという乾いた音が、会場全体ではっきりと聞こえた——観衆から押し殺した悲鳴があがり、エースが荒い息をして、がっくりと両膝をついた。

「——セヴン！　エイト！——」黒い巨体がキャンヴァスの上でもがいていた。

「——ナイン！」そして奇跡が起き、エースはふらふらと立ちあがった。顎を下げ、両腕をだらんと垂らしながら。

ゴメスが彼をじっと見つめた。哀れみからではなく、この敵がなんでまた立ちあがれたのかさっぱりわからないといいたげに。つぎの瞬間、とどめを刺しに突進してきた。エースは絶体絶命だった。血で眼が見えず、足はキャンヴァスにできた大きなしみの上ですべった——自分の血だ。両眼はふさがったも同然、つぶれた鼻から荒い息をすると、赤い靄《もや》が周囲にかかった。深い傷が頬と頬骨に走っていて、顔の左側はたたかれた赤い肉のかたまりだった。やつはいま本能だけで闘いつづけていた。エース・ジェッセルに闘争心があることを疑う者は、金輪際いないだろう。

そうはいっても、闘争心をささえる肉体がずたぼろになり、脳味噌に無意識の霧がかかっているときは、それだけじゃ足りないんだ。エースは息をもつかせぬゴメスの猛攻の前に沈みこみ、こんどこそ終わりだと観衆にもわかった。

エースがくらったような打撃をくらったときは、肉体や精神にとどまらないものを試合に呼びこまないといけない。ぼうっとした頭を刺激し、霊感を吹きこむなにか、頭に火をつけて超人業の高みにまで昇らせるなにかを。万一の場合、おれはこの霊感を吹きこむつもりでいた。エースの心の琴線に触れられるとわかっている、たったひとつの方法で。

トレーニング宿舎をあとにする前、エースには知られずに、おれはトム・モリノーの肖像画を額縁からはずし、丁寧につつんで試合会場へ持ちこんでいた。いまおれはこの絵を手にとった。そしてエースの眼が、本能的に、自分の意志とはかかわりなく自分のコーナーを探したとき、その絵をかかげたんだ。リングの照明のギラギラする光のすぐ外側で。だから照明が当たっているあいだ、その絵はぼんやりと薄暗く見えたはずだ。おれのやったことはまちがいで、ひとりよがりだったと思われても仕方がない。殴り殺されかけている人間を立ちあがらせて、さらにパンチを浴びるように仕向けたんだから。でも、格闘技の申し子たちの魂は部外者には推し量れっこない。連中にとって勝利は人生よりも大事なもので、敗北は死よりも悪いものなんだ。

すべての眼がリング中央で這いつくばっている体に、ロープにもたれて肩で息をしているチャンピオンに、規則正しく上下して破滅を告げるレフリーの腕に釘づけだった。おれのやったことを見た人間が、観衆のなかに四人いたかどうか。でも、エース・ジェッセルは見た。やつの血走って、霞のかかった眼に輝きが宿るのがわかった。やつが激しく頭をふるのが見えた。長い脚をのろのろと尻まで引きよせるのが見えた。長い時間に思えた。クライマックスに近づくにつれ、レフリーの単調な声が高まった——とそのとき、あらゆる神々にかけて、エース・ジェッセルが立ちあがったんだ！　観衆は気が狂ったように絶叫した。

やつの眼が、奇妙な荒々しい光で爛々と輝くのが見えた。そして誓っていうが、おれの手のなかの絵が、いきなりぶるっと震えたんだ！

冷たい風が死のようにすーっと吹きすぎていき、隣にいた男が思わず身震いして、上着をかき寄せる音がした。でも、ボクシング史上最高のドラマが演じられているリングに視線をやり、眼をみはって、まじまじと見たとき、おれの魂をわしづかみにしたのは、冷たい風じゃなかった。そこにはエース・ジェッセルがいた。血まみれで、見るも無惨だが、新しいダイナミックな生命力で脈打ち、超人的な力に火をつけられている——そこには〈マンキラー〉ゴメスがいた。敵の新しい怒りの炸裂に驚きのあまり言葉を失っている——そこには無表情のレフリーがいた——そして なんとも恐ろしいことに、そのリングに四人の男がいるのが見えたんだ！

四人めは——小柄だが、どっしりした体つきの黒人で、樽みたいな胸とたくましい手足をしていて、大むかしのロング・タイツをはいていた。見ているうちに、この男がほかの男たちとはちがうのがわかった。っていうのも、その男の向こうにリングのロープと、ぼんやりとリングの照明が見えたからだ。まるで暗い霧を透かし見ているかのように——まるでその男を透かし見ているかのように。

おれの秘蔵っ子が疲れて気力の萎えたゴメスに襲いかかったとき、その男のたくましい腕はエース・ジェッセルの腰にまわされていた。その男の硬い拳骨が、エースのそれといっしょにやけを起こした〈マンキラー〉の頭とボディに命中した。ゴメスにこの闖入者が見えたのか、あるいはこの闖入者が眼に映るのを理解したのかどうかはわからない。エースの突然の回復ぶりの不自然さに、キャンヴァスの上で気絶しているべきエースの、この世のものとも思えない体力に呆然として、弱っていたゴメスはよろめいた。途方に暮れたやつは、どうするか決めかねて、盛りかえす暇もなくたたきのめされた。杭打ち機のスピードとパワーで打ちこまれた長いストレートの連打を浴びて、たじたじとなったんだ。そしてとどめの一撃――雄牛だって倒せそうな右ストレート――が〈マンキラー〉ゴメスに命中した。エースのたくましい肩の力だけじゃなく、エースの手首をつかむぼんやりした黒い手の助けも借りてくりだされた一撃が。誓っていうが、その四人めの男がエースの手をゴメスのチンまで導き、自分自身の盛りあがった肩の力をその一撃にこめたんだ。

一瞬、その奇妙な活人画がおれの脳味噌に焼きこまれた。這いつくばったチャンピオンの上でカウントをとっている仰天したレフリー、頭を下げ、両腕をだらりと垂らし、長いリング・タイツをはいた小柄なたくましい人物にささえられて立っているエース・ジェッセル。とそのとき、おれが必死にこらした眼の前でこの人物が薄れて消え、トム・モリノーの肖像画がおれの痺れた指から落ちると同時に、まるで身震いするかのように、それが揺れるのを感じた。

頭のなかでとどろきわたる熱狂したファンの歓声を聞きながらリングへあがったとき、おれは今日も疑問に思うように、ぼんやりと思った――この大観衆のなかで、おれひとりがあの光景を見ることになったのは、あの絵を手にしていたからだろうか、ってな。

観衆に見えたのは奇跡だけだ。殴り殺されかけていた男が、説明のつかない体力と活力でよみがえり、征服者を征服したという奇跡。観衆には四人めの男は見えなかった。〈マンキラー〉のゴメスにも見えなかった。

エース・ジェッセルには？　黒人はある種の話題にはけっして触れないものだし、おれもその件についてはいちども訊いたことがない。でも、自分のコーナーでやつがくずおれたとき、おれはやつの上にかがみこみ、意識を失うまぎわのやつが、こうつぶやくのを耳にした――

「ミストー・トム――あの人がやったんです――あの人の手がおらの手首にかかっとりましただ――おらが――ゴメスを――ぶっ倒した――ときに」

例の古い迷信は、おれにいわせりゃ正しいものだ。今後、おれは疑ったりしないだろう――身も心も捧げた者が、生き写しの肖像画を所有すれば、星気体界《アストラル》という未知の虚空から、その肖像画そっくりの生身の体におさまっていた魂だか、霊魂だか、幽霊だかを呼びもどせるってことを。ひょっとしたら肖像画は扉なのかもしれん。それを通って星気体は、この世界とつぎの世界とのあいだを行き来できるのかもしれん――そのつぎの世界とやらが、どんなところであるにしても。

でも、四人めの男を見たのはエース・ジェッセルとおれだけだといったとき、かならずしも正確じゃなかった。試合のあとレフリーが――鋼鉄の神経と冷たい眼をした、むかし気質《かたぎ》の御仁だが――おれにこういったんだ。

「あの最後のラウンドに、どうも冷たい風がリングに吹いたらしいのに気づいたかい？　正直にいってくれ、おれの頭がどうかしたのか、それとも、エース・ジェッセルがゴメスを倒したとき、あいつのまわりに浮かんでいる黒い影が見えたんだろうか？」

「見えたんだよ」と、おれは答えた。「おれたちみんなの頭がどうかしたんじゃないかぎり、トム・モリノーの幽霊が、今夜あのリングにいたのさ」

失われた者たちの谷

The Valley of the Lost

狼がハンターの動静をうかがうように、ジョン・レイノルズは追っ手を注視した。斜面の藪のなかで彼はぴたりと身を伏せ、心のなかで憎悪を赤く煮えたぎらせていた。猛然と馬を飛ばしてきたのだ。その馬は背後に当たる斜面の上のほう、道ともいえぬ小道が〈失われた谷〉から蛇行しながらのびてきているところに立っていた。眼を怒らせた半野生馬である。長い走りのあとで、頭を垂れ、体をわななかせている。眼下には、八十ヤードも離れていないところに、彼の血族を殺害したばかりの敵が立っていた。

そいつらは〈幽霊の洞窟〉に面した空き地で馬をおり、仲間内で話しあっているのだった。ジョン・レイノルズは、古く激しい憎悪とともに、その全員を知っていた。宿怨の黒い影が、そいつらと彼自身とのあいだに横たわっているのである。

開拓初期テキサスの宿怨は、ケンタッキー山地の宿怨を歌ってきた年代記作者たちに見過ごされてきた。もっとも、南西部にはじめて入植した男たちは、その山地民と同じ血を引いているのだが。しかし、ちがいがあった。山国では、宿怨は何世代にもわたって延々とつづく。テキサスの開拓地では、宿怨は短く、激烈で、ぞっとするほど血なまぐさい。

レイノルズ家とマクリル家の宿怨は、テキサスの宿怨にしては長くつづいていた——放牧地水利権をめぐっていさかいになり、老ユサウ・レイノルズが、アンテロープ・ウェルズの酒場で若いブラクストン・マクリルを猟刀で刺し殺してから十五年が経過していた。十五年にわたりレイノルズ家とその血族――ブリル家、アリスン家、ドネリー家――は、マクリル家とその血族――キリハー家、フレッチャー家、オード家――と公然と闘ってきた。丘陵での待ち伏せがあり、開けた放牧地での殺人があり、小さな田舎町の通りでの銃撃戦があった。それぞれの氏族は、相手の牛を片っ端から盗んだ。報復のために両陣営ともガンマンや無法者を呼びよせ、恐怖と無法状態が近隣一帯に支配を広げていった。入植者たちは闘いで疲弊した放牧地を忌み嫌った。宿怨は進歩と発展を阻害する赤い障害物となり――野蛮な退化がその地方全体を混乱におとしいれていた。

幼いジョン・レイノルズはその気風に染まった。宿怨の雰囲気のなかで成長し、それは彼にとって燃えるような強迫観念となった。闘いは両氏族に甚大な被害をもたらしたが、レイノルズ一族のほうが痛い目にあっていた。ジョンは、レイノルズ一族のうちで最後に残った闘える者だった。氏族を統べる厳格な老家長であるエサウは、マクリル家の弾丸で両脚が麻痺しているため、歩くことも、鞍にまたがることも二度とままならないからだ。兄弟が待ち伏せにあって撃ちたおされたり、正面衝突で命を奪われたりするのをジョンは眼にしてきた。

そしていま、衰退の一途にある氏族を最後の一撃がぬぐい消そうとしていた。アンテロープ・ウェルズの酒場で自分たちがはまりこんだ罠に考えがおよんだとき、ジョン・レイノルズは悪態をついた。そこで隠れていた敵に不意打ちを食らって、必殺の銃弾を浴びせられたのだ。いとこのビル・ドネリーが倒れた。姉の息子である若きジョナサン・ブリル、義理の兄に当たるジョブ・アリスン、雇われガンマンのスティーヴ・カーニーが倒れた。自分がどうやってその場を逃げだし、雨あられと降る鉛の玉をかいくぐって、馬をつないである杭までたどり着けたのかはよくわからない。だが、追っ手が間近に迫っていたので自分の馬——脚の長い、痩せ型の鹿毛——に乗る暇はなく、最初に行きあたった馬に乗るしかなかった。眼を怒らせた、足は速いが息のつづかない半野生馬で、死んだジョナサン・ブリルの馬だった。

　しばらくは追っ手との距離を保てた——人の住まない丘陵にたどり着き、静寂につつまれた藪と、崩れかけた石の柱のある謎めいた〈失われた谷〉へぐるっとまわりこんだら、そこで引きかえして丘陵を越え、レイノルズ家の地所へたどり着くつもりだった。ところが、半野生馬が息切れしてしまったのだ。彼は斜面の上のほう、谷の底からは見えないところに馬をつなぎ、腹這いでもどった。すると敵が谷間に乗りこんでくるところだった。総勢五人——永遠に消えないせせら笑いで狼めいた口もとをねじれさせている老ジョナス・マクリル。黒い顎鬚《あごひげ》を生やし、若いころ野生馬から落ちた後遺症で足を引きずっているソール・フレッチャー。ビル・オードとピーター・オードの兄弟。そして無法者のジャック・ソロモン。

　ジョナス・マクリルの声が、息をひそめた監視者のところまであがってきた。

「いいか、あいつはこの谷のどっかに隠れとる。あいつは半野生馬に乗っとった。あの手の馬には根性がねえ。賭けてもええが、ここまで来るので精いっぱいだったはずじゃ」

「そんならよ」——憎むべきソール・フレッチャーの声だ——「なんでインディアンの会議みてえに突っ立ってるんだ？　さっさとあいつを狩りだそうや」

「そうあせるな」と、うなり声で老ジョナス。「わしらが追っとるのはジョン・レイノルズじゃ。

それを忘れるな。時間ならたっぷりある——」

ジョン・レイノルズの指が、シングル・アクション四五口径の銃把をさらに強く握りしめた。弾倉に残っている弾丸《たま》は二発。彼は眼の前にある低木の幹ごしに銃口を押しだし、邪悪な牙のような撃鉄を親指で起こした。灰色の眼が細くなり、氷のようにくすむと同時に、長い青色の銃身にそって狙いを定める。瞬間的に自分の憎悪を秤《はかり》にかけ、ソール・フレッチャーを選んだ。魂のなかのあらゆる憎しみが、一瞬その黒い顎鬚を生やした凶暴な顔と、引きずる足のたてる音に集中した。あの夜、負傷して、包囲された家畜の囲いのなかに横たわり、穴だらけになった弟の死体をかたわらにして、ソールとその兄弟を撃退したとき耳にした足音だ。

ジョン・レイノルズの指が曲がり、けたたましい銃声が眠れる丘陵にこだました。ソール・フレッチャーが、黒い顎鬚を酔っ払ったようにふりあげ、よろめいたかと思うと、つんのめるように倒れた。ほかの者たちは、開拓地の戦闘に慣れた者の機敏さで、岩陰に飛びこんだ。応射の銃声がとどろくなか、銃弾がやみくもに斜面を薙《な》いだ。弾丸が藪を貫通し、姿の見えない殺人者の頭上をヒュンヒュンと通過する。斜面の高いところで半野生馬が——谷間の男たちは見えないが、銃声におびえて——かん高い声でいななき、さお立ちになると、つながれていた手綱を噛みちぎって、丘の小道を逃げていった。蹄《ひづめ》が石を打つ轟音が遠ざかっていく。

一瞬、静寂が支配した。つぎの瞬間、ジョナス・マクリルの怒声があがった。

「いったじゃろう、あいつはここに隠れとるって！　出てくるんじゃ——まんまと逃げられちまった」

老戦士の長身痩軀が、逃げこんだ岩の陰から起きあがった。獰猛《どうもう》な笑みを浮かべたレイノルズは、しっかりと狙いを定めた。とそのとき、自己保存の本能がその手を抑えた。ほかの者たちが開けたところへ出てきたのだ。

「なにぐずぐずしてんだよ」と若いビル・オードが、眼に怒りの涙を浮かべて叫んだ。「あのコヨーテがソールを撃って、馬を飛ばしてこっから逃げていきやがった。それなのに突っ立って、おしゃべりときた。おれは行くぜ――」馬に向かって歩きだす。

「わしの話を聞くんじゃ！」老ジョナスが怒鳴った。「おまえらみんなに、あせるなといったじゃろう――それなのに、おまえらは眼の見えん禿鷹の群れみたいにすっ飛んできて、このざまじゃ。ほれ、ソールは死体になってころがっとる。用心せんかったら、ジョン・レイノルズの野郎にみな殺しにされちまうぞ。あいつがここにおるといわんかったか？　おおかた馬を止めて休ませておったんじゃろう。遠くへは行けっこねえ。はじめにいったとおり、こいつは長い狩りになる。あいつには先へ行かせりゃいい。あいつが前におるかぎり、待ち伏せに用心しなけりゃなんねえ。あいつはレイノルズ家の牧場《まきば》にもどろうとするじゃろう。そんなら、のんびり追いかけてって、あいつの気がいっときも安まらんようにしてやるまでよ。でっけえ半円の内側を進むようにすりゃあ、あいつに横をすりぬけられずにすむ――あの息の短い半野生馬に乗ってるんなら無理じゃ。ひたすら追いかけて、あいつの馬が音《ね》をあげたら、こっちのもんよ。追いつめられたあいつが行きそうなところはよくわかっとる――〈盲目の馬の峡谷〉じゃ」

「そんなら、あいつを飢え死にさせてやる」とジャック・ソロモンがうなり声でいう。

「うんにゃ、そうじゃねえ」老ジョナスがにやりと笑った。「ビル、おまえは大急ぎでアンテロープへもどって、ダイナマイトを五、六本手に入れるんじゃ。そしたら元気な馬を手に入れて、わしらを追ってこい。峡谷に着く前に追いつけたら、それでよし。もしあいつがわしらをふり切って、そこに隠れたら、おまえを待って、それからあいつを吹っ飛ばしてやる」

「ソールはどうする?」とピーター・オードが声をはりあげる。

「やつは死んどる」と、うなり声でジョナス。「いまやつにしてやれることはねえ。連れて帰る時間もねえ」

彼はちらっと空を見あげた。そこではすでに黒い点が、青空を背にいくつも旋回していた。彼の視線がゆっくりと移動して、険しい崖にあいた洞窟の、積み石でふさがれた入口へといたった。小道がのびている斜面に対して直角にそそり立っている崖である。

「あの洞穴を開いて、なかへ入れるとしよう」とジョナス。「石を積みなおしゃ、狼や禿鷹に食われることはねえ。一日じゃもどってこれねえかもしれんでな」

「あの洞穴には幽霊が出る」とビル・オードが不安げにつぶやいた。「インジャンのいい伝えだと、あそこに死人を置いたら、真夜中に歩いて出てくるんだと」

「つべこべいわずに、かわいそうなソールを運ぶのを手伝え」とジョナスがぴしゃりといった。「血を分けた仲間が死んでころがっとって、下手人は刻一刻と遠ざかっとるのに、幽霊がどうのこうのといいやがるのか」

彼らが死骸を持ちあげたとき、ジョナスはホルスターから長銃身の六連発をぬき、その銃を自分のズボンの上縁に押しこんだ。

「かわいそうなソール」と彼はうなり声でいった。「まちがいなく死んどる。心臓を撃ちぬかれとるんじゃ。たぶん、地面にぶつかる前に死んどったのじゃろう。おのれ、あのくそったれレイノルズには、この報いを受けさせにゃっからな」

彼らは死者を洞穴まで運んでいき、そこにおろすと、入口をふさぐ積み石を崩しにかかった。まもなく石はわきへどかされ、レイノルズの眼前で、男たちは死体をなかへ運びいれた。重荷がなくなった彼らは、すぐに出てきて馬に乗った。若いビル・オードがぐるっとまわりこんで谷から出ていき、木々のあいだに姿を消した。残りの四人は、丘陵へのびる曲がりくねった道をゆっくりとたどった。彼らはジョン・レイノルズの隠れているところから百フィート以内を通りかかり、レイノルズは、見つかるのを恐れて大地にへばりついた。しかし、四人は彼のほうに眼をやりさえしなかった。彼らの蹄の音が岩がちの小道を遠ざかっていく。やがて往古の面影をとどめる谷間にふたたび静寂がおりた。

ジョン・レイノルズはおそるおそる立ちあがり、狩りたてられた狼が見まわすように周囲を見まわしてから、すばやく斜面をおりていった。心中には非常にはっきりした目的があった。手持ちの弾薬は、まだ撃っていない一発だけ。しかし、ソール・フレッチャーの死体には、四五口径の弾丸がぎっしりおさまったベルトが巻きついているのだ。

洞穴の入口に積みあげられた石を崩しにかかったとき、奇妙にぼんやりした考えが脳裡に浮かんだ。その洞穴と谷そのものに思いがいたると、かならず浮かんでくる考えだ。なぜインディアンはこの谷を〈失われた者たちの谷〉――白人はそれを〈失われた谷〉にちぢめた――と名づけたのだろう？　なぜ赤色人はそれを忌み嫌ってきたのだろう？　白人の記憶では、かつてビッグフット・ウォーレスとその騎馬警備隊の復讐を逃れてきたカイオワ族の一団が、そこに逗留し、惨劇に見舞われたことがある。その部族の生き残りは逃げのびて、途方もない話を語った。そのなかでは殺人、親族殺し、狂気、吸血行為、虐殺、人肉食が身の毛のよだつ役割を演じるのだ。そのあと六人の白人兄弟――名前はスターク――が〈失われた谷〉に入植した。彼らは、カイオワ族がふさいだ洞穴をあらためて開いた。ある夜、恐怖が彼らの身に降りかかり、五人がたがいの手にかかって命を落とした。生き残りは洞穴の入口をふたたび積み石でふさぎ、立ち去った。行き先はだれも知らないが、入植地に広まった噂によると、スタークという名前の男が、かつて〈失われた谷〉に住んだカイオワ族の生き残りのもとへやってきて、長々と話しこんだあと、みずからの猟刀でみずからの喉をかっ切ったという。

嘘と伝説のからみあった網でないとすれば、〈失われた谷〉の謎とはなんだろう？　谷じゅうに散らばっているあの崩れかけた石、のび放題の草になかば隠れている石にはどんな意味があるのだろう？　あれは、とりわけ月明かりのもとでは、奇妙な対称性をおびているように見える。したがって、〈失われた谷〉にはかつて先史時代の都が立っており、あれは崩れかけた列柱なのだとインディアンが誓っていうとき、その言葉を信じる者もいる。レイノルズ自身も、放浪の探鉱師がある崖のふもとで掘りだした頭蓋骨を――それが崩れて灰色の塵の山となる前に――見たことがあった。それは白色人種のものでもインディアンのものでもないようだった――てっぺんがとがった風変わりな頭蓋骨で、顎骨の形がちがっていたら、大洪水以前に生きていた未知の動物の頭蓋骨で通っただろう。

そうした考えが漠然と脳裡をかすめ過ぎるなか、ジョン・レイノルズはマクリル一族の者たちがぞんざいに――狼や禿鷹が潜りこめない程度に――積みなおした大石をおろしていった。彼の頭を占めるのは、もっぱら死んだソール・フレッチャーのベルトにおさまった弾丸だった。闘うチャンスだ！　生きる望みだ！　まだ丘陵から血路を開ける――氏族の生き残りを集めて、逆襲してやる。ガンマンや殺し屋をもっと連れてきて、数が減った分を補強してやる。もしこの方法で復讐がなされれば、この一帯には血があふれ、この地方は荒れはてるだろう。永年にわたり、彼は宿怨を動かす要因となってきた。老エサウが弱気を起こし、平和を望んだときでさえ、ジョン・レイノルズは憎しみの炎を燃えあがらせてきた。宿怨は彼を動かす唯一の動機――人生における唯一の興味、存在する唯一の理由となってきたのだ。最後の大石がわきへ落ちた。

ジョン・レイノルズは薄暗い洞窟に踏みこんだ。洞窟は大きくなかったが、そこに群がっている影は、手でさわれる物質同然に思われた。眼がしだいに慣れていく。と、思わず叫び声が口からほとばしった――洞穴はもぬけの殻だったのだ！　彼はまごついて悪態をついた。男たちがソール・フレッチャーの死骸を洞穴に運びこみ、空手で出てくるのをこの眼で見たのだ。それなのに、ほこりだらけの洞窟の床に死骸はない。彼は洞穴の奥まで行き、まっすぐで平らな壁をざっと見わたしてから、かがみこんで、なめらかな岩の床をじっくり調べた。鋭い眼を薄闇のなかでこらすと、石の上にぼんやりと血のしみが見分けられた。それは奥の壁でぷっつりと途切れており、壁にしみはついていなかった。

レイノルズは片手を石壁について体をささえ、さらに身をかがめた。すると愕然としたことに、いきなりどっしりと安定した感じが消え失せた。ささえる手の下で壁がへこんだのだ。一部が内側にさっと開いて、彼はぱっくりと口をあけた黒い開口部に頭から突っこむことになった。猫のような敏捷さも助けにはならなかった。まるであくびをした影が、薄くて眼に見えない手をのばし、彼を頭から暗闇に引きこんだかのようだった。

遠くまで落ちたわけではなかった。のばした両手が、石に刻まれた段らしきものにぶつかる。その上で彼は一瞬もがき、這いずった。つぎの瞬間、態勢を立てなおし、落ちたときにくぐった開口部に向きなおった。ところが、秘密の扉は閉じており、まさぐる指はなめらかな石壁に出会うだけだった。彼はこみあげるパニックを必死に抑えこんだ。どういう経緯でマクリル一族が、この秘密の部屋を知るようになったのかはわからない。だが、彼らがそのなかにソール・フレッチャーの死体を置いたのは、火を見るよりも明らかだ。そしてもどってきたとき、鼠のように囚われたジョン・レイノルズをそこに見つけるだろう。とそのとき、暗闇のなかで気味の悪い笑みが、ジョン・レイノルズの薄い唇をねじ曲げた。やつらが秘密の扉をあけるとき、こちらは暗闇のなかに隠れていて、いっぽうやつらは外側の洞穴のほの暗い光を背に浮かびあがることになる。これほど完璧な待ち伏せがあるだろうか？　しかし、死体を見つけて、弾薬を確保するのが先決だ。

彼はふり返り、探るように石段をおりた。最初の一歩で水平な床に達した。狭いトンネルのようだ、と判断する。というのも、天井には手がとどかないものの、右か左へ一歩寄れば、のばした手が壁にぶつかり、その壁はあまりにも平滑で対称的なので、天然のものとは思えないからだ。彼は壁から手を離さず、暗闇のなかで手探りしながら、ゆっくりと進んだ。すぐにもソール・フレッチャーの死体につまずくものと思っていた。そうならなかったので、漠然とした恐怖が心のなかで大きくなりはじめた。マクリル一族は、死体をこれほど暗闇の奥まで運んでこれるほど長くは洞窟のなかにいなかった。マクリル一族はトンネルにまったくはいらなかった——その存在を知らなかったのだという思いが、ジョン・レイノルズの心中に湧きあがりつつあった。それなら、いったいぜんたいソール・フレッチャーの死骸はどこにあるのだ？

彼はぴたりと足を止め、六連発銃をさっとぬいた。なにかが暗いトンネルをやって来るのだ——直立して、重々しく歩くなにかが。

ジョン・レイノルズには、それが踵《ヒール》の高い乗馬ブーツを履いた人間だとわかった。ほかの履きものが、竹馬と同じ音をたてるわけがない。拍車がジャラジャラと鳴る音も聞こえた。そして名状しがたい恐怖の暗い潮が、ジョン・レイノルズの心中にひたひたと押しよせるなか、足を引きずりながら近づいてくるその音を耳にすると、古い家畜囲いのなかに追いつめられて横たわっていた夜の記憶がよみがえった。弟がかたわらで死にかけていて、ひょこひょこ足を引きずる音が、隠れがのまわりを際限なくまわり、闇のなかで狼たちを率いたソール・フレッチャーが、彼の背中に襲いかかる方法を探っていた夜の記憶が。

あの男は負傷しただけだったのか？　あの足音は硬く、つまずきがちで、負傷した男がたてそうな音だ。いや——ジョン・レイノルズは、人が死ぬところをいやというほど眼にしてきた。自分の弾丸がソール・フレッチャーの心臓を撃ちぬき、おそらくは心臓を引きちぎって、確実に即死させたのはわかっている。おまけに、その男は死んでいると老ジョナス・マクリルが宣告するのを耳にした。いや——ソール・フレッチャーは、この黒い洞窟のどこかに命を失って横たわっている。静寂につつまれたトンネルをやって来るのは、足が不自由なべつの男だ。

と、足音がやんだ。男は正面にいる。あいだをへだてるのは、さしわたし数フィートの漆黒の闇だけ。いったいなぜ、数えきれないほど死に直面してきて、いちどもひるんだことのないジョン・レイノルズの鉄の鼓動が速まるのか？——どうして全身に鳥肌が立ち、舌が口蓋にはりつくのか？——どうして眼に見えない蛇の存在を人が感知するように、眠っていた恐怖の本能がめざめ、相手が闇をつらぬく眼でこちらの存在になぜか気づいていると感じるのか？

静寂のなか、自分自身の心臓が断続的に打つ音が聞こえた。と、愕然とするほど唐突に、男が突進してきた。レイノルズのすました耳が、その突進の最初の動きをとらえ、彼は至近距離で発砲した。そして絶叫した——すさまじい動物じみた絶叫だ。重い腕がからみついてきて、眼に見えない歯が肉に食いこんだ。しかし、恐怖で半狂乱となった彼自身の力は人間離れしていた。というのも、銃撃の閃光を浴びて、だらりと口をあけ、死んだ眼をこらしている顎鬚を生やした顔が浮かびあがったからだ。ソ、ー、ル、・、フ、レ、ッ、チ、ャ、ー、！　死人が地獄からもどってきたのだ！

悪夢のなかにいるかのように、レイノルズはその闇のなかの凄絶な闘いを知っていた。そこでは死者が生者を引きたおそうとするのだ。じっとりと湿った手につかまれて、前後に投げとばされるのを感じた。骨が砕けるほどの力で石壁にたたきつけられる。床にころがると、ものいわぬ恐ろしいものが食屍鬼《グール》のようにのしかかってきて、その恐るべき指を彼の喉に深く食いこませた。

その悪夢のなかで、ジョン・レイノルズにはみずからの正気を疑う暇はなかった。自分が死人と闘っているのはわかっていた。敵の肉は、納骨堂の湿気で冷たいのだ。破れたシャツの下には、固まった血のこびりついた丸い銃創の穴を感じる。締まりのない口もとからは、ひとつの音も出てこない。

息がつまり、あえぎながら、ジョン・レイノルズは絞めつけてくる手をもぎ離し、よろめきながら、化けものを投げとばした。一瞬、暗闇がふたたび両者をへだてる。と、つぎの瞬間、恐ろしいものがふたたび彼のほうへ突っこんできた。突進する化けものをレイノルズが眼の見えないまま受けとめ、思いどおり、レスリングの技に持ちこんだ。そして渾身の力をこめた攻撃で、恐ろしいものに頭からぶつかっていき、全体重をかけて押したおした。ソール・フレッチャーの背骨が、朽ちた枝のようにへし折れ、かきむしる手がぐんにゃりとなって、こわばっていた手足の力がぬけた。その締まりのない体からなにかが流れだし、かすかな風のように暗闇の奥へ去っていった。そしてソール・フレッチャーがとうとう本当に死んだのだ、とジョン・レイノルズには本能的にわかった。

荒い息をつき、ぶるぶる震えながら、レイノルズは立ちあがった。トンネルは漆黒の闇のままだった。しかし、先のほう、歩く死骸が忍びよってきた方向で、かすかな脈打つ音が低く流れていた。聞こえるか聞こえないかだが、その脈動のなかに暗い奇怪な音楽が宿っている。レイノルズはぶるっと身を震わせ、体じゅうの汗が凍りついた。死人は彼の足もと、濃密な暗闇のなかに横たわっている。そして耳にかすかにとどくのは、耐えられないほど甘美で、耐えられないほど邪悪なこだま。ちょうど地獄のほの暗い洞窟のなかで、遠くかすかに打っている悪魔の太鼓のようだ。

理性は引きかえせとうながす——人間の力で破れるものなら、あの石が破れるまで隠し扉を攻めたてろ、と。しかし、理性と正気が自分から去ってしまったのを彼は悟った。たったの一歩で、物質的現実から成る正常な世界から悪夢と狂気の領域へ飛びこんでしまったのだ。自分は狂っている。さもなければ、死んで地獄にいるかだ。あのぼんやりした太鼓の音が彼を引きよせる——心の弦《いと》を不気味にたぐる。彼をはねつけ、漠然とした、ぞっとするような憶測で彼の魂を満たす。それなのに、その呼びかけには逆らえないのだ。彼は狂った衝動と闘った。金切り声をあげて、両腕を空中で激しくふりまわしながら、兎がプレーリードッグの巣穴を走って、待ち受けているガラガラヘビの顎門《あぎと》に飛びこむように、黒いトンネルを走っていきたいという衝動と闘った。

暗闇のなかで手探りして自分のリヴォルヴァーを見つけ、さらに手探りでソール・フレッチャーのベルトからとった弾丸をこめた。その死体に触れても、いまは死肉をあつかうときに感じるはずの嫌悪の情しかもよおさなかった。死骸を動かしていた不浄な力がなんであれ、背骨が折れて神経中枢がいかれ、筋肉系の根が混乱したときに離れていったのだ。

それから、ジョン・レイノルズは、リヴォルヴァーをかまえ、トンネルを進んでいった。理解できない力に引きよせられ、推測もできない運命に向かって。

進んでも、太鼓の音はわずかに大きくなっただけだった。丘陵のどれくらい下にいるのかはわからない。だが、トンネルは下り勾配を描いており、かなりの距離を歩いてきた。探る手がしばしば出入口にぶつかった――回廊が主トンネルから枝分かれしているのだろう。ふと気がつくと、トンネルをあとにして、広大な開けた空間に出ていた。なにも見えないが、どういうわけか、その場所の広さを感じるのだ。と、暗闇のなかにかすかな光が現れた。太鼓が鳴るのに合わせて脈打っている。つまり、太鼓の音の高低に合わせて明るくなったり暗くなったりするのだ。しかし、光はしだいに大きくなり、奇怪な輝きを投げるようになった。それはレイノルズが見たことのあるどんな色よりも緑に似ていたが、本当は緑でもなければ、ほかのどんな正常な色、あるいはこの世の色でもなかった。

レイノルズはそれに近づいた。光が広がった。なめらかな石の床にチラチラする光輝を投げ、幻怪なモザイクを照らしだす。わだかまる闇の高いところに光彩を投げるが、天井は見えない。いまや彼は奇怪な輝きを浴びていたので、その肌は死者の肌さながらだった。とそのとき、アーチを描く高い天井が眼にはいった。真夜中の黒い空のように、頭上はるかをおおっているのだ。そして途方もない高さまで弧を描いてそそり立ち、暗い微光を発している壁も眼にはいった。その基部はずんぐりした影にふちどられており、その影からはべつの光――小さく、きらめく光――が発していた。

光源が見えた――異様な彫刻のほどこされた石の祭壇。その上で、みずからが発する光のように、この世のものではない色をした巨大な宝石らしきものが燃えているのだ。緑がかった炎がそれから噴きだしている。それは石炭が燃えるように燃えるが、燃えつきはしない。そのすぐうしろで、羽毛のある蛇がとぐろを巻いて鎌首をもたげている。透明な結晶質のものを彫りあげた幻怪な彫刻である。奇怪な光を浴びて、その色あいは絶えず変わった。太鼓――いまや彼をぐるりととり巻いている――が脈打つのに合わせて、脈打ち、明滅し、変化する。

なにか生きているものが祭壇のかたわらでいきなり動き、ジョン・レイノルズは――なにかを予期していたものの――飛びすさった。最初は祭壇のまわりを這いずっている巨大な爬虫類だと思った。つぎの瞬間、人間が立つように直立しているのが見えた。その眼の恐ろしげなきらめきに出会ったとたん、彼は至近距離で発砲し、そいつは頭蓋を砕かれて、屠殺される牡牛のようにくずおれた。レイノルズが身をひるがえすと同時に、不気味なサラサラいう音が耳にとどいた――すくなくとも、こいつらは殺せるのだ。つぎの瞬間、彼はかまえた銃口を抑えた。太鼓の音はやんでいない。並んでいた影が壁の基部の暗がりから出てきており、幅広い環になって彼をとり巻いていた。一見すると人間に似ているものの、人間ではないとわかった。

奇怪な光がチラチラと彼らの上で躍った。そしてひときわ闇の濃い奥のほうで、邪悪な太鼓の音が低く鳴りつづけ、絶え間ない背景音となっていた。ジョン・レイノルズは、眼にしたものに仰天して立ちつくした。

彼を震えあがらせたのは、彼らの矮人めいた姿でもなければ、不自然な造りの手足でさえなかった――彼らの頭だった。あの探鉱師の見つけた頭蓋骨が、いかなる種族のものであったのか、ようやくわかったのだ。あの頭蓋骨と同様に、彼らの頭はいびつにとがっていて、側面は奇妙に平らだ。耳は影も形もない。まるで彼らの聴覚器官が、蛇のそれと同様に、皮膚の下にあるかのように。鼻はニシキヘビの鼻面に似ており、口と顎は、記憶にある例の頭蓋骨から想像されるよりもはるかに人間離れした外見をしている。眼は小さく、爛々と輝いていて、爬虫類を思わせる。鱗でおおわれた唇はまくれあがり、とがった牙をのぞかせている。彼らに噛まれたら、ガラガラヘビに噛まれるのと同じくらい命とりになるだろう、とジョン・レイノルズは感じた。衣服はまとっておらず、武器もおびていない。

生死を賭けた闘争にそなえて彼は体をこわばらせたが、突進してくる者はなかった。蛇の民はあぐらをかき、大きな環になって彼をとり巻いていた。そして環の向こうに、密集している者たちが見えた。とそのとき、彼は意識のなかにうごくめくものを感じた。手でさわれそうな意思が、彼の感覚を打っているのだ。自分の心の内奥が集中的に侵略されるのをはっきりと感じ、この異様な生きものたちが、思考を媒介にして、みずからの命令なり望みなりを伝えようとしているのだと悟った。この人間離れした化けものたちと、共通の面などあるはずがない。それでも、なにか漠然とした、異様なテレパシー的方法で、彼らはその意味するところを多少なりとも彼に理解させた。そして彼は、身の毛もよだつショックとともに悟った――いまこの連中がなんであるにしろ、かつては、すくなくとも部分的には人間であったのだ、と。さもなければ、完全な人間と完全な野獣とのあいだにある深淵に、このような橋をかけ渡すことはできなかっただろう。

彼は理解した――自分は彼らの内奥の領域へやってきた最初の生きた人間であると。輝く蛇、世界よりも年老いた〈恐るべき名前を持たぬもの〉を最初に見た人間であると。謎めいた谷にかかわるすべて、人の子らには拒まれてきたいっさいを死ぬ前に知ることになり、その知識をかかえて〈永遠〉に移行し、自分より前に逝った者たちと、これらのことがらを話しあうかもしれないのだと。

太鼓が乾いた音をたて、異様な光がはね躍って明滅する。と、祭壇の前に長《おさ》らしい者がやってきた——齢《よわい》を重ねた怪物じみた男で、その皮膚は老いた蛇の白っぽい皮のようだ。とがった頭には、奇怪な宝石をはめこんだ黄金の頭飾りをかぶっている。男は身をかがめ、羽毛のある蛇を拝んだ。それから燐光を発する跡を残す、なんらかの鋭い道具を用いて、祭壇の前の床に謎めいた三角形を描き、その図形のなかにチラチラ光る粉末のようなものを撒いた。そこから細い螺旋が立ちあがり、それは羽毛のある、巨大で恐ろしい、ぼんやりした蛇になったかと思うと、変化し、薄れて、緑がかった煙のかたまりとなった。この煙はジョン・レイノルズの眼の前で大きくふくらみ、蛇の眼をした者たちの環と祭壇、そして洞窟そのものを押し隠した。森羅万象が緑の煙に溶けこんでいき、そのなかでは壮大な情景と異質な風景が浮かびあがり、移ろい、薄れて消え、怪物じみた姿がのしのしと歩き、ねめつけた。

不意に混沌がすっきりと澄みわたった。彼は見おぼえのない谷をのぞきこんでいた。どういうわけか〈失われた谷〉だとわかったが、そのなかには鈍く輝く石でできた巨大な都市がそびえていた。ジョン・レイノルズは辺境と荒れ地の男である。世界の大都市を眼にしたことはない。だが、今日《こんにち》の世界のどこにも、空に向かって屹立する、このような都市がないことは知っていた。

その塔と城壁は異質な時代のそれだった。不自然な形の輪郭に彼の眼はとまどった。それは正常な人間の眼には狂気の都市であり、異質な次元と異常な建築原理がほの見えていた。その都を奇異な姿の者たちが動きまわっていた。人間だが、レイノルズ自身とはまったく異なる人間である。彼らはローブをまとっていた。その手足はさほど異常ではなく、耳と口は正常な人間のそれとよく似ていた。それなのに、彼らと洞窟の怪物たちとのあいだには、まぎれもない類似性があった。それは奇妙にとがった頭蓋に表れていた。もっとも、都市の人々の場合、さほど目立たず、けものじみてもいなかったが。

曲折する街路にいる彼ら、壮大な建物のなかにいる彼らが見え、その暮らしの人間離れしたところにレイノルズは身震いした。彼らの営みの多くは、彼の知力の範囲を超えていた。彼らの行動と動機を理解できないのは、ズールー族の野蛮人が現代ロンドンの出来事を理解できないのと同じだった。しかし、この人々が非常に古い歴史を持ち、非常に邪悪であることは理解できた。彼らが執りおこなう儀式が見え、それは理解を絶する恐怖と穢《けが》らわしさと冒瀆で彼の血を凍らせた。彼は穢された気がして胸が悪くなった。この都は過ぎ去った時代の遺物であり――この人々は、失われて忘れられた時代の生き残りに当たるのだ、となぜかわかった。

やがて新たな人々が舞台に登場した。獣皮と羽毛をまとい、弓と燧石《ひうちいし》の矢尻をつけた矢で武装した未開人が丘陵を越えてきたのだ。彼らはインディアンだ、とレイノルズにはわかった。それなのに、彼の知っているインディアンではなかった。吊り眼で、肌は赤銅色というよりは黄色みがかっている。この者たちがトルテク族の放浪する祖先であり、はるか南の高地にある谷間に入植し、独得の人種的特徴と文明を発達させる前に、長い旅路について流浪し、征服していたのだとなぜかわかった。この者たちはまだモンゴロイド原種に近いのだ。そうと悟ると、膨大な時間のへだたりが感得され、彼は息を呑んだ。

レイノルズの眼前で、そびえ立つ城壁に戦士たちが怒濤のように攻めよせた。守る側が塔に人員を配置し、異様で身の毛のよだつ形の死を侵略者に配った。侵略者たちは何度も後退し、そのたびに原始人のやみくもな獰猛さで、またしても攻めよせた。異なる秩序にしたがう謎めいた人々がひしめく、この異様で邪悪な都は彼らの行く手に立ちふさがっており、それを踏みつぶすまでは通過できないのだ。

レイノルズは侵略者の狂暴ぶりに驚嘆した。彼らは人命を湯水のように使い、ひたすら勇気と人力で、未知の文明が誇る残酷で恐ろしい科学に拮抗した。彼らの死体が高原に散乱したが、地獄の軍勢が総がかりでも彼らを押しとどめることはできなかっただろう。彼らは波濤のように塔の基部に押しよせた。剣と矢と、おぞましい形の死に逆らって城壁に梯子をかけた。手すり壁にとりついた。敵との白兵戦になった。棍棒と斧が、くりだされる槍や突きだされる剣とわたりあった。長身の野蛮人たちが、小柄な守り手の上にそびえ立った。

赤い地獄が都を席巻した。包囲戦は市街戦となり、戦闘は潰走となり、潰走は虐殺となった。煙が立ちのぼり、命運のつきた都の上に雲となって垂れこめた。

場面が変わった。レイノルズが見ているのは、焼け焦げて崩れおちた城壁と、そこから依然として立ちのぼっている煙だった。征服者たちは通りすぎていた。生存者は赤いしみのついた神殿のなか、彼らの奇妙な神――幻怪な石の祭壇に載った結晶質のものを刻んだ蛇――の前に集まった。彼らの時代は終わりを告げていた。彼らの世界は突如として崩れさった。彼らは、ほかでは絶滅した種族の生き残りだった。自分たちの驚異に満ちた都を再建することはできず、壊れた城壁のなかにとどまって、部族が通過するたびに餌食となることを恐れた。レイノルズの眼前で、彼らは祭壇と神をかかえあげると、羽毛の外套をまとい、宝石のはめこまれた黄金の頭飾りをかぶった老人にしたがった。老人が先頭に立って、彼らは谷をわたり、隠れた洞穴にいたった。洞穴にはいり、奥の壁にある狭い裂け目にもぐりこむと、出たところは丘陵を蜂の巣のようにうがつ洞窟の広大な網の目だった。彼らは仕事にとりかかった。迷宮を探検し、洞窟を掘ったり広げたりし、壁と床をなめらかに削り、外側の洞窟に通じる裂け目を広げて、堅固な壁の一部と見えるよう巧妙に吊された扉をそこにはめこんだのだ。

そのあとは絶えず移ろうパノラマが、数百年の経過を表した。人々は洞窟のなかに住み、時がたつにつれ、環境に適応していった。世代を重ねるごとに、外界の陽射しのなかへ出ることがすくなくなった。身震いするような方法で大地から糧を得ることを学んだ。耳は小さくなり、体はさらに矮小になり、眼はますます猫めいてきた。ジョン・レイノルズは呆然と立ちつくしたまま、歳月とともに変化していく種族を見まもった。

谷の外では見捨てられた都が崩れさって廃墟と化し、苔や草や木の餌食となった。人間がやってきて、この廃墟のあいだにつかのま逗留した——長身のモンゴル人戦士や、〈塚造り《マウンド・ビルダーズ》〉と呼ばれる、肌の浅黒い正体不明の矮人族だ。そして世紀が閲《けみ》するにつれ、訪問者はしだいに彼の知っているインディアンの型に一致してきて、ついにやって来るのは、忍び足で歩き、頭皮に残したひと房の髪に羽根を飾っている、顔を隈どった赤色人だけになった。謎めいた廃墟のある、その妖気ただよう場所に長居をする者はいなかった。

そのあいだ、〈いにしえの民〉は洞窟内にとどまり、ますます異様で恐ろしくなった。人間の尺度をどんどん下っていき、まず書かれた言葉を忘れ、しだいに人間の話し言葉を忘れていった。しかし、べつの点では生活の境界を広げたのだ。夜の闇に閉ざされた王国内にべつの、もっと古い洞窟を発見したのである。それは大地の奥底へと彼らを導いた。彼らは失われた秘密、人間がとうに忘れたか、もともと知らなかった秘密、丘陵のはるか地下の暗黒内で眠っていた秘密を学んだ。闇は沈黙に通じるので、彼らはしだいに話す力を失い、ある種のテレパシーがとって代わった。そして身の毛のよだつ性質を獲得するたびに、人間らしさを失っていった。耳は消えてなくなった。鼻はけものの鼻面めいてきた。眼は太陽の光に、さらには星の光にさえ耐えられなくなった。火の使用はとうにやめてしまい、用いる光は祭壇上の巨大な宝石から発する奇怪な輝きだけだった。そしてこの光さえ必要とはしなかった。ほかの点でも変化した。見まもるジョン・レイノルズは、冷たい汗が全身に噴きだすのを感じた。〈いにしえの民〉のゆるやかな変貌は見るだに恐ろしく、究極の型と性質が進化する前に、多くのおぞましい形が彼らのあいだに現れたからだ。

それでも彼らは祖先の妖術を忘れておらず、丘陵のはるか地下で発達した独自の黒魔術をこれに加えた。そしてついに死体蘇生術の頂点をきわめた。その恐るべき端緒は、ジョン・レイノルズがいま見た千古の時代、〈いにしえの民〉の魔道士たちが、みずからの眠れる体から霊魂を送りだし、敵の耳もとで邪悪なことをささやいた時代にあった。

顔を隈どった長身の戦士部族が谷へやってきた。部族間の抗争で殺された大酋長の亡骸《なきがら》を運んできたのである。

長い歳月が過ぎていた。往古の都についていえば、散在する柱が木々のあいだに立つだけだった。地すべりのため、外側の洞窟の入口がむきだしになっていた。インディアンはこれを見つけ、折れた武器と並べて酋長の亡骸をこのなかに置いた。それから石を積んで洞窟の口をふさぎ、旅路についたが、谷を出る前に夜に足止めされた。

あらゆる時代を通じて、〈いにしえの民〉は窖《あなぐら》への入口、あるいは窖からの出口をほかに見つけておらず、例外は外側の小さな洞穴だけだった。それは彼らの忌まわしい領域と、とうのむかしに見捨てた世界とをつなぐ唯一の戸口なのだ。このとき彼らは秘密の扉をぬけて外側の洞穴へやってきた。そこのほの暗い光になら耐えられたのだ。そしてジョン・レイノルズは、眼にしたものに総毛立った。彼らが遺体を持ちさり、羽毛のある蛇を祀った祭壇の前に置き、年老いた魔道士がその上におおいかぶさって、自分の口を死者の口に当てたからだ。彼らの上では太鼓が脈打ち、異様な火が明滅した。そして声を失った信徒たちが、エジプトが誕生する以前に忘れられた神々に、音のない詠唱で加護を祈った。やがて外側の暗闇で人間離れしたうなり声があがると、怪物じみた翼がさっと影を満たした。そして妖術師の体からすこしずつ生命が引いていき、死んだ酋長の手足がぴくぴくと動きだした。魔道士の体がぐんにゃりとなってわきへころがり、酋長の亡骸がぎくしゃくと立ちあがった。そしてあやつり人形の足どりで、どんよりした眼を見開いたまま、暗いトンネルをたどり、秘密の扉をぬけて外側の洞穴に出た。その死んだ手が積み石をわきへ崩し、〈恐怖〉は星明かりのなかへ出た。

レイノルズの眼前で、それはわななく木々の下をぎくしゃくと歩き、いっぽう夜の生きものたちは悲鳴をあげて逃げだした。それは戦士たちの野営地にはいった。そのあとは恐怖と狂気だった。亡者が生前の仲間たちを追いかけ、彼らの手足を引きちぎったのだ。谷は血の海となり、やがて勇者たちのひとりが恐怖を克服して、追っ手に向きなおると、石斧でそいつの背骨をたたき切った。

そして二度死んだ死骸がくずおれるのと同時に、レイノルズの眼前では、洞窟の床の上、蛇の彫像の前で、魔道士の体がひくつき、生気がよみがえった。動かしていた死骸から霊魂がもどってきたのである。

悪魔の化身たちの無音の歓喜が、窖を埋めつくす暗黒を震わせた。そして仇敵である人の子に恐怖と死を配る新たな力を見つけてほくそ笑んでいる悪鬼たちを前にして、レイノルズはすくみあがった。

しかし、噂は氏族から氏族へと広がり、人間は〈失われた者たちの谷〉に来なかった。数世紀にわたり、それは空の下で夢見ながら、打ち捨てられていた。やがて馬に乗った勇者たちがやってきた。鷲の羽根で飾った礼帽をなびかせ、顔を隈どったカイオワ族、謎めいた谷のことはなにも知らない北方の戦士たちである。いまや自然石と大差なくなった不吉な石柱の影が落ちるまさにその場所に、彼らはキャンプを張った。

彼らは洞窟に死者を安置した。レイノルズの眼前で恐怖が出来《しゅったい》した。夜陰にまぎれて死者が餌をあさりにやってきて、生者を殺し、むさぼり食ったのだ――そして悲鳴をあげる犠牲者たちを闇に閉ざされた洞窟のなか、彼らを待つ悲惨な運命のもとへ引きずっていった。地獄の軍団が〈失われた者たちの谷〉に解き放たれ、そこでは混沌が支配し、悪夢と狂気が闊歩した。生き残って正気を保った者たちは、洞窟をふさぎ、地獄から逃げだす男たちのように丘陵から馬を飛ばして出ていった。

いまいちど〈失われた谷〉は、星々のもとに荒涼とした姿をさらした。やがてまた男たちがやってきて、始原の寂しさを破った。木々のあいだに煙が立ちのぼった。この者たちが白人だとわかったとき、レイノルズは恐怖のあまりはっと息を呑んだ。開拓初期の鹿革の服を着た男たちで、総勢は六人。よく似ているので、兄弟だと知れた。

レイノルズの眼前で、彼らは木を切りたおし、空き地に丸太小屋を建てた。山で獲物を狩り、トウモロコシ畑を開きはじめた。そのあいだずっと、丘陵の害獣たちは、食屍鬼の渇望をかかえて暗闇のなかで待っていた。闇に慣れたその眼では洞窟から外を見ることはできなかったが、その罪深い妖術によって、谷で起きるあらゆることに通じていたのだ。みずからの体では光のなかへ出られなかったが、夜と静かな場所につきものの忍耐で待った。

レイノルズの眼前で、兄弟のひとりが洞窟を見つけ、開いた。なかにはいると、秘密の扉があいていた。その男はトンネルのなかへはいった。暗闇のなかで、よだれを垂らしながら周囲に忍びよってくる恐怖の姿形は見えなかった。が、不意にパニックにおちいり、装填したライフルの銃口をあげて、やみくもに発砲した。自分をとり巻く忌まわしい姿が閃光に浮かびあがったとたん、彼は悲鳴をあげた。そのむなしい銃撃につづいた漆黒の闇のなかでそいつらは突進し、数の力で彼を転倒させると、蛇のような牙を彼の肉体に食いこませた。絶命するまでに、彼は猟刀で六人の敵を八つ裂きにしたが、毒がすぐに効き目をあらわした。

レイノルズの眼前で、彼らは死骸を祭壇の前へ引きずっていった。ふたたび死者が恐るべき変容をとげ、うつろなにやにや笑いを浮かべて起きあがると、歩きだした。太陽はくすんだ深紅の混乱となって沈んでいた。夜のとばりがおりていた。兄弟の眠る丸太小屋へ向かって、夜の毛布にくるまれて、死者は歩いていった。探りまわる手が音もなく扉をあけた。恐ろしいものは薄闇のなかでうずくまり、むきだした歯を光らせ、星明かりのもとで死んだ眼をどんよりと光らせた。兄弟のひとりが身じろぎし、なにかつぶやくと半身を起こして、戸口にいる動かない人影を見つめた。彼は死者に名前で呼びかけ——つぎの瞬間、すさまじい悲鳴をあげた——〈恐怖〉が飛びかかり——

ジョン・レイノルズの喉から、耐えがたい恐怖の叫びがほとばしった。不意に映像が煙とともにかき消えた。彼は祭壇の前、奇怪な輝きを浴びて立っていた。太鼓が低く、邪悪に脈打っており、悪鬼めいた顔が彼をとり囲んでいた。そしていま、彼らのあいだから、蛇のように腹這いになって、宝石をはめこんだ頭飾りをかぶり、むきだしの牙から毒をしたたらせた者が這いだしてきた。厭《いと》わしくも、そいつはジョン・レイノルズのほうへずるずると這ってきた。彼はその不浄なものに飛びかかり、息の根が止まるまで踏みにじりたいという衝動と闘った。逃げ道はない。弾丸をばら撒いて群れを突き破り、銃口の前にいる者を片っ端から撃ち殺すことはできる。だが、彼をとり囲んでいる数百人の前には焼け石に水だ。弱い光のなかで命を落としたら、死骸をよたよたと歩かされるはめになるだろう。ソール・フレッチャーが歩かされたのとまったく同じように、魔道士の霊魂によって偽りの生命をあたえられて。ジョン・レイノルズは鋼鉄なみに体をこわばらせた。狼さながらの生存本能が、迷いこんでしまった恐怖の迷路に勝《まさ》ったのだ。

　そして彼の人間精神が、突如として彼を脅かす害獣どもに勝った。すばやい思考が天啓のようにひらめいたのだ。獰猛で支離滅裂な勝利のおたけびをあげて、彼がわきへ飛んだちょうどそのとき、這いずる怪物が突進した。そいつは彼をとらえそこね、頭から倒れこんだ。いっぽうレイノルズは祭壇から蛇の彫刻をさらいとり、高々とかかげると、撃鉄を起こしたピストルの銃口を突きつけた。なにもいう必要はなかった。消えかけた光を浴びて、彼の眼は狂ったようにギラギラ輝いた。〈いにしえの民〉はよろよろとさがった。彼らの前に、とがった頭蓋をレイノルズのピストルに砕かれた男がころがっていた。引き金にかかった彼の指が曲がれば、自分たちの幻怪な神が粉々になり、光る破片と化すことを彼らは承知しているのだ。

　緊張の一瞬、活人画が現出した。つぎの瞬間、彼らが無言で降伏したのをレイノルズは感じた。彼らの神と引きかえの自由だ。この連中は真のけものではないという考えが、ふたたび脳裡に浮かんだ。なぜなら、真のけものは神を知らないからだ。そうとわかると、ますます恐ろしくなった。この生きものたちが、けものでも人間でもない型、自然と正気の埒外にある型に進化したという意味なのだから。

　蛇めいた者たちが左右に分かれ、弱い光がふたたび射した。トンネルを進むと、彼らはすぐあとをついてきた。不安定に躍る光のもと、彼らが人間のように歩いているのか、蛇のように這っているのか判然としなかった。漠然とした印象では、彼らの足どりは両者のおぞましい混合だった。彼は大きくわきへそれて、大の字になった体——ソール・フレッチャーだったもの——をよけた。そして左手に握った、輝くもろい像に銃口を強く押しあてたまま、秘密の扉へ通じる短い石段のところまでやってきた。そこで彼らは停止した。レイノルズは彼らのほうをふり向いた。そいつらは緊密な半円を描いて彼をとり巻いていた。秘密の扉が開いて、彼が像を持ったまま洞窟を走りぬけ、陽光のなか、自分たちには追っていけないところへ出ることを恐れているのだろう。扉が開くまで、彼が神像をおろさないことも。

とうとう彼らが数ヤード後退し、レイノルズは足もとの床に注意深く像を置いた。そこなら一瞬で像をさらいあげられるからだ。彼らがどうやって扉をあけたのかはわからない。だが、扉がさっと開いた。彼はきらめく神像に銃の狙いをつけたまま、ゆっくりと石段をうしろ向きに登った。あと一歩で扉に着くというとき——うしろにのばした手がへりをつかんだのだ——光がふっとかき消え、彼らが殺到してきた。火山のように力を爆発させて、彼はすでに閉まりかけていた扉をうしろ向きに飛びぬけた。跳躍しながら、暗い開口部をいきなりふさいだ悪鬼の顔に向けて銃をつるべ撃ちにした。それらの顔は赤い残骸に成りはてた。彼が外側の洞窟から必死に駆けだすと、秘密の扉がそっと閉まる音がした。その恐怖の領域を人間界から締めだしたのである。

西にかたむいた陽の光を浴びて、ジョン・レイノルズは酔っ払いのようによろめき、狂人が現実にしがみつくように、石や木にしがみついた。命がけで闘ったときに彼をささえた激しい緊張ははがれ落ち、あとに残ったのは混乱した神経の小刻みに震える殻だった。狂気のクスクス笑いがひとりでに口からこぼれだし、抑えられないばか笑いが、彼を前後に揺さぶった。

そのとき、蹄が石に当たる硬い音がして、彼は群がっている大石の陰に飛びこんだ。彼を避難させたのは、ふだんは隠れている本能だった。意識的な精神は朦朧《もうろう》とし、乱れすぎていて、思考も行動もできなかったからだ。

空き地にジョナス・マクリルとその一党がやってきた。レイノルズの喉をすすり泣きが切り裂いた。最初のうちレイノルズには彼らが何者かわからなかった——前に見たことがあるとわからなかった。宿怨は、ほかのあらゆる正気で正常なものとともに、狂気の黒いトンネルの向こう、ほの暗い景観のはるか後方に失われ、忘れられてころがっていた。

空き地の反対側からふたりの人物がやってきた——ビル・オードと、マクリル一族が雇った無法者のひとりだ。オードの鞍に、数本のダイナマイトをひとまとめにしたものが縛りつけてある。

「おーい、みんな」と若いオードがあいさつした。「こんなとこで会えるとは思わなかったぜ。あいつをつかまえたのかい?」

「うんにゃ」と噛みつくように老ジョナス。「またいっぱい食わされた。あいつの馬に追いついたが、あいつは乗っちゃおらんかった。手綱が噛みちぎられとったんじゃ。結んでおいたのが、ちぎれちまったみたいにな。あいつの居場所はわかんねえが、つかまえてみせるさ。わしはアンテロープへ行って、加勢を何人か連れてくる。おまえらはソールの死体をあの洞穴から出して、できるだけ早く追ってくるんじゃ」

彼は馬首をめぐらせ、木々のあいだに消えた。そして心臓を口までせりあがらせたレイノルズの眼前で、残りの四人が洞窟に近づいた。

「おい、変だぞ！」ジャック・ソロモンが怒声をあげた。「だれかがここにいたんだ！　見ろ！　石積みが崩されてる！」

ジョン・レイノルズは、麻痺したまま見まもった。はね起きて、彼らに声をかけたら、警告を口にする暇もなく撃たれるだろう。とはいえ、万力のように彼を抑えているのはそれではなかった。彼から思考と行動を奪い、舌を口蓋にはりつかせているのは、まじり気のない恐怖だった。唇は分かれたが、音は出てこなかった。悪夢のなかで見るかのように、敵は洞窟のなかに姿を消した。くぐもった声が、彼のところまで聞こえてきた。

「なんてこった、ソールがいねえぞ！」

「ここを見ろよ、奥の壁に扉があっぞ！」

「おい、開いてるぞ！」

「のぞいてみようぜ！」

不意に丘陵の奥底から銃声がいっせいにはじけ――おぞましい絶叫がほとばしった。と思うと、じっとりと湿った霧のように、静寂が〈失われた者たちの谷〉に垂れこめた。

とうとう声が出るようになったジョン・レイノルズは、傷ついたけものが叫ぶように叫び声をあげ、固めたこぶしで自分のこめかみを打った。こぶしを天に向けてふりかざし、言葉にならないわめき声で神を呪った。

それから、ほかの馬とともに木の下でのんびりと草を食《は》んでいるビル・オードの馬のところまでよろよろと走った。じっとりと湿った手でダイナマイトの束をむしりとり、ひとまとめにしたまま、まんなかのダイナマイトの先端に小枝で穴をあけた。それから導火線を短く――非常に短く――切って、片端にキャップをかぶせ、そちらをダイナマイトの穴にさしこんだ。鞍のうしろに縛りつけてある、丸めたレインコートのポケットにマッチが見つかったので、導火線に火をつけ、束を洞窟のなかに投げこんだ。それが奥の壁にぶつかる暇もないうちに、大地を揺るがす大音響とともにダイナマイトが爆発した。

その震動であやうく足もとをすくわれるところだった。山全体が揺れ、地鳴りとともに洞穴の天井が落下した。何トンもの砕けた岩がなだれ落ちて、〈幽霊の洞穴〉を跡形もなく消し去り、窖《あなぐら》に通じる扉を永久に閉ざした。

ジョン・レイノルズはのろのろと歩み去った。と、不意に恐怖そのものに襲われた。足もとの大地がおぞましい命を宿しているように思え、頭上の太陽は不浄で穢らわしいものに思えたのだ。光は胸が悪くなるような黄色みがかった邪悪なもので、森羅万象が、彼の頭蓋に閉じこめられた不浄な知識に穢されていた。ちょうど丘陵の地中をつつむ暗黒のなかで、隠れた太鼓が絶え間なく打っているように。

自分はひとつの〈扉〉を永遠に閉ざした。しかし、ほかにどんな悪夢めいたものが、隠れた場所や大地の暗い窖にひそんで、人間の魂によだれを垂らしているのだろう？　自分が知ったことは悪臭を放つ罰当たりなものであり、心が安らぐことは二度とないだろう。かつては人間だった悪魔たちがひそむ、あの暗い窖で脈打っている太鼓が、永久に自分の魂のなかでささやくだろう。自分は究極の穢れを見てしまった。その知識のせいで、人の前に晴れやかな気持ちで立つことは二度とないだろう。あるいは、身震いせずに生きものの肉体にさわることはないだろう。もし神に似せて象《かたど》られた人間が、あのような不潔で穢らわしいものにまで堕落することがあるのなら、そのような行き着く先を考えて震えあがらずにすむ者がいるだろうか？　そしてもし〈いにしえの民〉のような生きものが存在するのなら、ほかにも恐ろしいものが、宇宙の眼に見える表面の下にひそんでいないともかぎらない。自分は生命という仮面の下にある、にやにや笑いを浮かべた髑髏をかいま見てしまったのだ。そして、それをかいま見たことで、人生が耐えられなくなったのだ――不意に彼はそう悟った。たしかなもの、安定したものがすべてぬぐい去られ、狂気と悪夢と闊歩する恐怖から成る狂った混乱が残ったのだ、と。

ジョン・レイノルズは銃をぬき、鋭くとがった親指で重い撃鉄を起こした。銃口をこめかみに押しあて、引き金を引く。銃声が丘陵のあいだを殷々《いんいん》とこだまし、レイノルズ一族に最後に残った闘う者は前のめりに倒れた。

爆発音を聞きつけて、馬を飛ばしてもどってきた老ジョナス・マクリルは、倒れているレイノルズを見つけ、その顔がひどく年老いた男のものではないのはどうしてだろうと首をひねった。その髪が霜のように真っ白だったからである。

黒い海岸の住民

People of the Black Coast

元はといえば、気楽な休暇旅行だったのだ――おや、なんでこんなふうに思ったのだろう？たぶん、ぼくの崩れかけた頭脳にひそむ、清教徒の御先祖さまの仕業だろう。たしかに、ぼくはこれまでの人生において、その教えにたいして関心を払ってこなかった。ともあれ、ぼくの短くて忌まわしい身の上話をここに記しておこう。赤い刻《とき》が明けて、死の叫びが浜辺を越えてくる前に。

はじめはふたりだった。もちろん、ぼく自身と、ぼくの花嫁になるはずだったグローリアのふたりだ。グローリアは飛行機を所有していて、そいつを飛ばすのが大好きだった――それが恐ろしい事態のはじまりだった。あの日、ぼくは彼女を思いとどまらせようとした――誓っていうが、そうしたのだ！――でも、彼女は頑固だった。それでぼくらはグアムをめざしてマニラを飛び立った。なぜかって？　怖いもの知らずで、いつも新しい冒険――試したことのない気晴らし――を追い求めている若い娘の気まぐれだ。

〈黒い海岸〉へやってきた経緯《いきさつ》については、たいして話すことはない。珍しく霧が湧いたのだ。ぼくらはその上へ舞いあがり、分厚い波状雲のなかで方角がわからなくなった。必死に飛びつづけ――本来の針路からどれほどそれたかは神のみぞ知るだ――とうとう海に墜落した。ちょうどそのとき、湧きあがる霧を透かして陸地が見えた。

ぼくらは沈みかけた飛行機から無傷で岸まで泳ぎついた。そこは人を寄せつけない奇妙な土地だった。幅広い浜が、もの憂く打ち寄せる波から登り勾配《こうばい》を描いており、巨大な崖の根元で終わっている。この崖は堅固な岩でできているらしく、高さが数百フィートもあった――いや、いまもある。材質は玄武岩か、それに似たなにかだ。墜落する飛行機に乗って降下するさなか、岸側にちらっと眼をやる時間があった。この崖の向こうに、べつの、もっと高い崖がそびえているように思えた。まるで塁壁に塁壁を重ねるかのように。でも、もちろん、最初の段の真下に立つと、よくわからなかった。左右は見わたすかぎり、狭い浜辺が黒い崖の根元にそってのびていて、あたりは静まりかえり、どこまでも代わり映えしなかった。

「さて、こんなことになったけど」と、いましがたの経験のせいですこし震えているグローリアがいった。「これからどうしましょう? ここはどこかしら?」

「見当もつかないな」と、ぼくは答えた。「太平洋は探検されていない島だらけだ。おそらくそのひとつだろう。せめて、人喰い人種の一団がお隣さんでなければいいんだが」

人喰い人種なんていわなければよかった、とそのときぼくは思った。でも、グローリアに怯えたようすはなかった――そのことでは。

「原住民なんか怖くないわ」と彼女は不安げにいった。「ここにいるとは思えない」

ぼくは口もとをほころばせた。女の意見というものは、どの程度まで願望の反映にすぎないのだろうか、と思いながら。でも、おぞましいやり方でまもなく思い知らされたように、そこにはもっと深いものがあったのだ。だから、いまぼくは女の直感というやつを信じる。彼女らの頭脳の造りはぼくらのよりも繊細で――精神的な影響をより受けやすく、混乱しやすいのだ。でも、理屈をこねている暇はない。

「浜辺をぶらついて、この崖を登り、島の奥へ行く道が見つかるかどうか調べよう」

「でも、この島は崖ばっかりじゃないかしら」

どういうわけか、ぼくはぎくっとした。

「なんでそんなことをいうんだい？」

「さあ」彼女は困惑顔で答えた。「そんな気がしたの。この島は高い崖が連なっているだけ、階段みたいに、一段また一段と重なっていて、どこもかしこもむきだしの黒い岩だっていう気が」

「そうだとしたら」と、ぼくがいった。「運のつきだな。だって、食いものが海藻と蟹じゃ生きていけないんだから――」

「きゃあ！」彼女がいきなり鋭い叫び声をあげた。

ぼくは彼女を抱きかかえた。たぶん、かなり乱暴に。

「グローリア！　どうした？」

「さあ」彼女がとまどい顔でぼくをまじまじと見た。まるである種の悪夢からさめつつあるかのように。

「なにか見えるか、聞こえるかしたのかい？」

「いいえ」彼女はぼくの庇護する腕から離れたくないようだった。「あなたの口にしたなにかが――いいえ、そうじゃなかった。わからないわ。人は白日夢を見るものよ。いまのは悪夢だったにちがいないわ」

なんともはや。ぼくは男ならではの自己満足に浸って笑い声をあげ、こういったのだ――

「きみたち女ってのは、いろんな点でかなり変わってるな。浜のこっちへ行こう――」

「だめ！」彼女がきっぱりとした口調で叫んだ。

「それならあっちへ――」

「だめ、だめよ！」

ぼくの堪忍袋の緒が切れた。

「グローリア、いったいどうしたんだ？　一日じゅうここにはいられないよ。あの崖を登る道を見つけて、あちら側がどうなってるか調べないと。そんな莫迦《ばか》な真似はよすんだ。きみらしくないぞ」

「ガミガミいわないで」彼女とは思えない気弱な返事だった。「心の外側ギリギリのところを、なにかが追いかけてくるように思えるの。あたしには解釈できないものが――あなたは思考波の伝送ってものを信じる？」

ぼくは彼女をまじまじと見た。彼女の口からこんな話を聞くのははじめてだった。

「だれかが思考波を送って、きみに合図しようとしてるって思うのかい？」

「いいえ、思考じゃないわ」と彼女はうわの空でつぶやいた。「すくなくとも、あたしの知ってる思考じゃない」

そのとき、不意に没我状態からさめた人間のように、彼女がいった――

「あなたは先へ行って、崖を登れる場所を探してちょうだい。そのあいだここで待ってるから」

「グローリア、その考えは気に入らないな。きみも来るんだ――さもないと、きみがその気になるまで、ぼくも待つよ」

「その気になるとは思えないわ」彼女は絶望のにじむ声で答えた。「姿の見えないところまで行かなくていいわ。ここなら遠くまで見わたせる。あんな黒い崖を見たことはあって？　まさに黒い海岸ね。テヴィス・クライド・スミスの詩を読んだことはあって――『蜿蜒《えんえん》とつづく死の黒い海岸』――とかなんとか。正確には憶えていないけど」

彼女がこんな話をするのを聞いて、ぼくは漠然とした不安に襲われた。でも、肩をすくめて、その感情を必死に追いはらおうとした。

「登る道を見つけるよ」と、ぼくはいった。「ひょっとしたら、食べられるものが見つかるかもしれない――貝か、蟹か――」

彼女がぶるっと身を震わせた。

「蟹のことはいわないで。生まれてからずっと大嫌いだった。でも、あなたが口にするまで、そのことがわかってなかったの。あいつらは死んだものを食べるんでしょう？　きっと悪魔は、途方もなく大きな蟹そっくりなんだわ」

「わかったよ」ぼくは彼女を元気づけようとした。「ここにいてくれ。すぐにもどって来る」

「行く前にキスして」彼女が切なげな声でいい、理由はわからないが、ぼくは心臓をわしづかみにされた。やさしく彼女を抱きよせ、生命と美で生き生きしている、そのほっそりした若い体の感触を楽しんだ。ぼくがキスをすると、彼女は眼を閉じた。彼女が異様なまでに青白く見えるのにぼくは気づいた。

「見えないところへは行かないで」ぼくが体を離すと、彼女はいった。浜辺にはゴツゴツした大石がたくさん散らばっていた。張りだした崖の面から落ちたものにちがいない。そのひとつに彼女は腰をおろした。

うしろ髪を引かれる思いで、ぼくは向きを変えて歩きだした。青空を背に怪物のようにそびえている巨大な黒い壁のまぎわにそって浜辺を進むと、ついには群をぬいて大きな石がたくさんあるところに行きあたった。この岩場へはいる前に、ちらっとふり返ると、あとに残してきた場所にすわっているグローリアが見えた。そのほっそりした、もの怖じしない小柄な姿をとらえたとき、ぼくの眼はなごんだはずだ——それが見おさめになった。

ぼくは大石のあいだをさまよい、背後の浜辺が見えなくなった。しばしば疑問にとらわれるのだが、ぼくはなぜ彼女の最後の頼みをあれほどあっさりと無視したのだろう？　男の頭脳の造りは女のそれよりも粗いから、外部の影響をそれほど受けやすくはない。それでも疑問にとらわれるのだ、まさにあのとき、圧力がぼくにかかろうとしていたのではないかと——

ともあれ、ぼくはそびえ立つ黒いかたまりをじっと見あげながら、さまよいつづけた。やがて催眠術の効果のようなものが現れはじめた。あの崖を見たことのない人は、おそらくその真の姿を思い描けないだろうし、ぼくのほうも、あれから発するらしい眼に見えない悪意のオーラを文章に吹きこめない。とにかく、頭上に高々とそびえているので、そのへりが空を切り裂いているように思え——ぼくはバビロンの城壁の下を這っている蟻のような気分になり——その怪物じみた鋸歯状の壁面は、想像を絶するほど古い時代の、ほこりまみれになった神々の胸像を思わせた——これだけはいえる。これくらいなら伝えられる。でも、これを読む人間がいるとしたら、ぼくが〈黒い海岸〉の真の姿を描きだしたとは思わないでほしい。あのしろものの現実性は、見かけや感覚、それどころか、あれが誘発する思考にあるのでさえない。そうではなく、考えないでもわかるもの——感情と、思考ではまったくない精神の外縁をかすかに引っかく意識のうごめきにあるのだ——

でも、これはあとでわかったこと。そのときは、呆然とした男のように歩きつづけた。頭上にそびえる黒い塁壁の純然たる単調さに催眠術にかけられたように。ときおり体を揺すったり、まばたきしたり、海を見わたしたりして、この混乱した感じをふり落とそうとした。だが、海さえその巨大な壁の影におおわれているようだった。進めば進むほど、崖は恐ろしげに見えてきた。落ちてくるわけがない、と理性は告げるのだが、頭脳の奥にある本能が、いきなり崩れてきて、ぼくを押しつぶすとささやくのだ。

ふと気がつくと、流木のかけらがいくつか岸に打ちあがっていた。ぼくは喜びの叫びをあげてもよかった。それを眼にしただけで、すくなくとも人間が実在し、この暗く陰鬱な崖、全宇宙を満たすかに思える崖とは遠くへだった世界があると証明されたのだから。木片のひとつにくっついている長い鉄片を見つけたので、ちぎりとった。必要とあらば、手ごろな鉄の棍棒になってくれそうだ。並の男にはかなり重いのはたしかだが、体格でも体力でも、ぼくは並の男ではない。

このとき、じゅうぶん遠くまで来たという気にもなった。グローリアはとっくに見えなくなっていたので、ぼくはあわてて来た道を引きかえした。進むうちに、砂浜に走る数本の足跡に気づき、もし馬よりも大きな蜘蛛蟹《くもがに》がここで浜辺を横切ったとしたら、こんな跡がついただろうと考えて愉快な気分になった。やがてグローリアをあとに残してきた場所が見えてきて、ぼくは殺風景な静まりかえった浜辺にそって眼をこらした。

悲鳴は聞こえなかったし、叫び声も聞こえなかった。彼女がすわっていた大石のかたわらに立ち、浜辺の砂を見つめたとき、いまと同じように、あたりは森閑としていた。なにか小さくてほっそりした、白いものがころがっていた。ぼくはそのかたわらに両膝をついた。それは手首で切断された女の手だった。ぼくがこの手ではめた婚約指輪が人さし指に見えたとたん、ぼくの心臓が胸のなかで萎《しな》び、空が黒い海となって太陽を呑みこんだ。

どれくらいのあいだ、手負いのけもののように、その哀れな断片の上にかがみこんでいたのかはわからない。ぼくにとって時間は存在しなくなり、その死にかけた分からは〈久遠〉が生まれた。砕けた心にとって、その空っぽの傷ついた瞬間ひとつひとつが〈永久不変の永遠〉である者にとって、日が、刻《とき》が、年がなんだというのだ？　でも、立ちあがり、その小さな手をうつろな胸にしっかりとかかえながら、よろよろと波打ち際まで行ったとき、太陽は沈んでおり、月は沈んでおり、硬く白い星々が、広大無辺の空間の向こうからぼくを蔑《さげす》みの眼で見おろしていた。

波打ち際で、ぼくはその哀れな冷たい肉塊に何度も何度も唇を押しつけ、そのほっそりした小さな手を流れる潮にゆだねた。それが清浄な深い海まで運んでくれるだろう。さいわいにも、彼女の魂の白い炎が、〈永久不変の海〉のなかで安らぎを見つける、とぼくは信じる。そして人間のあらゆる悲哀を知っている、悲しい万古不易の波が、ぼくに代わって泣いているように思えた。というのも、ぼくは泣けなかったからだ。でも、それ以来、多くの者が涙をこぼしてきたし、ああ、神よ、その涙は血であったのだ！

酔っ払いか狂人さながら、ぼくはあざ笑うかのように白い浜辺をふらふらと歩いていった。そしてため息をつく潮の前で立ちあがったときから、力つきて倒れこみ、意識を失ったときまで、無数の世紀に世紀が重なったように思える。そのあいだぼくは荒れ狂い、絶叫し、冷ややかで非人間的な侮蔑をこめてぼくに眉をひそめている――足もとでわめきたてる蟻の上にそびえている――巨大な黒い塁壁にそってよろよろと歩いたのだった。

眼をさますと陽が昇っていた。気がつくと、ぼくはひとりきりではなかった。上体を起こす。周囲をとり囲んでいるのは、異様で恐ろしいものの群れだった。馬よりも大きな蜘蛛蟹を想像できるなら――とはいえ、大きさのちがいをべつにしても、そいつらは真の蜘蛛蟹ではなかった。そのちがいは置いておいて、こういうべきだろう。つまり、高度に発達したヨーロッパ人とアフリカのブッシュマンとのあいだにさまざまな相違があるように、この怪物どもと真の蜘蛛蟹とのあいだには、さまざまな相違があるのだ、と。こいつらは高度に発達しているどころではなかった。もしぼくのいう意味がおわかりなら。

そいつらは上体を起こして、ぼくを見つめた。ぼくはじっとしたままだった。どうすればいいのかわからなかったのだ――すると冷たい恐怖が忍び寄ってきた。べつに怪物どもに殺されるのが怖かったからではない。どういうわけか、やつらに殺される気がしたが、その考えに尻ごみはしなかったからだ。けれども、やつらの眼はぼくをえぐり、ぼくの血を氷に変えた。その眼にぼくのものより無限に高く、それでいて恐ろしく異なっている知性を認めたからだ。このことは理解しにくいし、説明はもっとむずかしい。でも、その恐ろしい眼をのぞきこんだとたん、鋭敏で強力な頭脳がその背後にひそんでいるとわかったのだ。ぼくの頭脳よりも高い圏域、異なる次元で働く頭脳が。

その眼には親愛の情も好意もなかった。共感も理解もなかった——恐怖や憎悪すらなかった。あんなふうに見られるのは、人間にとって恐ろしいことだ。人間なら、こちらを殺そうとしている敵の眼にさえ理解は宿っているし、同族だと認めている。でも、この悪鬼どもは、冷血漢の科学者が、標本板の上で刺されようとしている虫けらを見る眼つきでこちらを見つめていたのだ。連中はぼくを理解しなかった——できなかった。ぼくの思考、悲哀、歓喜、野心を推し量れなかった。ぼくが連中のそれを推し量れないのと同じように。ぼくらはまるっきり異なる種《スピシーズ》なのだ！そしてどんな人類同士の戦争も、異なる階梯に属する生きもののあいだで交わされる絶え間ない戦闘に残酷さではかなわない。すべての生命が一本の幹から派生したなんてことがありえるのだろうか？　いまのぼくには信じられない。

ぼくを見据える冷ややかな眼には、知性と力が宿っていたが、ぼくの知っている知性ではなかった。やつらはやつらなりに人類よりはるかに進んでいたが、異なる線にそって進んでいたのだ。いえるのは、せいぜいこれくらいだ。やつらの精神と論理的に考える能力は、ぼくにとっては閉ざされたドアであり、やつらの行動の大部分はまったく無意味に思える。それなのに、その行動が、人間とはちがうけれど、明確な思考によって導かれたものであり、その思考はやつらの流儀で人類には達しえないほど高い段階に達した結果であることはわかるのだ。

　でも、そこにすわり、こういった考えをめぐらせていると――やつらの非人間的な知性のすさまじい力が、ぼくの頭脳と意志の力にぶつかって来るのを感じ、ぼくは恐怖で寒けをおぼえ、跳び起きた。はじめて人間に対峙したとき野獣が感じるにちがいない、野蛮で不合理な恐怖だ。この連中がぼくよりも高い階梯にあることはわかっていた。連中を威嚇することさえ恐ろしかったのだ。心の底から連中を憎んでいたけれど。

　ふつうの人間なら、虫けらを踏みつぶしても気がとがめはしない。兄弟である人間とつき合うときとはちがって、虫けらを踏みつぶしたり、鶏を食べたりすることに関して、〈より高い力〉に説明を求められる気はしない。ライオンもライオンを食べないが、水牛や人間なら悪びれずにむさぼり喰う。そう、自然がもっとも残酷になるのは、種と種を敵対させるときなのだ。

　そのとき、この思考する蟹たちが餌食を見る眼つきでぼくを見ていたのか、標本を見る眼つきで見ていたのかはわからないし、どんな悪意をいだいていたのかもわからない。とにかく、ぼくは自分を縛っていた恐怖の鎖をちぎった。ぼくと向かいあっていたうちで最大の蟹が、いまは感心しないといいたげに、ある種の怒りをこめてこちらを見ていた。まるでぼくの威嚇するような行動に傲慢にも憤慨したかのように――科学者が、解剖用メスの下で身悶えする虫けらに憤慨するようなものだ。そう思うと、ぼくのなかで憤怒が燃えあがり、その炎は恐怖によってあおられた。ひと飛びで、ぼくは最大の蟹のもとに達し、死にもの狂いの一撃でそいつをたたきつぶして殺した。つぎの瞬間、身悶えしているそいつの体を飛び越えて逃げだした。

でも、遠くまでは逃げなかった。走っているうちに、復讐を果たすべき相手はこいつらだ、という考えが浮かんだのだ。グローリア――ぼくが「蟹」という呪われた名前を口したとき、彼女がぎょっとして、悪魔は蟹の姿形をしていると考えたのも無理はない。あのときでさえ、この悪鬼どもはぼくらのまわりに忍び寄っていたにちがいない。その忌まわしい頭脳から流れだす精神波で、彼女の敏感な思考をヒリヒリさせていたにちがいないのだ。そのときぼくは向きを変え、棍棒をふりあげて、二、三歩あともどりした。でも、群れは寄り集まっていた。ライオンが近づいてくれれば、畜牛がそうするように。そいつらの鉤爪が脅すようにふりあげられ、その残酷な思考の放射が、物理的な力も同然にぼくを打ったので、ぼくはよろよろとあとじさり、それに逆らって進むことができなかった。連中は連中なりにぼくを恐れているのだ、とそのときわかった。というのも、ぼくのほうを向いたまま、崖に向かってそろそろと後退したからだ。

ぼくの身の上話は長いが、そろそろ終わりにしなければ。あのとき以来、ぼくは文化の面でも知性の面でも自分より高いとわかっている種族を相手に、獰猛《どうもう》で無慈悲な闘いをくり広げてきた。やつらは科学者であり、なにか忌まわしい実験をされて、グローリアは非業の死をとげたにちがいない。よくわからないが。

こういうことがわかった。やつらの都市は、あの屹立する崖の重なりのあいだ、はるかな高みにあるが、第一段の張りだした岩棚のせいでぼくには見えない。おそらく島全体がそんなふうなのだろう。玄武岩の基部がせりあがって、高くそびえる尖峰となり、この尖峰が、数えきれない岩壁の重なりの最上段であるにちがいない。怪物たちは、ぼくが見つけたばかりの秘密の道を伝っておりて来る。連中はぼくを狩りたててきた。そしてぼくは連中を狩りたててきた。

こういうこともわかった。この怪物どもと人間とのあいだには共通点がひとつある。種族が精神的に発達すればするほど、肉体的な能力は衰えるという点だ。ゴリラが人間の大学教授に劣るように、精神的には連中よりはるかに劣るこのぼくは、ゴリラが丸腰の大学教授をあっさり殺せるように、一対一の闘いなら連中をあっさり殺せるのだ。ぼくのほうが敏捷だし、力も強く、感覚も鋭い。連中にはない筋肉の協調作用をそなえている。ひとことでいえば、ここには奇妙な逆転がある——ぼくが野獣で、連中が文明を発達させた存在なのだ。ぼくは慈悲を乞わないし、あたえもしない。ぼくの願望や欲望が、連中にとってなんだというのだ？ 鷲が人間をわずらわせないように、ぼくは連中をわずらわせなかっただろう。連中がぼくの連れあいを奪いさえしなければ。でも、あいつらは利己的な飢えを満足させるためか、なにか役立たずの科学理論を発展させるために、彼女の命を奪い、ぼくの人生をだいなしにした。

そしていま、ぼくは復讐を誓った野獣であったし、これからもそうだろう。一頭の狼はひとつの家畜の群れを消し去れる。一頭の人喰いライオンは、人間の村ひとつを丸ごと滅ぼしたことがある。そしてぼくは狼であり、ライオンだ。〈黒い海岸〉の——そう呼んでもよければ——住民にとっては。ぼくは二枚貝を見つけて糧にしてきた。蟹の肉をどうしても食べられなかったからだ。そして敵を狩ってきた。浜辺で、陽射しのもとと星明かりのもとで、大石のあいだで、登れるかぎり崖の高いところで。簡単ではなかったし、まもなく敗北を認めるしかなくなる。連中は、ぼくには防ぎようのない精神的な武器でぼくと闘ってきた。そしてやつらの意志がぼくの意志と絶えずぶつかるせいで、肉体的にも精神的にも、ぼくはひどく弱らされた。ぼくは単独でいる敵を待ち伏せし、何匹かに襲いかかり、血祭りにあげさえした。でも、その緊張はすさまじいものだった。

連中の力は主に精神的なものであり、人間の催眠術をはるかに凌駕している。最初のうちは、蟹人間をつつむ思考波を突き破り、そいつを殺すのは簡単だった。でも、やつらはぼくの頭脳に弱点を見つけだした。

これを理解はできない。でも、近ごろは闘うたびに地獄をくぐりぬけたのはわかっている。やつらの思考の潮が、溶けた金属の波となってぼくの頭脳に流れこみ、ぼくの頭脳と魂を凍りつかせ、燃やし、萎びさせたように思えた。ぼくは隠れて横たわり、ひとりの蟹人間が近づいてきたら、跳ね起きて、すばやく殺さなければならない。犠牲者が狙いをつけ、発砲する暇もないうちに、ライオンがライフルを持った男を殺さなければならないように。

ぼくのほうも肉体的にかならず無傷で逃げられたわけではない。というのも、つい昨日、ある死にかけた蟹人間が必死にふるった鉤爪が、ぼくの左腕を肘のところで切断したからだ。このとき死んでいたとしても不思議はない。でも、復讐を果たすまでは生きられそうだ。崖の上、より高い階層、恐ろしい蟹の都市がある雲のあいだに、破滅を運んでいかなければならない。ぼくは死にかけている——敵の異様な武器につけられた傷が、ぼくの運命を見せてくれた。でも、左腕はしっかりと縛ったから、出血多量で死ぬことはないだろうし、崩れかけた頭脳はなんとか保《も》ってくれるだろう。そして右手と鉄の棍棒がまだあるのだ。夜明けになると、蟹人間たちが高い崖から離れないことに気づいた。そのときは、いともたやすく殺せることもわかっている。理由はわからない。でも、ぼくの劣った理性の告げるところでは、あの〈御主人さま〉たちは、なにかの理由で、夜明けに活力が最低まで落ちこむのだ。

空に低くかかった月明かりのもとでこれを書いている。まもなく夜が明ける。そして夜明け前の暗闇にまぎれて、ぼくは雲まで——その上までのびているのを見つけた秘密の道を登るつもりだ。悪魔の都を見つけ、東の空が朱に染まりはじめるころ、殺戮をはじめるつもりだ。ああ、それはすさまじい闘いになるだろう！　ぼくはたたきつぶして殺すだろう。敵は砕かれて、大きな山となって積みあがるだろう。そしてついには、ぼくも死ぬだろう。望むところだ。不満はない。ぼくはライオンのように死をまき散らしてきた。やつらの死骸を浜辺に散らしてきた。くたばる前に、もっと多くを殺してやる。

グローリア、月が沈みかけている。じきに夜明けが訪れるだろう。ぼくの真っ赤な復讐の仕事を、きみが影の国から賛成の眼で見てくれているかどうかはわからない。でも、それはぼくの凍てついた魂に、ある程度の慰めをもたらしてくれたのだ。けっきょく、あの生きものたちとぼくは、まったく異なる種に属しており、異なる階梯のものは、けっして平和に共存できないというのが、自然の残酷な習わしなのだ。連中はぼくの連れあいを奪った。ぼくは連中の命を奪うのだ。

墓所の怪事件

The Dwellers Under the Tomb

いきなり眼がさめて、ベッドの上で上体を起こした。ドアをこれほど激しくたたいているのはだれだろう、と寝ぼけた頭で考える。ドアの羽目板がいまにも割れそうだ。金切り声があがった。狂った恐怖で耐えられないほど鋭くなった声が。

「コンラッド！　コンラッド！」ドアの外にいる何者かは叫んでいた。「後生だから、入れてくれ！　見たんじゃ――あいつを見たんじゃ！」

「ジョウブ・カイルズの声みたいだな」と、ベッドをぼくにゆずったあと、長椅子で眠っていたコンラッドが、長身を引き起こしながらいった。「ドアをたたき壊さないでくれ！」声をはりあげ、スリッパに手をのばし、「いま行く」

「頼む、急いでくれ！」見えない訪問者がわめき声でいった。「わしはたったいま地獄の眼をのぞきこんだんじゃ！」

コンラッドが明かりをつけ、ドアをさっと開いた。すると眼をぎらつかせた人物が、まろぶようにはいってきた。見おぼえのある男で、コンラッドによれば、名前はたしか――ジョウブ・カイルズ。コンラッドの地所に隣接する小さな地所に住んでいる、偏屈で欲深い老人だ。ふだんは無口もいいところで、落ちつきはらっている男の上に、いまや身の毛のよだつ変化が現れていた。まばらな髪は逆立ち、大粒の汗が土気色の肌にびっしりと浮かんでいる。そして、ときおり彼は瘧《おこり》にかかったように激しく身をわななかせた。

「いったいどうしたんだ。カイルズ？」コンラッドが大声をあげ、まじまじと彼を見た。「まるで幽霊でも見たような顔をしているぞ！」

「幽霊だと！」カイルズのかん高い声がひび割れ、金切り声のヒステリックな笑いへと変わった。「地獄から来た悪魔を見たんじゃ！　そうとも、あいつを見たんじゃ――今夜！　ついさっき！　あいつは窓からのぞいて、わしに笑い声を浴びせおった！　ああ、神よ、あの笑い声といったら！」

「だれが？」と、じれったげにコンラッド。

「弟のジョナスじゃ！」老カイルズが絶叫した。

さしものコンラッドも眼をみはった。ジョウブの双子の弟ジョナスは、一週間前に他界していた。コンラッドもぼくも、ダゴス・ヒルズの険しい斜面を登ったところにある墓所に安置された、その亡骸《なきがら》を眼にしていた。兄弟のあいだに確執があったのを、ぼくは思いだした――守銭奴のジョウブ、道楽者のジョナス。弟はダゴス・ヒルズのふもとにある廃墟と化した古い家族の屋敷で、貧困と孤独のうちに晩年を過ごし、谷に家を建てて住んでいる吝嗇《りんしょく》な兄に、恨みつらみから生じる不吉な毒を残らず注ぎこんでいた。この感情はしっぺ返しされた。ジョナスが死の床についていたときでさえ、ジョウブはしぶしぶ説得に応じて、弟を見舞ったにすぎなかったのだ。ジョナスが亡くなったとき、たまたま彼は弟とふたりきりだった。その臨終の場面はおぞましいものだったにちがいない。というのも、真っ青な顔をして、ガタガタ震えているジョウブが部屋から走り出てきて、身の毛もよだつかん高い笑い声がそのあとを追ってきたからだ。笑い声は臨終の喉声でぷつんと途切れたのだった。

いま老ジョウブはぼくらの前でわなわな震えながら、土気色の肌に汗を噴きださせ、死んだ弟の名前を口走っていた。

「見たんじゃ！　今夜はふだんより遅くまで起きとった。明かりを消して、ベッドにはいろうとしたちょうどそのとき——月光にふちどられたあいつの顔が、窓ごしにわしをにらんだんじゃ！　あいつは、わしを引きずっていくために地獄からもどってきた。死の床でそうすると誓ったとおりに。あいつは人間じゃない！　ずっと前からそうじゃなかった！　あいつが長いあいだ東洋を放浪して帰ってきたとき、わしはそうにらんだんじゃ。あいつは人間の形をした悪鬼じゃ！　吸血鬼じゃ！　わしを滅ぼそうとたくらんどるんじゃ、肉体も魂もな！」

ぼくは途方に暮れて言葉も出なかった。さしものコンラッドも絶句していた。完全な狂気の明白な証拠を前にして、人はなにをいえばいいのだろう？　あるいは、なにをすればいいのだろう？

ぼくの頭にあったのは、ジョウブ・カイルズは正気じゃないというわかりきった思いだけ。と、彼がコンラッドの部屋着の胸もとをつかみ、恐怖に苦悶しながら、激しく揺さぶった。

「やるべきことはひとつしかない！」眼に自暴自棄の光を浮かべて、彼は叫んだ。「あいつの墓へ行かねばならん！　あいつが安置された場所にまだ横たわっとるかどうか、この眼でたしかめねばならん！　おまえさんたちについてきてもらわねばならん！　ひとりきりで暗闇のなかを行くのはご免じゃ！　あいつが待ち伏せしとるかもしれん——生け垣か木の陰で待ち伏せしとるかもしれんのじゃ！」

「そいつは狂気の沙汰だ、カイルズ」コンラッドがいさめた。「ジョナスは死んでいる——悪夢を見たんだよ――」
「悪夢じゃと！」彼の声が高まり、ひび割れた絶叫となった。「あいつの邪悪な死の床のかたわらに立ち、泡を吹く口もとから黒い川みたいに流れだす罰当たりな脅迫を耳にしてからこっち、悪夢ならたっぷり見てきたとも。だけどな、これは夢じゃなかった！　眼はぱっちりさめておった。いいか――いいか、わしは見たんじゃ、悪魔となった弟のジョナスが、窓ごしにわしをおぞましい顔でにらんでおるのをな！」

彼は恐怖にうめきながら、両手をもみ絞った。誇りという誇り、自制心という自制心が、純粋に原始的で動物的な恐怖のために消し飛んでいた。コンラッドがちらっとぼくのほうを見たが、なんの考えも浮かばなかった。問題はあまりにも常軌を逸しているので、警察を呼び、老ジョウブを最寄りの癲狂院《てんきょういん》へ送りこむしかないように思われた。それでも、彼の挙動には、狂気よりも深く印象に残る根源的な恐怖がうかがえ、進んで認めるが、ぼくの背すじに悪寒を走らせたのだった。

まるでぼくらの疑いを感じとったかのように、彼がふたたびまくしたてた。
「わかっとる！　わしの頭がイカレたと思っとるんじゃろう！　おまえさんたちと同じくらい正気じゃわい！　だけどな、ひとりで行かねばならんとしても、あの墓所へは行くぞ！　わしをひとりで行かせたら、わしの血がおまえさんたちの頭に降りかかるぞ！　行ってくれるか？」
「待ってくれ！」コンラッドがあわてて着替えをはじめた。「いっしょに行くよ。どうやら、この妄想を打ち破るには、あんたの弟が柩《ひつぎ》におさまっているのを見せるしかないようだ」

「そうとも！」老ジョウブが凄絶な笑い声をあげた。「墓所のなか、蓋のない柩のなかじゃ！どうしてあいつは死ぬ前に開放式の柩を準備し、どんな蓋もつけちゃならんと指示を遺したんじゃ？」

「彼はむかしから変わり者だった」とコンラッドは答えた。

「あいつはむかしから悪魔じゃった」と歯をむきだすようにして老ジョウブ。「わしらは若いころから憎みあっとった。あいつが相続した財産を使いはたし、一文なしになってもどってきたとき、わしが苦労して築いた富をあいつに分けあたえようとせんかったから、あいつはそれを恨みに思った。あの黒犬めが！　煉獄の奈落から来た悪鬼めが！」

「まあ、彼が墓所に安置されているかどうかはすぐにわかる」とコンラッド。「用意はいいか、オドンネル？」

「いいぞ」四五口径をおさめたホルスターを吊るしながら、ぼくは答えた。コンラッドが笑い声をあげ、

「テキサス育ちを忘れられないってわけか」と冷やかした。「幽霊を撃つよう頼まれると思うのか？」

「いや、わからんぞ」と、ぼくは答えた。「これなしで夜中に外へ出る気にはなれん」

「銃は吸血鬼相手には役に立たん」と焦燥でそわそわしながらジョウブ。「やつらに打ち勝つ方法はひとつしかない——悪鬼の黒い心臓を杭でつらぬくことじゃ！」

「おいおい、ジョウブ！」コンラッドが短く笑った。「まさか、本気でいってるんじゃないだろ

うな？」

「本気だとも！」その眼に狂気の炎《ほむら》が燃えあがった。「そのむかし吸血鬼はおった——東ヨーロッパや東洋にはいまもおる。あいつが秘密の宗派やら黒魔術やらに関する知識をひけらかすのを聞いたことがある。わしは半信半疑じゃった——やがてあいつが死にかけておったとき、その身の毛もよだつ秘密をわしに明かしたんじゃ——墓場からもどってきて、わしを地獄へ引きずっていくと誓いおったんじゃ！」

ぼくらは家から出て、芝生をわたった。谷のそのあたりは人家がまばらだった。もっとも、数マイル南東には街明かりが輝いていたが。コンラッドの土地の西に接してジョウブの地所があり、静まりかえった暗い家が、木々のあいだにぼんやりと姿を見せていた。その家は、吝嗇な老人がみずからに許した唯一の贅沢だった。一マイル北には川が流れており、南には低く連なる丘陵の陰鬱な黒い輪郭が浮きだしている——頂は不毛だが、長い斜面は灌木におおわれている——人呼んでダゴス・ヒルズ——風変わりな名前だ。既知のインディアンの言語とは無関係だが、この地《ち》味《み》の痩せた丘を呼ぶために赤色人が最初に用いた名前なのだ。丘陵は実質的に無人だった。川に近い外側の斜面には農場があるが、内側の谷は土壌が浅すぎ、丘陵そのものも岩だらけで、耕作には向かない。コンラッドの地所から半マイル足らずのところに、とりとめなく広がる建造物が立っていた。カイルズ一族が三百年ほどのあいだ住んできた建物だ——すくなくとも、石の基礎はそれほどむかしにまでさかのぼる。もっとも、屋敷のほかの部分はもっと近代的だが。起伏する黒いダゴス・ヒルズを背景に、止まり木に止まる禿鷹のようにそこに立っている屋敷を見たとたん、老ジョウブがぶるっと身震いした、とぼくには思えた。

風の吹きすさぶ夜のなか、ぼくらは常軌を逸した探索を進めた。雲がひっきりなしに月の面《おもて》をよぎり、風がうなりをあげて木々のあいだを吹きぬけ、異様な夜の物音を運んできたり、ぼくらの声に風変わりないたずらを仕掛けたりした。ぼくらの目的地は、古いカイルズ屋敷の建つ高い卓状地の後方にそびえて連なる丘陵のうち、ひときわ高く突きだした丘の上方斜面にうずくまっている墓所だった。まるで地下墓地に葬られた者が、祖先の家と、その一族がかつて尾根から川まで所有していた谷を見晴らすかのようだ。いまや古い地所に残っている土地は、帯のような形で丘陵へのびる斜面だけで、そのいっぽうの端に屋敷が、反対の端に墓所があるのだ。

先ほどいったように、墓所の設けられた丘は、ほかの丘からは分かれている。そして墓所へ行く途中、薮におおわれた険しい難所のそばを通る。ここで斜面は鋭く落ちこみ、灌木におおわれた岩だらけの崖になっているのだ。この尾根の突端に近づいているとき、コンラッドがいった。

「家族の地下墓地からこれほど遠くに墓所を造るなんて、ジョナスはなにを考えていたんだ？」

「あいつが造ったんじゃない」と噛みつくようにジョウブ。「わしらのご先祖さま、ジェイコブ・カイルズ船長が遠いむかしに造ったんじゃ。この小山は、船長にちなんでいまだに海賊ガ丘《パイレート・ヒル》と呼ばれとる――船長が海賊で、密輸業者だったからじゃ。なにか奇妙な気まぐれで、彼はあそこに自分の墓所を造った。そして生前は、あそこで多くの時間をひとりきりで過ごした。とりわけ夜にな。だけども、本人はあそこに葬られんかった。軍艦と戦って、海の藻屑と消えたからじゃ。わしらの行く手にある、まさにあの崖から、敵や兵隊を見張っておったそうじゃ。そういうわけで、あそこは今日にいたるまで密輸業者の岬《スマッグラーズ・ポイント》と呼ばれとる。

ジョナスが古い屋敷に住みはじめたとき、墓所は廃墟になっとった。あいつはそれを修理して、自分の骨をおさめられるようにした。聖別された土地では安眠できんと、自分でもよくわかっておったんじゃよ！　死ぬ前に手はずはすっかりととのった——墓所は再建され、蓋のない柩があいつを迎え入れるよう安置され——」

ぼくは思わず身震いした。暗闇、レプラに罹《かか》ったような月をかすめて飛ぶちぎれ雲、金切り声をあげる風、頭上にぼうっと浮かびあがる陰鬱な暗い丘陵、連れの気ちがいじみた言葉——そのすべてがぼくの想像力に働きかけ、恐怖と悪夢の形で夜を満たした。薮におおわれた斜面にそわそわと視線を走らせる。絶えず移ろう光を浴びても黒く、厭《いと》わしい。ふと気がつくと、その不吉な丘陵から船の舳先のように突きだしているスマッグラーズ・ポイント、その灌木の生えた、伝説にいろどられた崖のこれほどそばを通るのでなければいいのに、と思っていた。

「わしは影におびえる莫迦《ばか》な小娘じゃない」と老ジョウブがいっていた。「月に照らされた窓に、あいつの邪悪な顔が見えたんじゃ。死人は夜中に出歩くと、わしはむかしからひそかに信じとった。おや——あれはなんだ？」

彼はぴたりと足を止め、恐怖そのものの姿勢に凍りついた。

ぼくらは本能的に耳をすました。木々の枝が強風に鞭打たれる音がした。背の高い草が大きくざわめく音がした。

「ただの風だよ」と、つぶやき声でコンラッド。「風があらゆる音をゆがめて——」

「ちがう！　そうじゃない！　いまのは――」

かすかな悲鳴が、吹きすさぶ風に乗って流れてきた――死の恐怖と苦悶で鋭さをました声が。

「助けて！　助けてくれ！　ああ、神よ、お慈悲を！　ああ、神よ！　ああ、神よ――」

「弟の声じゃ！」とジョウブが叫ぶ。「地獄からわしを呼んどるんじゃ！」

「どっちから聞こえてきた？」と、ささやき声でコンラッド。急に唇が乾いたようすだ。

「わからん」ぼくの手足に冷たい鳥肌が立った。「わからなかった。上から聞こえたのかもしれん し――下からかもしれん。奇妙にくぐもって聞こえる」

「墓につかまれて、あいつの声がくぐもっとるんじゃ！」と金切り声でジョウブ。「まとわりつく屍衣が、あいつの叫びを押し殺すんじゃ！　いいか、あいつは地獄の白熱した焼き網の上で吼えとるんじゃ。そしてわしを引きずっていき、同じ目にあわせるつもりなんじゃ！　行くぞ！墓所へ行くぞ！」

「人間だれしも最後には通る道だな」とコンラッドがつぶやいた。ジョウブの言葉に対する身の毛のよだつような応答は、ぼくの慰めにはならなかった。ぼくらは老カイルズのあとを追った。跳ねるように進む彼についていくのは骨が折れた。痩せこけたグロテスクな人影が、登り勾配を描く斜面をどんどん進んでいく。その先にあるずんぐりした小山は、錯覚を起こす月光のせいで、鈍く輝く髑髏のように見える。

「あの声に聞きおぼえは？」と、ぼくはコンラッドに小声で訊いた。

「わからん。きみがいったとおり、くぐもっていたからな。風のいたずらだったとしても不思議はない。ジョナスの声だと思うといったら、きみに頭がおかしいと思われる」

「いまはちがう」と、ぼくは小声でいった。「最初は狂気の沙汰だと思った。でも、夜の霊気が血にはいりこんじまった。いまなら、なんだって信じられる」

ぼくらは斜面を登り、墓所のどっしりした鉄扉の前に立った。そのうしろ上方では、灌木の密生した丘がそそり立っていた。気味の悪い霊廟は、その夜の異様な出来事によって引き起こされた不吉な雰囲気をまとっているように思えた。コンラッドが、見るからに古風な重々しい錠に懐中電灯の光を当てた。

「この扉は開かれていない」とコンラッド。「錠はいじられていない。見ろ——蜘蛛がすでに巣を厚く敷居に張っているし、糸はちぎれていない。扉の前の草はつぶれていない。何者かが最近墓所にはいったとしたら——あるいは出てきたとしたら——そうなるはずだが」

「吸血鬼にとって扉や錠がなんだというんじゃ?」とジョウブが哀れっぽい声でいった。「やつらは亡霊みたいに分厚い壁をすりぬけるんじゃ。いいか、あの墓所へはいって、やるべきことをやるまで、わしの心は安まらん。鍵はある——あの錠に合う世界でただひとつの鍵じゃ」

彼は鍵——巨大で古風な器具——をとりだし、錠にさしこんだ。錆びついたタンブラーがうめきときしみをあげ、老ジョウブがひるんだようにさがった。まるでハイエナの牙を生やした亡霊が、開いた扉をぬけて飛びかかってくると思っているかのように。

コンラッドとぼくはなかをのぞいた——そして進んで認めるが、混沌とした想念がつぎつぎと湧いてきて、ふらついたぼくは、思わず足を踏んばった。しかし、内部は黒く塗りつぶされているも同然だった。コンラッドが懐中電灯をつけたが、ジョウブに止められた。老人は、ふだんの落ちつきをかなりとりもどしているように思えた。

「懐中電灯を貸してくれ」と彼はいった。その声には断固たる決意がみなぎっていた。「わしひとりで行く。もしあいつが墓所にもどっておれば――もしあいつがまた柩にはいっておれば、どうすればいいかはわかっとる。ここで待て。もしわしが叫んだら、でなくて、もみあう音が聞こえたら、駆けつけてくれ」

「だが――」コンラッドが異を唱えようとした。

「つべこべいうな！」老カイルが金切り声でいった。彼の落ちつきは、ふたたび崩れはじめていた。「これはわしの仕事じゃ。わしがひとりでやる！」

コンラッドがうっかり老人の顔を懐中電灯でまともに照らしたので、彼は悪態をついた。それから懐中電灯をひったくり、上着からなにか引っぱりだして、重々しい扉をうしろへ押しやり、大股に墓所のなかへはいっていった。

「ますます気ちがいじみてきた」と、ぼくは不安げにつぶやいた。「ひとりではいるつもりだったのなら、どうしてあんなにしつこく、ついてきてくれといったんだ？　それに、あの男の眼の輝きに気づいたか？　完全に狂ってる！」

「そうはいいきれん」とコンラッドが答えた。「おれには邪悪に勝ち誇っているように見えた。ひとりではいるっていう点に関していえば、狂気の沙汰とはいえんだろう。あの男からたった数フィートのところにおれたちがいるんだからな。おれたちを墓所の内部へ同行させたくない理由があるんだよ。墓所にはいるとき、あの男が上着から引っぱりだしたのはなんだったんだ?」

「先を尖らせた棒と、小型のハンマーのように見えた。柩からはずす蓋がないのに、どうしてハンマーなんか持っていくんだ?」

「決まってるじゃないか!」と噛みつくようにコンラッド。「いまごろ気づくとは、なんておれは莫迦なんだ! あの男がひとりで墓所にはいりたがったのも無理はない! オドンネル、あの男が吸血鬼とかいうたわごとをいっていたのは、本気も本気だったんだ! 準備してるとかなんとか、思わせぶりなことをいってただろう? あの男は弟の心臓にその杭を打ちこむつもりなんだよ! 行こう! 死体を損壊をさせるわけには――」

墓所から絶叫がひびきわたった。ぼくが死の床につくとき、それはとり憑いて離れないだろう。その恐ろしいひびきに、ぼくらは足がすくんで動けなくなった。そして気をとり直す暇もなく、狂った足音がして、飛んできた体が扉にぶつかった。そして墓所から、地獄の門から吹き飛ばされた蝙蝠《こうもり》のように、ジョウブ・カイルズの体が飛んできた。彼はぼくらの足もとに頭から倒れこんだ。その手に握られた懐中電灯が地面に激突して、光が消えた。彼のうしろで鉄扉は半開きになっており、暗闇のなかで這ったり、すべったりする異様な音が聞こえるように思えた。しかし、ぼくの注意力は、すさまじい痙攣《けいれん》に襲われて、ぼくらの足もとで悶えている哀れな男に釘づけだった。

ぼくらは彼のほうにかがみこんだ。黒雲の陰からすべり出た月が、その凄絶な顔を照らし、そこに刻まれた恐怖に、ぼくらはふたりとも思わず悲鳴をあげた。そのふくれあがった眼からは、正気の光が跡形もなく消えていた——暗闇のなかで蠟燭が吹き消されるように、吹き飛ばされていたのだ。締まりのない唇が引きつり、唾をまき散らした。コンラッドが彼をゆさぶり、

「カイルズ！　頼むから教えてくれ、いったいなにがあったんだ？」

返ってきたのは、恐怖に震え、よだれを垂らしながら発せられる泣き言だけ。とそのとき、よだれと意味のない音のあいだに、人間の言葉が聞きとれた。なかば支離滅裂な泣きごとである。

「化けもの！——柩のなかに化けものが！」つぎの瞬間、コンラッドが勢いこんで質問を浴びせるなか、その眼がくるっと裏返り、固く引き結ばれた唇が、身の毛のよだつ陰気な薄笑いに凍りついた。そして男のひょろりとした体全体が、へなへなと沈みこむように思えた。

「死んだ！」呆然としたコンラッドがつぶやいた。

「傷は見あたらない」魂そのものまで揺さぶられて、ぼくは小声でいった。

「傷はない——一滴の血もこぼれていない」

「それなら——それなら——」ぼくは身の毛のよだつ考えを言葉にする気になれなかった。

ぼくらは長方形の暗黒をこわごわと見つめた。静まりかえった墓所の半開きになった扉にふちどられた暗黒を。風がにわかに金切り声をあげ、草むらを吹きすぎた。まるで悪魔が勝利の凱歌をあげるかのように。と、いきなりぼくの体に震えが走った。

コンラッドが立ちあがり、肩を張って、

「行こう！　忌まわしい墓になにがひそんでいるかは、神のみぞ知るだ——でも、突き止めなきゃいかん。爺さんは興奮しすぎていた——自分自身の恐怖の餌食になったんだ。爺さんの心臓はあ

まり強くなかった。なにが死因であっても不思議はない。おれといっしょに来るか?」

実体があり、理解できる恐怖など、眼に見えず、名状しがたい脅威の恐ろしさとはくらべものにならない。だが、ぼくはうなずいた。するとコンラッドが懐中電灯を拾い、スイッチを入れて、壊れていなかったので満足げにうなり声を発した。それからぼくらは、蛇の巣に近づく人間のように墓所に近づいた。ぼくが銃をかまえるなか、コンラッドが扉を押しあける。懐中電灯の光が湿った壁、ほこりだらけの床、穹窿《きゅうりゅう》をさっと撫でて、中央の石壇に載っている蓋のない柩のところで止まった。ぼくらは息を呑んでこれに近づいた。どんな気味の悪い恐怖がぼくらの眼と出会うのかは、あえて考えないようにしながら。すばやく息を吸って、コンラッドが懐中電灯でなかを照らした。ぼくらの口から同時に叫びがもれた。柩はもぬけの殻だったのだ。

「なんてこった!」ぼくはささやき声でいった。「ジョウブのいったとおりだ! でも、どこにいるんだ――吸血鬼は?」

「空っぽの柩のせいで、ジョウブ・カイルズの体から命が逃げだすはずがない」とコンラッドが答えた。「爺さんの最後の言葉は、『柩のなかに化けものが』だった。なにかがなかにいたんだ――蠟燭を吹き消すように、ジョウブ・カイルズの命を消してしまうような見かけのものが」

「でも、それはどこにいるんだ?」ぼくは不安げにたずねた。この上なくおぞましい悪寒が、背すじを上り下りした。「ぼくらに見られずに墓所から出られたわけがない。自由自在に透明になれるものだったんだろうか? いまこの瞬間も、ぼくらといっしょに墓所のなかで眼に見えずにうずくまっているんだろうか?」

「そんなことをいうとは、どうかしてるぞ」と嚙みつくようにコンラッド。しかし、本能的に右へ左へと肩ごしに視線を走らせた。それから、「この柩に不快なにおいが、かすかにまとわりついているのに気づいたか？」と、つけ加えた。

「ああ、でも、なんのにおいか見当もつかん」

「おれもだ。かならずしも納骨堂のにおいってわけじゃない。土臭くて、いやなにおいだ。地表からはるか下にある鉱山で嗅いだことのあるにおいをなんとなく思わせる。柩にこびりついている――まるで地中深くから来た不浄なものが、そこに横たわっていたかのように」

彼はふたたび壁に光を走らせ、不意に止めると、奥の壁に集中させた。墓所が造られている丘の一枚岩から切りだされた壁だ。

「見ろ！」

堅固な壁と思われたものに細長い隙間が見えるのだ！　コンラッドは一歩でそこに達し、ぼくらは肩を並べてじっくり調べた。彼は隙間にいちばん近い壁の一部をおそるおそる押した。すると壁の一部が音もなくへこみ、墓のこちら側に存在するとは夢にも思わなかった濃密な暗黒に向かって開いた。ぼくらはふたりともわれ知らずあとずさり、身がまえた。まるで夜の恐怖が飛びかかってくると思っているかのように。そのときコンラッドの短い笑い声は、張りつめた神経に浴びせられる氷水のようだった。

「すくなくとも墓所に住む者は、出入りするのに超自然的でない手段を用いるわけだ。この隠し扉が細心の注意を払って作られていることは一目瞭然。ほら、旋回軸に載ってまわるのは、大きな直立した石のかたまりだけだ。音をたてずに開くところを見ると、旋回軸と軸受けには、最近油がさされている」

彼は扉のうしろの窖《あなぐら》に光線を向けた。すると扉の敷居と平行に走る狭いトンネルがあらわになった。明らかに丘の堅固な岩を掘りぬいたものだ。側面と床はなめらかで平坦、天井はアーチを描いている。

コンラッドがさがり、ぼくのほうを向いた。

「オドンネル、ここには、たしかに暗く不吉なものが感じられるようだ。それが人間の形をとっているのはたしかだという気がする。まるで、おれたちの足の下を流れている黒い隠れた川に行きあたったかのような感じだ。その行く先がどこなのかはわからん。だが、裏で糸を引いているのは、まちがいなくジョナス・カイルズだ。老ジョウブは、今夜、窓辺で本当に弟を見たにちがいない」

「でも、墓が空っぽだろうとなかろうと、コンラッド、ジョナス・カイルズは死んでいるんだぞ」

「そうじゃないと思う。彼はみずから引き起こした強硬症《カタレプシー》の状態にあったんだ。ヒンドゥー教の行者が実践しているように。おれは、いくつか例を見たことがある。本当に死んでいると断言しただろうな。科学者や懐疑家がなんといおうと、彼らは自由自在に生命を停止する秘密を発見しているんだ。ジョナス・カイルズは何年かインドに住んでいたから、どうにかして、その秘密を学びとったにちがいない。

開放式の柩、墓所からのびているトンネル——すべてを考えあわせれば、ここに安置されたとき、彼は生きていたと信じるほかない。なにかの理由で、自分が死んだと人に思わせたがったんだ。狂った精神の気まぐれかもしれん。もっと深く、もっと暗い意味があるのかもしれん。彼が兄の前に姿をあらわし、ジョウブが命を落としたという点に照らせば、あとのほうだと思いたくなるが、いまのところ疑惑はあまりにも恐ろしく、あまりにも途方もないから、言葉にできん。だが、おれはこのトンネルを探検するつもりだ。ジョナスがどこかに隠れているかもしれん。いっしょに来るか？　いっておくが、あの男は殺人狂かもしれんし、そうでなくても、ただの狂人よりは危険かもしれん」

「お供するよ」と、ぼくはうなり声でいった。もっとも、闇に閉ざされた窖へ突入するかと思うと総毛立ったが。「でも、スマッグラーズ・ポイントを通りかかったときに聞こえた、あの絶叫はどうなんだ？　あの苦悶の声は作りものじゃなかったぞ！　それにジョウブが柩のなかに見たものはなんだったんだ？」

「わからん。忌まわしい扮装をしたジョナスだったのかもしれん。この件にはたくさんの謎がからんでいることは認めるよ。たとえジョナスが生きていて、すべての裏にいるという仮説を受け入れたとしても。でも、あのトンネルをのぞいてみよう。ジョウブを持ちあげるのを手伝ってくれ。こんなふうに、ここへ寝かせておくわけにはいかん。柩におさめよう」

そういうわけで、ぼくらはジョウブ・カイルズを持ちあげ、彼が憎んでいた弟の柩に安置した。そこで彼は、凍りついた土気色の顔からどんよりと曇った眼で虚空をにらんでいた。ぼくが彼に眼をやると同時に、風の哀歌がぼくの耳のなかで彼の言葉をこだまさせるようだった――「行くぞ！　墓所へ行くぞ！」そして彼の行く先は、たしかに墓所だったのだ。

コンラッドが先に立って隠し扉をぬけた。扉はあけ放しにしておいた。その黒いトンネルにはいったとたん、つかのまぼくは完全なパニックにおちいった。そして墓所の重々しい外側の扉にスプリング錠がついておらず、そのどっしりした錠をかけられる唯一の鍵が、コンラッドのポケットにおさまっていることに安堵の胸を撫でおろした。悪魔じみたジョナスがドアを閉め、最後の審判の日までぼくらを墓所に閉じこめるかもしれないという不安がこみあげてきたのだ。

トンネルは、大雑把にいって東西へのび、丘の外縁をなぞっているように思えた。ぼくらは左へ――東のほうへ――曲がり、行く手を懐中電灯で照らしながら、慎重に進んでいった。

「このトンネルはジョナス・カイルズが掘ったものじゃない」とコンラッドが小声でいった。「雰囲気からして、相当にむかしのものだ――見ろ！」

べつの暗い出入口が、ぼくらの右手に現れた。コンラッドが懐中電灯の光を当てると、またべつの、もっと狭い通路があらわになった。その両側に、ほかの出入口がいくつか開いている。

「規則正しい網の目になっているんだ」と、つぶやき声でぼく。「平行に走る通路が、もっと小規模のトンネルでつながれている。ダゴス・ヒルズの地下にこんなものがあるなんて、だれが思っただろう？」

「ジョナス・カイルズはどうやって発見したんだろう？」とコンラッドが疑問を口にした。「見ろ、右手にべつの出入口がある――またべつの出入口――またべつの出入口だ！　きみのいうとおりだ――まぎれもなくトンネルの網の目だ。いったいだれが掘ったんだろう？　未知の先史種族の仕事にちがいない。だが、この通路にかぎっては、最近使われていたな。ほら、床のほこりがかき乱されている。出入口は全部右にあって、左にはひとつもない。この通路は丘の外縁をなぞっている。そのどこかに出口があるにちがいない。見ろ！」

　ぼくらは交差する暗いトンネルの一本の開口部にさしかかったところだった。コンラッドがそのかたわらの壁を懐中電灯で照らした。眼に飛びこんできたのは、赤いチョークで描かれている粗雑な矢印だった。より小規模な通路の先をさしている。

「あれが外へ通じているわけがない」と、つぶやき声でぼく。「丘の奥深くへ突き進んでいるぞ」

「とにかく、矢印にしたがおう」とコンラッドが応じる。「この外側のトンネルへは簡単にもどってこられる」

　そういうわけで、ぼくらはその道を進んだ。より大きなほかの通路をいくつか横切り、そのたびに矢印が見つかったが、あいかわらず進んでいる方向をさしていた。懐中電灯の細い光線は、その濃密な暗黒にいまにも呑まれそうで、その呪われた丘の心臓部へひたすら突き進むあいだ、名状しがたい不吉な予感と本能的な恐怖が、ぼくにとり憑いて離れなかった。不意にトンネルが途切れ、暗闇のなかへのびて消えている狭い階段になった。その洞窟めいた階段を見おろしたとき、ぼくの体に思わず震えが走った。忘れられた時代に、どんな不浄な足がその階段を踏みしめたのだろう？　とそのとき、べつのなにかが見えた——ちょうど階段のはじまるところで、小部屋がトンネルに向かって開いているのだ。そしてコンラッドが懐中電灯の光でその部屋を照らすと同時に、ぼくの口から思わず驚きの声がほとばしった。居住者はいなかったが、最近まで人のいた証拠がふんだんにあったのだ。ぼくらは部屋にはいり、細い光の指のたわむれを眼で追った。

これまでの発見に照らして、その部屋が人間の住めるようにしてあることは、さほど意外ではなかった。しかし、その惨状にぼくらは呆然と立ちつくした。キャンプ用の簡易寝台が壊れて横倒しになり、ずたずたになった毛布が、岩の床にばらまかれている。本や雑誌がびりびりに引きちぎられ、でたらめにまき散らされており、たたかれて曲がった食料品の缶詰が無造作にころがっている。なかには破裂して、中身がこぼれているものもある。砕けたランプが床にころがっている。

「何者かの隠れがだ」とコンラッドがいった。「そしてこの首を賭けるが、ジョナス・カイルズの隠れがだ。しかし、なんて惨状だ！ あの缶詰を見ろ、岩の床にたたきつけられたせいで、ぱっくり開いたらしいぞ——それにあの毛布、紙を引き裂いたみたいに、ずたずたになってる。おい、オドンネル、これほどの破壊は人間業のはずがない！」

「狂人ならできるかもしれん」と、つぶやき声でぼく。「それはなんだ？」

コンラッドが立ち止まり、手帳を拾いあげていたのだ。それを明かりにかざし、

「ひどく破られている」と、うなり声でいった。「だが、とにかく、ついてるぞ。ジョナス・カイルズの日記だ！ 彼の筆跡なら知っている。見ろ、この最後のページは無傷で、しかも日付は今日だ！ ほかの証拠が欠けているとしても、彼が生きているという決定的な証拠だ」

「でも、彼はどこにいるんだ？」周囲にこわごわ眼をやりながら、ぼくは小声でいった。「それに、どうしてなにもかもぶち壊したんだ？」

「ひとつだけ考えられるのは」とコンラッド。「この洞窟にはいったとき、その男がとにかく部

分的には正気だったが、それ以来、頭がおかしくなっているということだ。用心したほうがいい――もし狂っているなら、暗闇のなかでおれたちを襲ってこないともかぎらん」

「それを考えていたんだよ」思わず身震いしながら、ぼくはうなり声でいった。「願い下げにしたいな――この忌まわしい黒いトンネルに潜んでいる狂人が、ぼくらの背中へ飛びかかってくるなんてことは。さあ――その日記を読んでくれ。そのあいだ、ぼくが扉を見張っている」

「最後の記入を読もう」とコンラッド。「ひょっとすると、この件に多少の光を投げてくれるかもしれん」

そして判読しづらい走り書きに光を集中させながら、彼は読んだ――

「わが大成功のための準備は、いまや万端ととのった。今宵、吾輩はこの隠れがから永久に立ち去る。残念に思うことはあるまい。なぜかというに、永遠の暗闇と静寂が、わが鉄の神経さえ揺るがしはじめているからだ。想像力が過多になっている。これを書いているいまでさえ、そこそこそした音が聞こえるように思える。下から這いあがってくるものがたてる音が。もっとも、このトンネルでは蝙蝠も蛇もめったに見かけないのだが。しかし、明日になれば、吾輩は呪われた兄のすばらしい家に移り住んでいるだろう。いっぽうやつは――これほどの冗談をだれとも分かちあえないのは、かえすがえすも残念だ――やつは冷たい暗闇のなかで吾輩にとって代わるだろう――この暗いトンネルに輪をかけて暗く冷たい闇のなかで。

語れないのなら、書くほかない。なぜかというに、自分自身の頭の冴えにゾクゾクしているからだ。なんと悪魔的なまでに狡猾であることか！　なんと悪魔じみた奸智をかたむけて策を練り、準備してきたことか！　わが〝死〟の前に、兄の迷信に働きかけることなど造作もなかった――は！　は！　は！　せめて愚か者どもに教えてやれれば――ヒントをまき散らし、謎めいた言葉をもらしたのだ。やつはむかしから吾輩を〈邪悪なもの〉の手先として見ていた。わが最後の〝病気〟の前には、吾輩が超自然、あるいは地獄のものとなったと信じこみかけていたのだ。それからわが〝死の床〟で、吾輩が憤怒を存分にぶちまけたとき、やつのおびえは本物になった。吾輩が吸血鬼だと心から信じこんだのだ。兄のことならよくわかっている。まるでこの眼で見たかのように確信がある。やつが家へ逃げ帰り、わが心臓に打ちこむ杭を準備したのだ、と。しかし、疑念が裏づけられたと確信するまで、やつは行動に移らないだろう。

その保証をあたえてやるのだ。今宵、吾輩はやつの窓辺に姿をあらわす。姿をあらわして、消える。やつをおびえ死にさせたくはない。その場合、わが計画は水泡に帰すからだ。やつが当初の恐怖から回復したら、わが墓所へやってきて、杭で吾輩を滅ぼそうとするのはわかっている。そしてやつが無事に墓所にはいったら、やつを殺すのだ。やつと衣服をとり換え――やつを開放式の柩におさめ、無事に墓所に安置したら――やつのすばらしい家へこっそりともどる。われわれはたがいによく似ている。したがって、やつの流儀や癖に関する知識をもってすれば、完璧にやつに成りすませる。そのうえ、だれが疑うだろう？　あまりにも奇怪で――あまりにも常軌を逸している。やつがやめたところで、やつの人生を引き継ぐのだ。ジョウブ・カイルズは人が変わった、と人はいぶかしむかもしれない。だが、いぶかしむだけで終わるだろう。吾輩は兄の靴を履いて生き、死ぬだろう。そして本物の死が訪れたとき――願わくは、遠い先にならんことを！

——吾輩はジョウブ・カイルズの名を刻んだ墓石のもと、古いカイルズ家の地下墓地に安置されるだろう。いっぽう本物のジョウブは、意外にもパイレート・ヒルの古い墓所で眠っているのだ！ああ、世にも稀なる冗談ではないか！

わが祖先ジェイコブ・カイルズは、いかにしてこの地下道を発見したのであろうか。彼が造ったわけではない。忘れられた男たちの手で、ほの暗い洞窟と堅固な岩から掘りだされたものだ——どれくらいむかしのことか、あえて推測する気にもなれない。ここに隠れて、機が熟すのを待っているあいだ、吾輩は地下道を探検して暇をつぶした。それらが思ったよりもはるかに遠くまで広がっているのが判明した。丘陵は地下道で蜂の巣状になっているにちがいない。そして地下道は信じられない深さまで大地に潜りこんでいる。建物の階のように、層に層を重ねており、各層はひとつしかない階段で下の層とつながっている。老ジェイコブ・カイルズは、掠奪品と密輸品の貯蔵のために、これらのトンネル——すくなくとも上層のトンネル——を使用していたにちがいない。彼は本当の活動を隠すために墓所を築き、もちろん、秘密の入口を刻んで、旋回軸の上に扉石を吊した。彼はスマッグラーズ・ポイントの隠れた入口を経由して、地下道を発見したにちがいない。彼がそこに設けた古い扉は、吾輩が見つけたとき、朽ちた木っ端と錆びた金属のかたまりにすぎなかった。彼のあと、それを発見する者がいなかったように、吾輩がこの手で作り、古い扉と置き換えた新しい扉を見つける者がいるとは思えない。それでも、そのうち適切な予防措置を講じるとしよう。

かつてこの迷宮に住んでいたにちがいない種族の正体について、いろいろと考えをめぐらせてきた。骨も頭蓋骨も見つかっていないが、上層では風変わりな堅い銅器が見つかっている。つぎの二、三階では石器が見つかり、第十層までおりたところで、石器は姿を消した。また、最上層では壁の一部が絵画で装飾されているのを見つけた。かなり色褪せているが、まぎれもなく技術を明示するものだ。これらの絵画は、第五層をふくめ、そこにいたるすべての層で見つかった。もっとも各層の装飾は、ひとつ上のそれよりも粗雑になり、ついに絵画は、猿が絵筆を握ったら描きそうな意味のない落書きとなったが。また、石器は層を下るほど粗雑になっていき、天井、階段、出入口などの出来映えも同様である。ここから受ける印象は、閉じこめられた種族が、幾星霜を経て、黒い大地へどんどん深く掘り進み、新しい層へおりるたびに、どんどん人間らしさを失っていったという途方もないものだ。

第十五層には詩情も理性もない。トンネルは、これといった計画もなく、漫然とのびている——原始建築の粋である最上層との対照があまりにも著しいので、同じ種族によって作られたとは信じがたいほどだ。ふたつの層の建設のあいだには、膨大な時間が閲《けみ》したにちがいない。そして建設者たちは、大幅に退化したにちがいない。だが、第十五層が、これらの謎めいた地下道の終わりというわけではない。

最下層の底にひとつだけある階段に通じる出入口は、天井から落ちてきた石にふさがれていた——おそらく何百年も前、ジェイコブ船長がトンネルを発見するよりも前の出来事だろう。好奇心に駆られて、体力の負担になるにもかかわらず、吾輩は石をかたづけ、まさに今日、積みあがった石の山に穴をあけた。もっとも、下にあるものを探検する暇はなかった。じつをいうと、探検できたかどうかは疑わしい。なぜかというに、明かりがあらわにしたのは、通常の石段の連なりではなく、暗黒へのびている、切り立った、なめらかな縦穴だったからだ。猿か蛇なら上り下りできるかもしれないが、人間には無理だ。いかなる想像を絶する窖に通じているのか、わざわざ推測する気にもならない。第十五層が迷宮の究極の境界ではないとわかったのは、どういうわけかショックだった。階段のない縦穴を眼にしたとたん、異様な悪寒が走り、かつてこの丘陵に住んでいた種族の究極の運命に関して、途方もない考えが浮かんできた。生活の等級がどんどん下がっていくにつれ、掘削者たちは下層で死に絶えてしまったのではないだろうか。もっとも、この仮説を裏づける遺物は見つかっていない。地表に近い層とはちがい、下層は堅固な岩を掘りぬいたものではない。黒い土と非常にやわらかい石を掘ったもので、この上なく原始的な道具でえぐったらしい。指と爪で掘ったように見える場所さえあった。動物が掘ったのだとしても不思議はない。ただし、上のもっと整然とした体系を模倣しようとしているのは一目瞭然だが。しかし、第十五層の下は、上から表面的に調べただけでも、模倣の意図が跡形もなく消えているのがわかった。第十五層の下の穴は、狂った野獣の住みかのような窖であり、いかなる罰当たりな深みへと彼らが下っていったのか、知りたいとは思わない。

悠久のむかし、文字どおり大地に沈みこみ、その黒い深みへと姿を消した種族の正体について、途方もない考えが頭にこびりついて離れない。この地域のインディアンのあいだに、ひとつの伝説が残っている。白人が来る何世紀も前に、彼らの祖先が、ある異質で奇妙な種族をダゴス・ヒルズの洞窟へと追いこみ、全滅させるために閉じこめたというのだ。彼らは全滅せず、とにかく数世紀にわたって、どういうわけか生きのびたのは明らかだ。彼らが何者で、どこから来たのか、その究極の運命がどうなったのかは、けっしてわからないだろう。人類学者なら、上層の絵画からなにか証拠をつかむかもしれないが、この地下道についてだれにも知らせるつもりはない。これらの色褪せた絵のなかには、まぎれもなくインディアンを描いたものがある。明らかに画家と同じ種族の男たちと闘っているところだ。誤解を恐れずにいえば、この者たちのモデルは、インディアンよりはコーカソイド人種に似ている。

しかし、愛する兄のもとを訪ねる時間が近づいている。スマッグラーズ・ポイントの扉を経由して出かけ、同じ道で帰ってこよう。どれほど早く来ようと、兄より先に墓所に帰り着くだろう——やつが来るのはわかっている。そのときわが大願は成就し、吾輩は墓所から出ていくだろう。そしてこの通路にふたたび足を踏みいれる人間はいないだろう。なぜかというに、墓所がけっして開かれないようにするからだ。ダイナマイトの爆発が、都合よく上の崖からじゅうぶんな岩をゆすり落とし、スマッグラーズ・ポイントの扉を永遠に閉ざしてくれるだろう」

コンラッドは手帳をポケットにすべりこませた。

「狂っているにしろ、いないにしろ」と彼はいかめしい声でいった。「ジョナス・カイルズは正真正銘の悪魔だ。それほど意外でもないが、多少はショックを受けている。なんて悪辣なたくらみだ！　しかし、ある点で彼は誤りを犯した。どうやらジョウブがひとりきりで墓所へやって来ると決めてかかっていたようだ。ひとりきりでなかったという事実が、彼の計算を狂わせたんだ」

「最終的にはな」と、ぼくは答えた。「それでもジョウブに関するかぎり、ジョナスの悪魔的な計画は成功をおさめてる——どういうわけか、兄を死に追いやったんだから。ジョウブが墓所にはいったとき、彼がなかにいたのはまちがいない。とにかく兄を死ぬほどおびえさせ、それから、まちがいなくぼくらの存在に気づいて、隠し扉を通ってぬけだしたんだ」

コンラッドはかぶりをふった。日記を読みすすむにつれ、つのる不安がおのずと彼の態度に表れていた。ときおり読むのを中断し、首をもたげて聞き耳を立てていたのだ。

「オドンネル、ジョウブが柩のなかに見たのがジョナスだったとは、とうてい信じられん。おれの見解は、すこし変わったんだ。このすべての裏には、第一に邪悪な人間の精神があった。しかし、この一件の側面のなかには、人間性には帰せられないものがある。

スマッグラーズ・ポイントでおれたちが耳にしたあの叫び——この部屋の惨状——ジョナスの不在——すべてが、ジョナス・カイルズの殺人計画よりも暗く不吉なものを示している」

「どういう意味だ?」と不安のにじむ声でぼくはたずねた。

「このトンネルを掘った種族が、死に絶えてなかったとしたらどうだ!」彼は小声でいった。「彼らの子孫が、通路の層の下にある黒い窖のなかで、異常な存在の状態にありながら、いまも生きているとしたらどうだ! ジョナスは手記のなかで、こそこそした音が聞こえると思うと述べている。下から這いあがってくるものがたてる音だ!」

「でも、彼はこのトンネルに一週間も住んでいた」と、ぼくが反論する。

「窖へ通じる縦穴が、今日までふさがれていたのを忘れてるぞ。今日、彼が岩をとりのぞいたんだ。オドンネル、下の窖には住人がいるにちがいない。そいつらはこのトンネルへあがってくる道を見つけたんだ。そして柩のなかで眠っているその一体を見たせいで、ジョウブ・カイルズは命を落としたんだよ！」

「でも、それは狂気の沙汰もいいところだ！」と、ぼくは声をはりあげた。

「それでも、このトンネルは過去に住人がいた。そしておれたちが読んだところによると、住人は信じられないほど低い生活水準にまで落ちこんだにちがいない。ジョナスが下層の下に見た恐るべき黒い窖に、その子孫が住んでいないという証拠はないんだ。耳をすませ！」

　彼が懐中電灯をパッと消し、ぼくらはしばらく闇のなかに立っていた。どこかでズルズルとすべり、這いまわる音がかすかに聞こえた。足を忍ばせて、ぼくらはトンネルにはいった。

「ジョナス・カイルズだ！」と、ぼくは小声でいったが、氷のような悪寒が背すじを伝いあがり、伝いおりた。

「それなら下に隠れていたんだな」とコンラッド。「あの音は階段から聞こえてくる——まるでなにかが下から這いあがってくるかのように。明かりで照らすのはよそう——もし武装していたら、銃をぶっ放すかもしれん」

　人間の敵を前にしても鉄の神経を誇るコンラッドが、なぜ木の葉のように震えているのだろう。名状しがたい恐怖の冷たいしたたりが、なぜぼくの背すじをじわじわと進むのだろう、とぼくは思った。そのとき、ぼくはぎょっとした。トンネルの後方のどこか、ぼくらがやってきた方向で、べつのやわらかな厭わしい音がしたのだ。と、その瞬間、コンラッドの指が鋼鉄のようにぼくの腕に食いこんだ。下方の墨を流したような闇のなかで、黄色い楕円形の火花がふたつ、不意にきらめいたのだ。

「なんてこった！」コンラッドが愕然として声をもらした。「あれはジョナス・カイルズじゃないぞ！」

彼がそういううちにも、べつの一対が最初の一対に加わった——と、いきなり下方の暗い縦穴が、ゆらゆらと動く黄色い輝きであふれた。ちょうど闇につつまれた深淵で邪悪な星々がまたたくようだ。それらはぼくらに向かって階段を流れるようにあがってきた。音といったら、あの憎むべきズルズルとすべる音だけ。鼻の曲がりそうな土臭いにおいが、ぼくらの鼻孔へ押しいってきた。

「さがれ、後生だから！」コンラッドがあえぎ声でいい、ぼくらは階段からさがり、トンネルをあともどりしはじめた。そのとき、だしぬけになにか重いものが空中を飛んできた。くるっと身をひるがえしながら、ぼくは暗闇のなかでめったやたらに発砲した。閃光が一瞬その影を照らすと同時に、ぼくは悲鳴をあげ、つづいてコンラッドが悲鳴をあげた。つぎの瞬間、ぼくらは地獄から逃げる男たちのように、トンネルを駆けもどっていた。いっぽう背後では、なにかが死の激痛に床をころげまわり、のたうちまわっていた。

「明かりをつけろ」と、ぼくはあえぎ声でいった。「この忌まわしい迷宮で迷うわけにはいかん」

光線が前方の闇を突き刺し、最初に矢印を眼にした外側の通路を見せてくれた。そこでぼくらは一瞬立ち止まり、コンラッドが光線をトンネルの後方へ向けた。見えるのは空っぽの暗闇だけだったが、その短い光線の彼方で、いかなる恐怖が暗黒のなかを這いずっているかは神のみぞ知るだった。

「ちくしょう、なんてこった！」コンラッドが荒い息をつき、「見たか？　見たか？」

「わからん！」ぼくはあえぎ声でいった。「なにかがちらっと見えた——空飛ぶ影みたいなものが——射撃の閃光を浴びて。人間じゃなかった——犬みたいな頭がついていた——」

「おれはそっちを見ていなかった」と彼は小声でいった。「きみの銃の閃光が暗闇を切り裂いたとき、階段を見おろしていたんだ」

「なにを見たんだ？」肌が冷や汗でじっとりと湿る。

「人間の言葉じゃいい表せない！」彼は叫んだ。「巨大な蛆虫《うじむし》がひしめいて、うごめくかのように、黒い大地がうごめいていた。罰当たりな生命で暗闇が波打ち、悶えていた。ちくしょう、ここから出よう——この通路の先は墓所だ！」

しかし、一歩踏みだしたとたん、ぼくらは凍りついた。こそこそした音が前方であがったのだ。

「通路は連中でいっぱいだ！」と、ささやき声でコンラッド。「早く——反対側へ！　この通路は丘の外縁をなぞっているから、スマッグラーズ・ポイントの扉まで通じているにちがいない」

すぐうしろを恐ろしいものが足を忍ばせて歩くなか、静まりかえった黒い通路をひた走った逃走のことは、死ぬまで忘れないだろう。悪魔の牙を生やした亡霊が、いまにも背中に飛びかかってくるのではないか、あるいは、行く手の暗黒から湧きだしてくるのではないか——ぼくはそう思った。やがてコンラッドが、弱くなった光で行く手を照らしながら、安堵のすすり泣きをもらした。

「ようやく扉だ！　おや、これはなんだ？」

鉄帯で補強され、どっしりした錠に重い鍵のささった重い扉が、懐中電灯の光に浮かびあがったそのとき、彼は床にころがっているなにかにつまずいた。明かりがねじれた人間の体を照らしだした。その砕かれた頭が、血の海に浸っていた。顔立ちは判然としなかったが、いまだに死者の正装をしている、その痩せこけてひょろ長い体つきは知っていた。本物の死が、とうとうジョナス・カイルズを見舞ったのだ。

「今夜スマッグラーズ・ポイントを通りかかったときの叫び！」とコンラッドが小声でいった。「あれは彼の断末魔の絶叫だったんだ！　兄に姿を見せたあと、トンネルまでもどってきて――暗闇のなかで恐ろしいものに襲われたんだ！」

死骸を見おろす形で立っていると、不意に暗闇のなかをズルズルと這いずる、あの呪わしい音がふたたび聞こえた。半狂乱でぼくらは扉へ駆けより――鍵をむしりとると――扉をあけ放った。安堵のすすり泣きをもらしながら、月明かりの夜のなかへまろび出る。つかのま、扉はぼくらの背後でさっと開いた、つぎの瞬間、ぼくらがふり返るのと同時に、一陣の風が扉をバタンと閉めた。

だが、閉じる前に、はぐれた月光になかば照らされて、身の毛もよだつ活人画がぼくらの眼に飛びこんできた。大の字になっている、ずたずたにされた死骸。それを見おろす形でいる土気色の、よたよた歩く怪物――爛々と輝く眼と犬の頭をそなえた恐ろしいものは、狂人が黒い悪夢のなかで眼にするもののようだった。つぎの瞬間、たたき閉められた扉がその光景を締めだした。そして絶えず移ろう月光を浴びながら、斜面を逃げていくとき、コンラッドがこう口走るのが聞こえた。

「狂気と永遠の夜から成る黒い窖の落とし子！　推測もつかない大地の深みの軟泥でうごめいている這いずる汚穢《おわい》――衰退の究極の恐怖――人間退化の最低点――なんてこった、あいつらの祖先は人間だったんだ！　第十五層の下の窖、どんな罰当たりな黒い恐怖の地獄へと、彼らはおりていったのか。そしてどんな悪魔の群れが住んでいるのか？　神よ、あの住人たちから人の子を守りたまえ――墓所の下に住む者たちから！」

暗黒の男

The Dark Man

「今宵は剣がぬかれ、
異教徒の群れの色あざやかな塔が
われらの鎚と火と綱の前にかしぎ、
さらにかしいで倒れるゆえ」

——チェスタトン

骨身にこたえる寒風が、降りしきる雪を舞わせていた。寄せ波がごつごつした岸辺で咆哮し、沖合では鉛色の長い波浪が絶え間なくうめいている。コナハトの海岸に忍びよる灰色の暁光をついて、ひとりの漁師がとぼとぼとやってきた。彼を育んだ土地に負けず劣らずごつごつした男である。足はざらざらしたなめし革にくるまれており、一枚きりの鹿皮服が、かろうじて体をおおっている。ほかに衣類は身に着けていない。一見すると毛むくじゃらのけもののようだが、その見た眼どおり、骨身にしみる寒気をものともせず、顔色ひとつ変えずに岸辺を歩いていたが、つと立ち止まった。降りしきる雪とただよう海霧の薄紗《ヴェール》から、べつの男がぬっと姿を現したのだ。漁師の前に立ったのは、ターロウ・ダブであった。

この男は、ずんぐりした漁師よりも頭ひとつ分ほど背が高く、いかにも闘士といった物腰である。ひと眼見ただけではわからない。だが、ターロウ・ダブに眼をとめれば、どんな男も女もしげしげと眺めるだろう。身の丈は六フィート一インチ。細身という第一印象は、よく見るうちに消えていく。大柄だが、均斉のとれた体つきだ。肩幅は広く、胸は分厚い。痩せぎすだが、引き締まっており、雄牛の力と豹のしなやかで機敏なところを合わせもっている。無駄のない動きを見れば、鋼鉄の罠のように各部が連動するおかげで、卓越した闘士であることがわかる。ターロウ・ダブ――黒いダーロウ、かつてはオブライエンの一族《クラン・ナ・オブライエン》に連なっていた者。[*] じっさいに髪は黒

（＊　混乱を避けるため、場所と氏族の名前は現代のものを採用している。――作者）

く、肌も浅黒い。黒く太い眉毛の下で、熱い火山を思わせる青色の眼が爛々と光っている。そしてきれいに髭を剃った顔には、暗い山々の、真夜中の大海原の暗鬱さを彷彿とさせるものがある。漁師と同様に、彼はこの荒々しい西の土地の一部だった。

頭にかぶっているのは、家系や軍団を示す紋章のない質素な兜である。首から腿のなかほどまでは、緻密に編まれた黒い鎖かたびらのシャツで守られている。鎧より下には、黄褐色の質素な布製の膝までとどくキルトをはいている。脚には剣の刃もはじきそうな硬い革を巻いており、靴は旅から旅への暮らしですり減っている。

幅広いベルトがほっそりした腰をとり巻き、革鞘におさまった長めの短剣が吊されている。左腕には獣皮でおおわれた木製の小さな円楯をつけている。鉄のように硬く、鋼鉄の筋交いを入れて補強した楯であり、短いが、どっしりした大釘が中心に生えている。右の手首からは斧がぶらさがっており、漁師の眼が行きついた先はこの斧だった。長さ三フィートの柄と優美な輪郭線をそなえたその武器は、漁師が内心で北方人のさげている大きな斧とくらべたとき、ほっそりして軽く見えた。とはいえ、漁師が知るとおり、このような斧が北の大軍を血みどろの敗北に追いやり、異教の勢力を永遠に打ち破ってから、まだ三年とたっていないのだ。

持ち主と同様に、その斧には個性があった。漁師が見たことのあるどんな斧とも似ていないのだ。片刃であり、背中と頭頂部に三角錐の短い大釘が一本ずつ生えている。所有者と同様に、見かけよりも重い。わずかに湾曲した柄と、優美な曲線を描く刃を見れば、達人の武器と知れた——コブラのように俊敏で、命とりになるのだ。その頭はアイルランドの職人技の粋だった。つまり、当時としては、世界最高である。百年を閲《けみ》したオークの中心から切りとられた柄は、特別に焼き固められ、鋼鉄で補強されており、鉄棒と同じくらい折れにくい。

「何者だ？」西方人らしくぶしつけに漁師がたずねた。

「そうたずねるおまえこそ何者だ？」と相手は答えた。

漁師の眼が、戦士の帯びている唯一の装飾を眺めまわした――左腕にはめている重そうな黄金の腕輪である。

「ノルマン人ふうにきれいに髭を剃って、髪を短く刈りこんでいるな」と彼はつぶやいた。「それに肌は浅黒い――あんたは黒いターロウ、クラン・ナ・オブライエンから追放された男だな。はるばる来たもんだ。ウィックロウの山間《やまあい》で最後にあんたのことを耳にした。オライリー一族もオーストの一族も見境なしに略奪したそうだな」

「人は食わねばならん。追放された身だろうとなかろうと」とダルカシアン家の血を引く者はうなり声でいった。

漁師は肩をすくめた。主君のいない男――それは困難な道だ。氏族の時代にあって、みずからの親族から放りだされれば、人はイシュマエルの息子（世の憎まれ者）となって、復讐を受ける身になる。あらゆる男が彼の敵となるのだ。漁師はターロウ・ダブについて聞いたことがあった――変わり者で、皮肉っぽい男。恐ろしい戦士で、狡猾な戦略家。だが、風変わりな狂気を唐突に炸裂させるため、その狂人の土地と時代にあっても、ひときわ目立つ存在となっていた。

「身を切るような寒さだ」と漁師が藪から棒にいった。

ターロウが漁師のもつれた顎鬚《あごひげ》と蓬髪《ほうはつ》を陰気に見つめた。

「舟はあるのか？」

相手は小さな奥深い入江のほうを顎で示した。そこにすらりとした小舟が、整然と碇《いかり》をおろしていた。頑固な海から生きる糧をむしりとってきた男たちが、百代にわたって培《つちか》ってきた技術で造られた小舟だ。

「外海《そとうみ》へは出られそうにないな」とターロウ。

「外海へ出られないって？　西の海辺で生まれ育ったにしては、ものを知らなすぎるな。おれはあの舟に乗ってドラムクリフ湾までひとりで往復したことがある。風に棲む悪魔が、寄ってたかって舟を引き裂こうとしやがった」

「そんな海では漁はできない」

「気晴らしに命を危険にさらすのは、族長さま方だけだと思うのかい？　聖人たちにかけて、おれは嵐のなかをボーリンスケリングスまで舟を走らせ——帰ってきたことがある——ただの楽しみのためにな」

「それならいい」とターロウ。「おまえの舟をもらうことにする」

「悪魔でももらうがいい！　いったいなんの話だ？　エリン（アイルランドの古称）を出ていきたいんなら、ダブリンへ行って、デーン人の友だちといっしょに船に乗れよ」

不吉なしかめ面が、ターロウの顔を威嚇の仮面に変えた。

「それよりつまらないことで、男たちが命をなくしてきた」

「あんたはデーン人とひそかに通じてたんじゃないのか？——だから、氏族から追放されて、荒野で飢え死にする身になったんじゃないのか？」

「ある従兄弟のねたみと、ある女の悪意のせいだ」とターロウはうなり声でいった。「嘘だ——なにもかも嘘だ。しかし、もういい。おぬしはこの数日のうちに、南からやってきた長い蛇を見なかったか？」

「見たとも——三日前、雨雲の前に竜の頭をつけたガレー船を見た。でも、その船は素通りしていった——まあ、海賊が西の漁師からもらえるのは、硬い拳骨だけだからな」

「それは白皙《はくせき》のトールフェルだろう」と、手首から紐でぶらさがっている斧を揺らしながらターロウはつぶやいた。「思ったとおりだ」

「南を襲った船があったのか？」

「略奪者の一団が、夜陰に乗じてキルバハの城を急襲した。剣が斬り結ばれ——海賊はモイラをさらった。ダルカシアン一族の族長、マーターの娘を」

「彼女のことは聞いたことがある」と漁師がつぶやく。「南で剣が研がれ——血染めの航海があるだろう。あー、それでおれの黒い宝石ってわけか？」

「彼女の兄のダーモッドは、足に刀傷を受けて立つこともできない。彼女の氏族の土地は、東ではマクマロー一族、北ではオコナー一族の略奪を受けている。そちらの守りから割ける人数は多くない。たとえモイラ捜索のためであっても——その氏族は命がけで闘っているのだ。偉大なブリーンが倒れて以来、ダルカシアン家の玉座のもとで、エリン全土が揺れている。とはいえ、コーマック・オブライエンは彼女をさらった者たちを狩りだすために船をだした――だが、見当ちがいの航路をたどっている。なぜかというに、略奪者はコニングベグのデーン人だったと思われるからだ。つまり――おれたち追放された者にはものを知る手立てがあるのだが――犯人は白皙のトールフェルだ。根城はヘブリデス諸島のなかのスライン島。北方人の呼び名はヘルニ。やつはそこへ彼女を連れていった――おれはやつを追ってそこへ行く。おぬしの舟を貸してもらうぞ」

「気でも狂ったのか！」漁師が鋭い声で叫んだ。「いったいなにをいってるんだ？　コナハトからヘブリデスまで甲板のない舟で行くだって？　この天気にか？　頭がどうかしてるよ」

「試してみる」とターロウはうわの空で答えた。「舟を貸してくれるか？」

「お断りだ」

「おぬしを殺して、奪ってもいいんだぞ」

「そうすればいい」と漁師は平然と答えた。

「この這いまわる豚め」追放された者がかっとなって噛みつくようにいった。「エリンの王女が北の赤い顎鬚を生やした略奪者どもの手中で苦しんでいるのに、サクソン人みたいに値段の交渉をしようというのか」

「なにをいう、おれだって生きなければならんのだ！」漁師が同じくらい激昂して叫んだ。「舟を持っていかれたら飢え死にだ！　あれの代わりがどこで手にはいるっていうんだ？　あんな舟はザラにないんだぞ」

ターロウは左腕の腕輪に手をのばした。

「ただとはいわん。ここに、ブリーン・バロウがクロンターフの闘いの前に手ずからおれの腕に巻いてくださった腕輪がある。とっておけ。舟の百艘は買えるだろう。飢えても腕からはずさないできたが、いまはどうしても舟がいるのだ」

　しかし、漁師はかぶりをふった。ゲール人ならでは奇妙な非論理性を発揮して、その眼を輝かせながら。

「お断りだ！　おれの小屋に、ブリーン王の手が触れた腕輪を置いておくわけにはいかん。しまっておけ——ついでに舟を持っていけ、聖人たちの名にかけて、あんたにとってそれほど大事なことなら」

「もどってきたら返してやる」とターロウは約束した。「いまは北の追いはぎどもの猪首にかかっている、黄金の鎖をおまけにつけてやれるかもしれん」

　日光はくすんだ鉛色だった。風がうめき、どこまでも代わり映えしない海は、人の心のなかで生まれた悲しみのようだった。漁師は岩場に立ち、きゃしゃな小舟が蛇のようにくねくねと岩を縫って進んでいくのを眼で追った。やがて外海の突風が小舟を襲い、羽毛のように翻弄した。風が帆をとらえ、ほっそりした小舟は跳びはね、よろめいたかと思うと、体勢を立てなおし、疾風を受けて猛然と走りだした。みるみる小さくなっていき、やがて見ている者の眼のなかで躍る点にすぎなくなった。と思うと、にわか雪がそれを視界から隠してしまった。

　ターロウは、この遠征が狂気の沙汰であることを理解していた。しかし、彼は苦難と危険に合わせて育てられたのだ。もっと弱い男なら凍てついていたはずの寒気も氷も、たたきつける霙《みぞれ》も、彼をいっそう奮起させただけだった。彼は狼に負けず劣らず頑強でしなやかだった。頑強な男たちの一族――その頑強さには、もっとも強靭な北方人さえ舌を巻く――のなかにあって、ターロウ・ダブはぬきん出ていた。生まれたとき、彼は雪だまりへ放りこまれ、生き残る権利を試された。幼年時代と少年時代は、西の山岳、沿岸、荒野で過ごした。成人するまで、織った布を体にまとったことはなかった。狼の皮が、このダルカシアン一族の族長の息子の着衣となった。追放される前、彼は馬と並んで一日じゅう走りつづけ、馬に音《ね》をあげさせることができた。泳いでもけっして疲れなかった。ねたみ深い従兄弟の策謀で荒野へ放逐され、狼の暮らしをしているいま、その頑健さは、文明人には思いもおよばぬものとなっていた。

雪がやみ、空は晴れ、風がおさまった。ターロウは、小舟がくり返しぶつかって行こうとする岩礁を避けながら、やむなく海岸線近くを進んでいった。舵柄と帆と櫂を疲れ知らずにあやつった。こんなことができる船乗りは千人のうちひとりもいない。だが、ターロウはやってのけた。彼に眠りはいらなかった。舵をとりながら、漁師にもらった粗末な食料を食べた。マリン岬が見えるころには、天候は驚くほどおだやかになっていた。いまだに海は荒れていたものの、烈風は強めの風にまで弱まっており、小舟は飛ぶように走った。昼と夜は混じりあった。ターロウは東へ小舟を進めた。いちどだけ岸に寄ったのは、真水を確保し、数時間の仮眠をとるためだった。

舵をとりながら、彼は漁師が最後にいった言葉を思いうかべた――「あんたの首に賞金をかけた氏族のために、なんで自分の命を危険にさらすんだ?」

ターロウは肩をすくめた。血は水よりも濃し。同胞が彼を追放し、狩られる狼のように荒野で野垂れ死ぬようにしたという事実だけでは、彼らが自分の同胞であるという事実を変えはしない。ムルタハ・ナ・キルバハの娘、小さなモイラはそれとはなんの関係もない。彼はモイラを憶えていた――彼が少年で、彼女が赤ん坊だったころ、いっしょに遊んだことがある――彼女の眼の濃い灰色、黒髪の艶、肌の白さを憶えていた。子供のころでさえ、彼女は眼がさめるほど美しかった――いや、彼女はいまも子供にすぎない。なぜなら、彼――ターロウ――は若く、彼のほうが何歳も年上なのだから。いま彼女は北へひた走っている。望みもしないのに、ある北方人略奪者の花嫁になるために。白皙のトールフェル――〈美男子〉――ターロウは、十字架を知らない神々にかけて罵声を発した。赤い霧が眼の前で揺れたので、うねる海が周囲で深紅に染まって揺らいだ。アイルランドの娘が、北方人海賊の館《スカリ》に囚われている――ターロウは舵を手荒に切って、舳先をまっすぐ外海に向けた。その眼は狂気の色あいを帯びていた。

マリン岬からヘルニまで、逆巻く波浪をまっすぐ突っ切っていくとすると、ターロウがとった航路のように長い斜行となる。彼はマル島とヘブリディース諸島とのあいだに――ほかの多くの小島と並んで――横たわる小島をめざしていた。海図と羅針盤をそなえた現代の船乗りでも、その島を見つけるのは至難の業だろう。ターロウにはどちらもなかった。本能と知識が頼りだった。人が自分の家を知るように、彼はこの海を知っていた。略奪者として、復讐者として航海したことがあり、いちどはデーン人の竜船の甲板に縛りつけられた捕虜として航海したことがあった。そして彼は赤い痕跡をたどった。岬から立ちのぼる煙、浮いている板切れ、焦げた木材から、トールフェルが行きがけの駄賃に略奪を行っているのがわかった。ターロウは野蛮な満足のうなり声をあげた。はるかに先行されたにもかかわらず、ヴァイキングの背後に迫っている。というのも、トールフェルは進みながら岸を焼き討ちし、略奪しているのに対し、ターロウの針路は矢のようにまっすぐだからだ。

針路からわずかにそれたところにある小島を眼にしたのは、ヘルニまでまだかなり距離があるときだった。無人島のひとつだと以前から知っていたが、そこで真水が手にはいる。そういうわけで、彼はそちらに向かって舵を切った。〈剣の島〉と呼ばれているが、理由はだれも知らない。そして浜辺に近づくと、ある光景が眼に飛びこんできて、彼はそれを正しく解釈した。二艘の舟が奥まった岸に引きあげてあるのだ。一艘は粗雑な造りで、ターロウが乗っている小舟と似ているが、こちらのほうがかなり大きい。もう一艘は長く背の低い舟で――まちがいなくヴァイキングのものだ。両方とも無人だった。ターロウは武器のぶつかり合う音や、鬨《とき》の声に耳をすましたが、あたりは森閑としていた。スコットランドの島々から来た漁師だろう、と彼は思った。船上やほかの島にいる放浪民たちが、彼らを見かけてきたし、長い漕ぎ舟に乗って追跡してきた。しかし、予想よりも長い追跡になったにちがいない。さもなければ、甲板のない小舟で外海へ乗りだしはしなかっただろう。しかし、殺人の情欲を燃えあがらせた略奪者たちは、必要とあらば、甲板のない小舟で、荒れた海を百マイルわたってでも獲物を追いかけるのだ。

ターロウは岸に寄り、碇代わりの石を投げこむと、斧をかまえて浜辺へ飛びおりた。それから岸をすこし北へ進むと、赤いものが群がっている奇妙な小山が見えてきた。数歩すばやく足を運んだところ、謎に直面することとなった。十五人の赤い顎髯を生やしたデーン人が、みずからの血の海のなかで、大雑把な円を描いて横たわっているのだ。ひとりとして息をしていない。この円のなかに、殺戮者たちの死体と交じりあって、ほかの男たちが横たわっていた。ターロウがはじめて見る人種である。短軀であり、肌の色は漆黒。虚空を見つめる死んだ眼は、ターロウが眼にしたうちでいちばん黒い。鎧は着ていないも同然で、こわばった手でいまだに折れた剣や短剣を握っている。デーン人の胴鎧に当たって砕けた矢があちこちに落ちており、驚いたことに、その多くが燧石《ひうちいし》の鏃《やじり》をつけていた。

「激戦だったのだな」とターロウはつぶやいた。「そう、これは稀に見る剣戟だったのだ。この連中は何者だろう？　どこの島でも、この連中に似た人種は見たことがない。七人――これだけなのか？　このデーン人どもを斃《たお》す手助けをした仲間はどこにいるんだ？」

血塗られた場所からのびている足跡はなかった。ターロウの眉間が曇った。

「これで全員だ――七対十五――それなのに、相討ちになって死んでいる。いったいどういう人間なら、倍の人数を誇るヴァイキングを斃せるというんだ？　小柄だし――武具はお粗末だ。それなのに――」

脳裏にべつの考えが浮かんだ。この見知らぬ者たちは、なぜ散らばって逃げて、林に身を隠さなかったのか？　答えはわかる気がした。静まりかえった円のどまんなかに、奇妙なものが横たわっていたのだ。なにか黒っぽい素材でできた彫像であり、それは人間の形をしていた。長さは

――あるいは高さは――五フィートあまり。ターロウがぎくりとしたほど真に迫った彫刻である。ひとりの老人の死骸が、それにかぶさるように横たわっていた。切り刻まれて、人間の形をとどめていない。片方の痩せた腕をしっかりと像に巻きつけ、反対の腕をのばし、燧石の短剣を握っている。その短剣はデーン人の胸に柄まで突き刺さっていた。ターロウは気づいた――肌の黒い男たちは、ひとり残らず体の形が変わるようなひどい傷を負っていることに。彼らは簡単には死ななかったのだ――文字どおり、八つ裂きにされるまで闘ったのだ。そして死に瀕しながらも、殺戮者たちに死を配ったのだ。ターロウの眼は、それだけのことを見てとった。肌の黒い見知らぬ者たちの死んだ顔には、死にもの狂いの表情があった。彼らの死んだ手が、いまだに敵の顎髯をつかんでいることに彼は気づいた。ひとりは巨漢のデーン人の下敷きになっていた。そしてこのデーン人には外傷が見えなかった。近寄って眼をこらし、黒い男の歯が、けもののように相手の猪首に食いこんでいるのを眼にするまでは。

身をかがめ、死体のあいだから彫像を引きずりだす。老人の腕がしっかりと巻きついていたので、渾身の力でもぎ離すはめになった。まるで老人が、死してなお宝物《ほうもつ》に執着しているかのように。というのも、ターロウの受けた感じでは、小柄な黒い男たちは、この像のために命を落としたからだ。彼らは散らばって、敵から逃れてもよかった。しかし、それでは像をあきらめることになる。彼らはそのかたわらで死ぬことを選んだ。ターロウは首をふった。北方人に対する彼の憎悪は不正と非道の遺産であり、燃えるような生きものであって、強迫観念に近く、ときには彼を狂気の域にまで駆りたてる。彼の獰猛《どうもう》な心のなかに、慈悲のはいる余地はない。足もとで死んでころがっているデーン人を見て、凶暴な満足がこみあげてきた。それでも、この無言の死者たちのなかに、自分よりも強い情熱があることを感じとった。自分の憎悪よりも深い衝動に駆りたてられていたことを。そう――そしてもっと古い衝動だ。この小柄な男たちは、彼にはひどく年老いているように思われた。ひとりひとりが老いているのではなく、種族として老いているのだ、と。彼らの屍《しかばね》さえ漠然とした原始のオーラを放っていた。そして像は――

ゲール人は身をかがめ、像をつかんで持ちあげた。ずっしりと重いだろうと予想していたので、虚をつかれた。軽い木でできているのと変わらない重さだったのだ。コツンとたたいてみたが、空洞のような音はしない。最初は鉄製かと思った。つぎに石でできているのだと判断した。だが、見たことのない石だった。そしてブリテン諸島、あるいは彼の知っている世界のどこでもこのような石は見つからない気がした。というのも、小柄な死人たちと同様に、それは見るからに古かったからだ。あたかも昨日彫られたかのようになめらかで、浸食とは無縁だが、にもかかわらず、古色蒼然としているのだ。それは周囲に横たわっている小柄な黒い男たちとよく似た男の彫像だった。しかし、どことなくちがっていた。これは遠いむかしに生きていた男の像なのだ、とターロウはなぜか感じた。知られざる彫刻家が生きている人間の姿を模したのはたしかだからだ。そしてみずからの作品に命をみごとに吹きこんでいた。幅広い肩、分厚い胸、たくましい腕。顔立ちの力強さは明らかだ。がっしりした顎、すっきりした鼻、秀でた額。すべてが強力な知性、あふれるばかりの勇気、不屈の闘志を示している。この男は王――あるいは神――だったにちがいない、とターロウは思った。そうはいっても、王冠をかぶってはいない。着衣は腰帯の一種だけ。あまりにも巧みな仕事ぶりで、皺という皺、襞という襞が真に迫って彫られている。（これは彼らの神だったのだ）とターロウは周囲を見まわしながら思った。〈彼らはデーン人に追われて逃げた――だが、最後には神のために命を落とした。この連中は何者だろう？　どこから来たのだろう？　どこへ向かっていたのだろう？〉

彼は斧に寄りかかって立っていた。すると奇妙な潮が魂のなかに満ちてきた。時間と空間の広大な深淵が眼前に開ける感覚。人類という不可思議で果てしない潮が、永遠に流れる感覚。人類の波が、海の潮の満ち引きに合わせて、寄せては返すという感覚。生命はふたつの黒い未知の世界に開いた扉だ――そしてどれだけ多くの民族が、希望と不安、愛と憎しみをそなえた人間の民族が、その扉をぬけていったのか――暗闇から暗闇へいたる巡礼の途次に。ターロウはため息をついた。魂の奥底でゲール人ならではの神秘的な悲しみがうごめいた。

「おぬしはかつて王だったのだな、〈暗黒の男〉よ」と彼はものいわぬ像に向かっていった。「ひょっとしたら神であり、全世界を治めていたのかもしれん。おぬしの民は消えた――おれの民が消えつつあるように。おぬしは燧石の民、わがケルト人の祖先が滅ぼした種族の王だったにちがいない。そう――われらは栄華を誇り、われらもまた消えつつある。おぬしの足もとにころがっているデーン人ども――そいつらがいまは征服者だ。そいつらは栄華を誇っているにちがいない――だが、そいつらもまた消えるだろう。しかし、おぬしはおれといっしょに来るのだ、〈暗黒の男〉よ、おぬしが王であれ、神であれ、悪魔であれ。そうとも、おぬしが幸運をもたらしてくれる気がするからだ。そしてヘルニを眼にしたとき、おれに必要なものは幸運だという気がするのだ、〈暗黒の男〉よ」

ターロウは像を舳先にしっかりと結《ゆ》わえつけた。ふたたび彼は海を渡りはじめた。いまや空は灰色になり、雪が槍となって降ってきて、突き刺し、切りつけてきた。波には氷が灰色のしみをつけ、風はうなりをあげて、甲板のない小舟に襲いかかった。しかし、ターロウは恐れなかった。そして彼の小舟は、これまでなかったような走り方をした。吼え猛る烈風と降りしきる雪をついて疾走し、ダルカシアン家の血を引く者の心には、〈暗黒の男〉が力を貸してくれているように思われた。超自然の助けがなかったら、百回も道に迷っていたにちがいない。彼はありったけの技を駆使して小舟をあやつった。そして眼に見えない手が舵柄や櫂に置かれているように思えた。帆を調節するときには、人間の技を超えたものが助けてくれるように思えた。

そして全世界が風にあおられる白い薄紗《ヴェール》となり、そのなかではゲール人の方向感覚さえ失われたとき、彼は意識のほの暗い領域で語られる無言の声にしたがって舵をとっているように思えた。雪がやみ、雲が冷ややかな銀色の月の下で流れ去って、とうとう行く手に陸地がぬっと現れ、それがヘルニ島だとわかったときも意外ではなかった。それどころか、陸地の突端をまわりこんだところが、海をうろついていないときトールフェルの竜船がもやわれている入江であり、そこから百ヤード内陸にはいったところにトールフェルのスカリがあることもわかった。彼は獰猛に歯をむきだして笑った。世界じゅうの技術をもってしても、まさにこの場所へ彼を連れてくることはできなかっただろう――まったくの幸運だ――いや、ただの幸運ではない。接近を図るなら、ここは願ってもない場所だ——敵の砦から半マイル以内なのに、この突きだした岬のおかげで、見張りの眼からは隠れていられる。彼は舳先の〈暗黒の男〉にちらっと眼をやった——じっと考えこんでいるようで、スフィンクスのように謎めいていた。ゲール人は奇妙な感情にとらわれた——なにもかも彼の仕業。自分、タ－ロウは遊戯における手駒にすぎないのだ、と。この呪物はなんだろう？　この彫り刻まれた眼は、どんな冷厳な秘密を宿しているのだろう？　なぜ肌の黒い小男たちは、彼のためにあれほど激しく闘ったのだろう？

ターロウは船を岸辺に寄せ、小さな川にはいった。この小川を二、三ヤードさかのぼったところに碇をおろし、岸にあがった。舳先でじっと考えこんでいる〈暗黒の男〉をちらっと見おさめしてから、身をひるがえし、できるだけ姿を隠すようにしながら、岬の斜面を急ぎ足で登っていく。斜面を登りきったところで、反対側をじっと見おろした。半マイルと離れていないところに、トールフェルの竜船が碇泊していた。そしてトールフェルのスカリもあった。大雑把に切られた丸太造りの建物で、やはり長く背が低い。光がもれているのは、内部で火が轟々と燃えさかっているしるしだ。乾杯の叫びが、身を切るほど冷たい静かな空気を通してターロウの耳にはっきりと聞こえた。彼は歯ぎしりした。乾杯だと！　そう、やつらは自分たちが行った暴虐と破壊を祝っているのだ——煙を吐く燃えさしとなった家々——虐殺された男たち——陵辱された娘たちを。やつらは世界の君主だ、このヴァイキングたちは——南の土地はどこもかしこも彼らの剣の前になすすべがない。南の土地の民は、彼らに気晴らし——そして奴隷——を提供するためにだけに生きている。まるで悪寒が走ったかのように、ターロウはぶるっと身を震わせた。血への渇きが肉体的な苦痛のように彼を見舞った。しかし、彼は頭脳を曇らす激情の霧を必死に押しもどした。自分がここへ来たのは闘うためではない。やつらが盗んだ娘を盗みかえすためなのだ。

彼は地上を注意深く調べた。作戦計画をおさらいする将軍のように。スカリのすぐ裏に木々が密生している。小ぶりな家々、倉庫、召使いの小屋が母屋と入江とのあいだにある。巨大な焚き火が岸辺の先のほうで赤々と燃えており、数人の粗野な男たちがそのまわりで咆哮したり、酒を飲んだりしているが、猛烈な寒さのため、大部分の者は母屋の酒宴の広間へと退散したようだ。

ターロウは鬱蒼とした木々におおわれた斜面をそろそろとおりていき、海岸から大きな弧を描いてのびている森にはいった。木陰のへりにとどまるようにしながら、わざと遠まわりにスカリへ近づいていく。開けたところへ出ていけば、トールフェルが立てているにちがいない見張りに姿を見られる恐れがあるからだ。ちくしょう、むかしのように、クレアの戦士がうしろ楯になってくれさえすれば！　それなら狼のように木々のあいだをこそこそ歩かずにすんだものを！　その光景を脳裏に描いたとたん、彼の手が鉄のように斧の柄を握りしめた——突撃、叫喚、流血、ダルカシアンの斧の乱舞——彼はため息をついた。自分は追放された一匹狼だ。氏族の剣士たちの先頭に立って闘いに臨むことは二度とないのだ。

彼は低い灌木の陰でパッと雪に身を伏せ、じっと横たわった。彼がやってきたのと同じ方向から男たちが近づいてくるのだ——大声で不平をいい、よたよたと歩いている男たちが。彼らが視界にはいってきた——巨漢の北方人戦士がふたり。銀色の小札《こざね》を重ねた鎧が月明かりを浴びて光を放っていた。彼らはふたりがかりでなにかを苦労して運んでいた。ターロウが驚いたことに、それは〈暗黒の男〉だった。自分の小舟が見つかったとさとって狼狽したが、その狼狽は、もっと大きな驚きに呑みこまれた。この男たちは巨漢だ。腕には鉄のような筋肉が盛りあがっている。それなのに、途方もない重さと思えるもののせいでよろめているのだ。彼らの手のなかにあると、〈暗黒の男〉は重さが数百ポンドもあるようだ。それなのに、ターロウは羽毛のように軽々と持ちあげたのだ！　驚きのあまり罵声を発するところだった。この男たちは酔っ払っているにちがいない。片割れが口を開き、そのしわがれた声のひびきにターロウのうなじの毛が逆立った。敵を見た犬の毛が逆立つように。

「地面におろそう。まいったな、こいつの重さは一トンはあるぞ。ひと休みだ」

もうひとりがうなり声で返事をし、ふたりは像を大地におろしはじめた。そのとき片方が手をすべらせた。手から離れて、〈暗黒の男〉はドシンと雪中に落下した。はじめに口をきいた男が悲鳴をあげた。

「このぶきっちょな愚か者め、おれの足に落としやがった！　くそったれ、足首が折れちまった！」

「手から飛びだしたんだ！」と、もうひとりが叫ぶ。「こいつは生きてるんだ、まちがいない！」

「それなら殺してやる」足を負傷したヴァイキングが怒鳴り声でいい、剣をぬくと、横たわる彫像に激しく斬りつけた。火花が散り、刃が無数の断片に砕けちった。と、もうひとりの北方人が悲鳴をあげた。飛んできた鋼鉄片に頬をえぐられたのだ。

「なかに悪魔がいるんだ！」もうひとりが叫び、剣の柄を放りだした。「おれは引っかきもしなかった！　おい、しっかりつかめ——酒宴の広間へ運びこんで、あとはトールフェルにまかせよう」

「このまま寝かせとこう」と第二の男が顔から血をぬぐいながら、うなり声でいった。「おれは切り分けられた豚みたいに血を流してる。もどって、島に忍びよってくる船はないとトールフェルに伝えよう。おれたちが岬に送られたのは、それをたしかめるためだった」

「こいつを見つけた小舟はどうなるんだ？」と、もうひとりが噛みつくようにいった。「どうせスコットランドの漁師が嵐で針路をそれて、いま森のなかに鼠みたいに隠れてるんだろう。さあ、手をかけな。偶像だろうと悪魔だろうと、こいつをトールフェルのところまで運んでいくんだ」

うなり声を発して、ふたりは像をいまいちど持ちあげ、のろのろと歩きだした。ひとりはうめいたり、悪態をついたりしながら、片足を引きずっている。もうひとりは、血が眼にはいるのか、ときおり首をふっている。

ターロウは音をたてずに立ちあがり、ふたりを見送った。わずかな悪寒が背骨を往復した。あの男たちのどちらも彼と同じくらい体力がある。それなのに、彼がやすやすとあつかったものを運ぶのに、ありったけの力をふるっているのだ。彼は首をふり、ふたたび歩きだした。

とうとう森のなかでスカリにいちばん近い地点にたどり着いた。これからが本番だ。なんとかして気づかれずにあの建物にたどり着き、姿を隠さなければならない。雲が出てきていた。雲のひとつが月にかかるまで待ち、それにつづく薄闇のなかで、腰をかがめ、すばやく音もなく走って雪面をわたった。影から分かれた影のようだった。長い建物の内部から聞こえてくる叫び声と歌声は、耳を聾するほどだった。いま彼は建物の側面のすぐそばにいて、大雑把に切られた丸太にぴったりと身を寄せていた。いまは警戒心がもっとゆるんでいるにちがいない――それどころか、トールフェルは敵を予期していなくても不思議はない。北方の略奪者はすべて彼の友人であり、こんな夜にのこのこ出てくる者はほかにいないのだから。

影のなかの影であるターロウは、忍び足で家をまわりこんだ。側面の扉に気づき、用心深く近づく。と、またしても壁に張りついた。内部のだれかが掛け金をいじっているのだ。やがて扉がさっと開き、大柄な戦士がまろび出てくると、扉をたたき閉めた。と、その男がターロウを眼にした。髭におおわれた唇が分かれたが、その刹那、ゲール人の両手が男の喉へのび、狼の罠のように締めあげた。怯えたわめき声が握りつぶされて消えた。片手がターロウの手首にのび、反対の手が短剣をぬいて突きあげた。しかし、男はすでに意識を失っていた。短剣は追放された者の胴鎧に弱々しく当たってガチャンと音をたて、雪のなかに落下した。北方人は敵に首を絞められたまま膝をついた。喉が怪力で文字どおり握りつぶされていた。ターロウは蔑《さげす》むように男を雪の上へ放りだすと、死体の顔に唾を吐いてから、扉に向きなおった。

内部の掛け金はかかっていなかった。扉がわずかに開いた。ターロウがのぞきこむと、眼に飛びこんできたのは殺風景な部屋で、エールの樽が積みあげられていた。彼は音をたてずになかへはいり、扉を閉めたが、掛け金はかけなかった。犠牲者の死体を隠そうと思ったが、隠し方がわからなかった。深い雪に埋もれているので、だれにも見られないという僥倖を当てにするしかない。部屋を突っ切ると、外壁と並行になったべつの部屋に通じているとわかった。こちらも倉庫で、がらんとしていた。扉の代わりに獣皮の垂れ幕がかかっている出入口が、この部屋から大広間に通じている。幕の反対側の音でターロウにはそれがわかった。彼は慎重にのぞき見た。

視線の先にあるのは酒宴の間だった――宴会場、会議場、スカリの主人の居間の役割を果たす大広間である。煙で黒ずんだ垂木、轟々と燃えさかる大きな暖炉、食べものを満載した食卓のあるこの広間は、今宵は乱痴気騒ぎの場となっていた。黄金色の顎髯をたくわえ、凶暴そうな眼をした巨漢の戦士たちが、粗雑な造りの長椅子にすわったり、寝そべったり、広間を大股に歩きまわったり、床の上で大の字になっていたりする。泡立つ角製の酒杯や革のジョッキから鯨飲し、ライ麦パンの大きなかたまりや、丸ごと焙《あぶ》った骨つき肉から自分の短剣で切り分けた肉塊をむさぼり食っている。その光景には妙に場ちがいなところがあった。というのも、この野蛮な男たちと、彼らの野卑な歌や叫びとは対照的に、壁には文明人の職人技の証《あかし》である稀少な戦利品がかかっているからだ。ノルマン人の女たちが織りあげた極上の綴れ織り。フランスやスペインの貴公子たちが身に着けていた、豪華な打ち出し模様の施された武器。ビザンティウムや東洋から来た鎧や絹の衣装――というのも、竜船は遠くまで出撃するからだ。これらと並んで狩りの戦利品もかかっている。ヴァイキングが人間だけでなくけものの主人でもあることを示すために。

この男たちに対するターロウ・オブライエンの感情は、現代人にはとうてい理解できないだろう。彼にとって彼らは悪魔――北に棲み、南の平和な人々を襲うためだけにやって来る人喰い鬼《オーガー》だった。全世界が彼らの餌食であり、その野蛮な気まぐれを満足させるために、よりどりみどりで奪いとり、たくわえるものなのだ。眼をこらすうちに、彼の頭脳はズキズキと脈打ち、燃えるようにひりついた。ゲール人にしか憎めないやり方で、ターロウは彼らを憎んだ——その手のつけられない傲慢さ、誇りと力、異民族に対する軽蔑、いかめしい険悪な眼を——それにもまして、世界を蔑み、威嚇する眼を憎んだ。ゲール人は残酷だが、ときには奇妙な感傷と親切心をいだく。北方人の気性に感傷というものはない。

この乱痴気騒ぎの光景は、黒いターロウの顔に平手打ちを食わせたようなものだった。そして彼の狂気を完全なものにするために必要なものは、あとひとつだけだった。これはあたえられた。食卓の上座に白皙のトールフェルがついていた。若く、端正で、高慢で、ワインと誇りで紅潮している。たしかに美男子だった、若きトールフェルは。体つきはターロウ自身とよく似ている。ただし、あらゆる点で彼のほうが大きいが。しかし、似ているのはそこまでだった。ターロウが肌の浅黒い人々のあいだでも飛びぬけて黒いのに対し、トールフェルは基本的に肌の白い人々のあいだで飛びぬけて白いのだ。髪と口髭は細く紡いだ金糸さながら。淡い灰色の眼はきらきらと光を放っている。そのかたわらに——ターロウの爪が掌に食いこんだ。オブライエン一族のモイラは、この金髪白皙の大男たちと、黄色い髪をした大柄な女たちに交じると、場ちがいもいいところだった。小柄で、か弱いといえる体つき。髪は黒く、艶やかな青銅の色あいを帯びている。だが、肌は彼らと同じくらい白く、彼らの最高の美女さえかなわない繊細な薔薇色を帯びている。ふっくらした唇は、いまは恐怖で血の気がない。彼女は喧噪と叫喚に身を縮めていた。トールフェルが不遜にも彼女の腰に腕をまわしたとき、彼女が身震いするのがターロウには見えた。ターロウの眼の前で広間が赤く染まって揺れ動き、彼は必死に自制心を保った。

（トールフェルの右にいるのが弟のオスリックだ）と彼はひとりごちた。（反対側はデーン人のトスティグ、なんでもあの大剣で雄牛をまっぷたつにできるという。それにハーフガー、スヴェイン、オスウィックがいる。そしてサクソン人のアセルスティン――海の狼の群れにひとりで匹敵する男だ。そして悪魔の名において――あれは何者だ？　司祭なのか？）

たしかに司祭だった。騒ぎのただなかで、真っ青な顔をしてじっとすわっている。無言で数珠をつまぐりながら。いっぽうその眼は、食卓の上座にいる、すらりとしたアイルランド娘のほうへ哀れみをこめて向けられていた。とそのとき、ターロウの眼にほかのものが映った。片側のもっと小ぶりなテーブル、その豪華な渦巻き模様で南の土地からの略奪品だとわかるマホガニーのテーブルの上に、〈暗黒の男〉が立っているのだ。重傷を負った北方人ふたりは、けっきょく、それを広間へ運びこんだのだ。それを眼にしてターロウは異様なショックを受け、煮えたぎっていた頭が冷めた。身の丈わずか五フィートだって？　どういうわけか、いまはずっと大きく見えた。乱痴気騒ぎを見おろしてそびえ立っている。足もとで吼える虫けらのような人間の知力を超える、深く暗いものごとに思索をめぐらす神のように。〈暗黒の男〉に眼をやるとかならずそうなるのだが、まるで外宇宙へ向かって扉がいきなり開き、風が星々のあいだを吹きわたるような気がした。待っている――待っているのだ――いったいだれを？　ひょっとしたら、〈暗黒の男〉の彫り刻まれた眼は、スカリの壁を透かし、雪の荒野を越えて、岬の彼方を見ているのかもしれない。ひょっとしたら、あの視力のない眼には、いまこのときも音を消す工夫をした櫂で、おだやかな暗い海をひっそりと走っている五艘の小舟が映っているのかもしれない。だが、これについてターロウ・ダブは知るよしもなかった。小舟についても、その無言の漕ぎ手たち――謎めいた眼をした小柄な肌の黒い男たち――についても。

トールフェルの声が喧噪を切り裂いた。

「おーい、友人たちよ！」全員が黙りこみ、首をめぐらせるなか、若き海賊王は立ちあがった。「今宵」と声をはりあげ、「わたしは花嫁をめとる！」

雷鳴のような拍手喝采が、煤だらけの垂木を揺らした。ターロウは吐き気がしそうなほどの憤怒に駆られて悪態をついた。

トールフェルが乱暴ながらも、そっと娘を抱きあげ、食卓の上に載せた。

「この女はヴァイキングの花嫁にふさわしくないか？」と彼は叫んだ。「たしかに、この女はすこし恥ずかしがり屋だ。しかし、それはしごく当然のこと」

「アイルランド人はみんな臆病者だ！」とオスウィックが叫ぶ。

「クロンターフと、おまえの顎の傷跡がその証だ！」とアセルステインが破鐘《われがね》のような声をはりあげた。その当てこすりにオスウィックはたじろぎ、群衆から野卑な笑い声がどっと湧きあがった。

「その女の癇癪には用心しなさいよ、トールフェル」戦士たちに交じってすわっていた、もの怖じしない眼をした若き美女が声をはりあげた。「アイルランド娘には猫みたいな爪があるからね」

トールフェルは命令することに慣れている男らしく、自信たっぷりに笑い声をあげた。

「頑丈な樺の鞭で、わたしが教訓を授けてやる。だが、そこまでだ。もう遅い。司祭、この女をめあわせろ」

「娘よ」ふらふらと立ちあがりながら司祭がいった。「この異教徒の男たちは、わたしを力ずくでここへ連れてきたのだ、罰当たりな家のなかでキリスト教の婚儀をとり行わせるために。おまえはみずからの意志でこの男の妻となるか？」

「いいえ！　なりません！　ああ、神さま、なるもんですか！」モイラは荒々しい絶望の叫びをあげ、タ－ロウの額に汗が噴きだした。「ああ、この上なく神聖な尊師さま、この運命からわたしをお救いください！　彼らはわたしを家からさらい――わたしを救ってくれたはずの兄を打ち倒したのです！　この男はわたしを奪ってきたのです、わたしが家財であるかのように――魂のないけものであるかのように！」

「黙れ！」トールフェルが怒鳴り、彼女の口もとを平手打ちした。軽くだったが、それでも彼女の繊細な唇から血が滴り落ちるはどの勢いだった。「雷神トールにかけて、おまえは働かずとも暮らせるようになる。わたしは妻をめとると決めた。意気地のない小娘が泣こうがわめこうが心変わりすることはない。おい、この礼儀知らずのあばずれ、キリスト教の流儀で結婚してやろうとしてるじゃないか。ひとえにおまえの愚かな迷信ゆえだ。おとなしくしないと、婚儀を省いて、おまえを妻ではなく奴隷としてあつかうぞ！」

「娘よ」と震え声で司祭がいった。自分自身ではなく、彼女の身を案じているのだ。「よく考えよ！　この男がさしだすものは、たいていの男がさしだすものよりもましだ。すくなくとも正式な妻という身分だ」

「そうとも」とアセルステイン。「素直な娘のように結婚して、せいぜいうまく立ちまわれ。北の臥所《ふしど》で寝る南の女はひとりじゃないぞ」

おれになにができる？　その疑問がターロウの頭を切り裂いた。できることはひとつしかない――婚儀が終わり、トールフェルが花嫁とともに退場するまで待つのだ。そうしたら、できるだけこっそりと彼女を盗みとる。そのあとは――だが、あえて先を考えないようにした。自分は最善をつくしてきたし、これからもそうするつもりだ。自分のすることは、当然ながらひとりだけでする。主人のいない男には友人もいない、主人のいない男たちのなかにさえ。モイラに連絡をつけ、自分の存在を知らせる方法はない。自分の存在を知れば、救出されるという一縷の望みが湧くかもしれないが、それさえなしに、彼女は婚儀をまっとうしなければならない。本能的に彼の眼は、乱痴気騒ぎからは超然として陰気に立っている〈暗黒の男〉に向けられた。その足もとでは新旧――キリスト教と多神教――が争っていた。まさにその瞬間、〈暗黒の男〉にとっては新旧ともに若いのだとターロウは感じた。

〈暗黒の男〉の彫り刻まれた耳には、風変わりな舳先が浜辺に乗りあげる音、夜の闇にまぎれてふるわれる短剣の音、切断された喉を示すゴボゴボという音が聞こえているのだろうか？　スカリのなかの者たちに聞こえたのは、自分たちの騒ぐ音だけだった。そして外の焚き火のそばで酒盛りしている者たちは、死の罠が周囲で音もなく閉じようとしているのには気づかず、歌いつづけた。

「もういい！」トールフェルが叫んだ。「その数珠をつまぐり、ぶつぶついっているがいいわ、司祭！　来い、小娘、わたしの妻となれ！」彼は食卓から娘を引きずりおろし、眼の前に立たせた。彼女は眼をギラギラさせて、トールフェルから身をもぎ離した。熱いゲールの血のすべてが、彼女のなかに呼びさまされたのだ。

「この黄色い髪をした豚め！」彼女は叫んだ。「ブリーン・バロウの血を引くクラレの王女が、野蛮人の臥所に寝て、北の盗人の亜麻色の髪をした子供を産むと思うのか？　とんでもない――おまえと結婚などするものか！」

「ならば、奴隷にしてやる！」彼は怒鳴り、彼女の手首をひっつかんだ。

「それもお断りだ、豚め！」勝ち誇った気分になって恐怖を忘れ、彼女は大声をあげた。光の速さで男の腰帯から短剣をひったくると、制止する暇もあらばこそ、鋭い刃を自分の心臓の下に突き立てた。まるで自分が傷を受けたかのように司祭が悲鳴をあげ、はじかれたように飛びだして、倒れかかる彼女を両腕で抱きとめた。

「全能の神の呪いがおまえに降りかかりますように、トールフェル！」喇叭《らっぱ》のように鳴りひびく声で彼は叫ぶと同時に、彼女をそばの寝椅子まで運んでいった。

トールフェルは呆気にとられて棒立ちとなった。刹那、沈黙が支配し、その瞬間、ターロウ・オブライエンは狂気におちいった。

「ラム・ライディル・アブ！」オブライエン一族の鬨の声が、手負いの豹の絶叫のように静寂を切り裂いた。そして男たちが叫び声のほうにくるっとふり向いた瞬間、狂乱したゲール人が地獄から吹く突風のように出入口をぬけてきた。彼はケルト人特有のどす黒い憤怒にとらわれていた。

それにくらべれば、ヴァイキングの狂戦士の激怒も色あせて見える。眼をぎらつかせ、ねじれた唇に泡を吹いて、彼は行く手で大の字になった丸腰の男たちのあいだに押し入った。その恐ろしい眼は広間の反対端にいるトールフェルに釘づけだったが、突進しながらターロウは右に左にと斬りかかった。彼の突進は旋風の急襲であり、あとには死者と瀕死の者が散らばった。

長椅子が砕けて床にころがり、男たちはわめきたて、エールがひっくり返った小樽から流れだす。ターロウがトールフェルのもとにたどり着けないうちに、ふたりの男がぬき身の剣で道をふさいだ。ケルト人の攻撃に引けをとらないすばやさである――ハーフガーとオスウィックだ。顔に傷のあるヴァイキングは、武器をふりかぶる暇もなく、脳天を断ち割られて倒れ伏した。ハーフガーの剣を楯で受けとめたターロウは、電光石火でふたたび斬りかかり、鋭利な斧が鎖かたびらと肋骨と背骨を斬り裂いた。

広間は阿鼻叫喚の地獄だった。男たちが武器をつかみ、四方八方から押しよせて来る。そのただなかで一匹狼のゲール人が、無言で荒れ狂っている。狂気にとらわれたターロウ・ダブは、手負いの虎さながらだった。その不吉な動きは眼にもとまらぬ速さで、流動する力の爆発だった。ハーフガーが倒れきらないうちに、ゲール人はそのくずおれる体を飛びこえてトールフェルのもとに達した。トールフェルは剣をぬいていたが、とまどい顔で棒立ちになっていた。しかし、近衛兵が両者のあいだになだれこんできた。剣が上下し、ダルカシアンの斧が、夏の稲妻のたわむれのように、そのあいだでひらめいた。前後左右から戦士が斬りかかってきた。片側からオスリックが、両手使いの剣をふりまわしながら突っこんでくる。反対側からは近衛兵が槍をくりだす。

ターロウは身をかがめて、ふりまわされる剣をかわし、順手と逆手で二度斬りつけた。トールソェルの弟が膝を切られてがくんと膝をつき、近衛兵は立ったまま死んだ。返した斧が、背中の大釘でその頭蓋をつらぬいたのだ。ターロウは背すじをのばし、正面から突っこんできた剣士の顔に楯をたたきつけた。楯の中心に生えた大釘が、男の目鼻を見るも無惨なものに変えた。ゲール人が背後を守ろうと猫のように身をひるがえすと同時に、死に神の影がのしかかってくるのを感じた。眼の隅に、両手使いの大剣をふりまわすデーン人のトスティグをとらえ、テーブルにぶつかって体勢を崩したのだ。自分の超人的な敏捷さをもってしても助からないのがわかった。そのとき、うなりをあげる剣はテーブルの上に立つ〈暗黒の男〉を打ち、雷鳴のような轟音とともに、無数の青い火花が飛んだ。トスティグはめまいに襲われてよろめいた。役立たずの柄を握ったままだ。そこへターロウが剣をふるう要領で斧を突き刺した。斧の上方の大釘が、デーン人の眼の上に命中し、脳味噌まで突きぬけた。

まさにその瞬間、あたりに奇妙な歌声があふれて、男たちが咆哮した。巨漢の近衛兵が、斧をふりかぶったまま、よろよろと前のめりになり、ゲール人にぶつかった。彼は相手の脳天を断ち割ったあと、燧石の鏃をつけた矢が、男の喉を刺しつらぬいているのに気づいた。広間はきらめく光の条《すじ》に埋めつくされているようだった。その光は蜜蜂のようにブンブンうなり、そのうなりのなかにすみやかな死をはらんでいた。ターロウは命を危険にさらすのを覚悟して、広間の反対端にある大きな出入口に視線を走らせた。そこから奇妙な群れがなだれこんできていた。小柄で、肌の黒い男たちである。ビーズのような黒い瞳と無表情な顔。鎧はつけていないも同然だが、剣と槍と弓をたずさえている。白兵戦となったいまは、長い黒い矢を至近距離で打ちこんでおり、近衛兵たちがバタバタと倒れていく。

いまや赤い肉弾戦の波がスカリの広間を洗っていた。戦闘の嵐がテーブルを砕き、長椅子を壊し、綴れ織りや戦利品を壁からむしりとり、床を赤い湖に変えた。肌の黒い見知らぬ者たちは数でヴァイキングを下まわったが、不意打ちが功を奏し、第一波の矢が人数を均等にしており、肉弾戦となったいま、見知らぬ戦士たちはいかなる点でも巨大な敵に劣らないことを示していた。

不意打ちを食らったのと、エールを鯨飲していたせいでふらふらしている上に、完全に武装する暇のなかった北方人たちは、その民族ならではの容赦ない獰猛さを総動員して、それでも反撃に転じた。しかし、攻撃者たちの原始的な憤怒は、彼らの剛勇と互角であり、真っ青な顔の司祭が瀕死の娘をかばっている広間の上座で、黒いタ一ロウは剛勇も憤怒も等しく無益にする狂熱に駆られて斬り裂いていた。

そして、〈暗黒の男〉がすべての上に屹立していた。タ一ロウの絶えず移り変わる視線にとって、剣と斧がひらめく合間にとらえたところ、像が大きくなっているように思えた——ふくらみ——背が高くなっているように。巨人のように戦闘の上にそそり立っているように。その頭は、煤でびっしりおおわれた大広間の垂木にくっつきそうだ。足もとで喉を斬りあっている虫けらたちの上に、死の暗雲のようにのしかかっている。タ一ロウは、電光石火の剣戟と殺戮のなかで、これが〈暗黒の男〉の正しい要素だということを感じとった。暴力と憤怒は彼から発散しているのだ。こぼれたばかりの血のにおいは、彼の鼻孔にとっては芳しく、足もとに散らばる黄色い髪の死骸は、彼にとって生け贄なのである。

闘いの嵐が巨大な広間を揺さぶった。スカリは修羅の巷《ちまた》となり、そこでは男たちが血の海に足をすべらせ、それが命とりになった。急に前かがみになった肩から、にやにや笑いを浮かべた頭が飛んだ。逆棘のついた槍が、血まみれの胸からまだ脈打っている心臓を引きずりだした。脳漿が飛び散り、狂ったようにふるわれる斧にこびりついた。短剣が突きあげられ、下腹部を引き裂いて、はらわたが床にこぼれた。鋼鉄のぶつかり合う金属音は、耳を聾するばかりだ。慈悲を乞う者も、あたえる者もいない。ある傷ついた北方人は、肌の黒い男たちのひとりを引きずり倒し、犠牲者がくり返し突き刺してくる短剣をものともせず、執拗に相手の喉を絞めあげた。

肌の黒い男たちのひとりが、奥の部屋から大声をあげながら走ってきた子供をつかまえ、脳天を壁にたたきつけた。べつのひとりは北方人の女の金髪をわしづかみにし、膝立ちにさせると、喉をかっさばいた。いっぽう女は彼の顔に唾を吐いた。恐怖の叫びや命乞いに耳をすましても聞こえなかっただろう。男も女も子供も、斬りかかったり、爪を立てたりしながら死んだ。彼らの最後のあえぎ声は、憤怒のすすり泣きか、消えることのない憎悪のうなりだった。

そして〈暗黒の男〉が山のように動かずに立っているテーブルのまわりを、赤い殺戮の波が洗った。北方人と部族民が彼の足もとで絶命した。いったいいくつの赤い地獄、殺戮と狂気の地獄を、その異様な彫り刻まれた眼で見つめてきたのだろう、〈暗黒の男〉は。

スウェインとトールフェルは肩を並べて闘った。サクソン人のアセルステインは、戦闘の喜びで金色の顎鬚を逆立て、背中を壁にくっつけていた。その両手斧が一閃するたびに、男が斃れた。

そこへターロウが怒濤のようにやってきた。上体をしなやかにひねって、最初の重い一撃を避ける。と、軽いアイルランドの斧のほうが勝《まさ》っていることが証明された。というのも、サクソン人が重い武器をふりまわす暇もないうちに、ダルカシアンの斧が、襲いかかるコブラのようにくりだされ、刃が胴鎧を突き破り、その下の肋《あばら》に食いこんで、アセルステインがよろめいたからだ。つぎの一撃で彼はくずおれた。こめかみから血が噴きだしていた。

いまやトールフェルとターロウのあいだに立ちふさがるのはスウェインのみ。そして剣をふるうふたり組のほうへゲール人が豹のように跳んだまさにそのとき、彼に先んじた者がいた。肌の黒い男たちの首長が、スウェインの剣を影のようにかいくぐり、みずからの短剣を鎖かたびらのシャツの下へ突きあげたのだ。トールフェルはターロウと一対一で相まみえた。トールフェルは臆病者ではなかった。剣を突きだしたときには、純粋な闘いの喜びで笑い声をあげさえした。だが、黒いターロウの顔に喜びはなく、狂った激怒に唇がねじれ、眼が石炭のように青い炎をあげているだけだった。

最初の鋼鉄の渦に巻きこまれて、トールフェルの剣が折れた。若き海賊王は虎のように敵に飛びかかり、折れ残った刃で突きかかった。ギザギザの折れ残りに頬をざっくり斬り裂かれたとき、ターロウは獰猛な笑い声をあげ、同時にトールフェルの左足を斬りとばした。北方人はドサッと重い音をたてて倒れたかと思うと、必死に膝立ちになろうとしながら、短剣に手をのばした。その眼は曇っていた。

「とどめを刺せ、くそったれめが！」と彼は歯をむきだしてうなった。

ターロウは高笑いした。

「きさまの力と栄光とやらは、いまどこにある？」嘲笑し、「きさまはアイルランドの王女を無理やり妻にしようとした――きさまは――」

不意に憎悪で喉がつまった。そして狂った豹のように吼えながら、彼はヒュンとうなりをあげて弧を描く斧をふりおろし、北方人の肩から胸骨まで斬り裂いた。つぎの一撃で首を刎《は》ね、その身の毛もよだつ戦利品を手にして、モイラ・オブライエンが横たわる寝椅子へと近づく。司祭が彼女の頭をささえ、その青ざめた唇に酒杯を当てていた。彼女の曇った灰色の眼がターロウにとまり、なんとなく見憶えがあるといいたげな色を浮かべた――だが、とうとう彼がだれかわかったらしく、ほほえもうとした。

「モイラ、わが心臓の血よ」追放された者は重々しくいった。「おまえは見知らぬ土地で命を落とす。だが、カラーネの丘の鳥たちは、おまえのために泣くだろう。そしてヘザーはおまえの小さな足に踏まれたくて、むなしくため息をつくだろう。だが、おまえが忘れられることはない。斧はおまえのために血を滴らせ、おまえのためにガレー船がぶつかり合い、城壁に囲まれた都市は猛火につつまれるだろう。そしておまえの幽霊は、平安を得ずにティール・ナ・ノーグ（不老不死の国）の地に行くことはない。見よ、この復讐のしるしを！」

そういうと彼は、血を滴らせるトールフェルの首級《しゆきゆう》をかかげた。

「なんと罰当たりな、息子よ」司祭の声は恐怖でかすれていた。「なんということを――なんということを。そのおぞましい戦利品をわざわざ――おお、彼女は息を引きとった。かぎりない正義の御心をお持ちの神が、この女の魂に慈悲をたまわれんことを。みずからの命を絶ったとはいえ、この女は生きるのと同じように、無垢で純粋なまま死んだのだから」

ターロウは斧の頭を床におろし、頭《こうべ》を垂れた。狂気の炎《ほむら》は跡形もなく去っており、暗い悲しみと、深いむなしさと疲労感だけが残った。広間全体が静寂につつまれていた。負傷者のうめき声もあがらなかった。というのも、肌の黒い小男たちの短剣が仕事をすませており、彼ら自身のそれをのぞけば、負傷者はいなかったからだ。生き残りがテーブルの上の彫像のまわりに集まっており、いま謎めいた眼でこちらを見つめているのをターロウは感じとった。司祭が数珠をつまぐりながら、娘の死体にかがみこんでぶつぶついっていた。炎が建物の遠い側の壁をなめていたが、気にする者はいなかった。やがて床の死者のあいだから、大きな体がふらふらと起きあがった。殺し屋たちが見落としたサクソン人のアセルステインが、壁に寄りかかり、ぼんやりと周囲を見まわした。肋の傷と、ターロウの斧がかすった頭の傷から血が流れている。

ゲール人は彼のところまで歩いていった。

「きさまに恨みはない、サクソン人」と重々しい声でいう。「だが、血は血を呼ぶもの。きさまには死んでもらう」

アセルステインは返事をせずに彼を見つめた。その大きな灰色の眼は真剣だったが、恐れはなかった。彼もまた野蛮人——キリスト教徒ではなく多神教徒だった。血讐の権利は彼にも理解できた。しかし、ターロウが斧をふりあげたとき、司祭がふたりのあいだに割ってはいった。その か細い手をのばし、やつれた眼をして。

「それまでだ！　神の御名において命じる！　やめよ、この恐ろしい夜にまだ血を流し足りないというのか？　至上の者の御名において、わたしはこの男を要求する」

ターロウは斧をおろした。

「こいつはあんたのものだ。あんたの誓いや呪いのためではなく、あんたの信条のためでもなく、あんたも人間で、モイラのためによくしてくれたからだ」

腕に触れられて、ターロウはふり向いた。見知らぬ男たちの首長が、謎めいた眼で彼をじっと見つめていた。

「おまえは何者だ？」ゲール人は大儀そうに訊いた。どうでもよかったのだ。徒労感をおぼえるだけだった。

「わしはブロガル、ピクト人の首長だ、〈暗黒の男〉の友よ」

「なぜおれをそう呼ぶ？」とターロウ。

「彼はおまえの舟の舳先に乗り、風と雪をついておまえをヘルニへ導いた。デーン人の大剣を砕いたとき、彼はおまえの命を救った」

ターロウは屹立する〈暗黒の男〉に視線を走らせた。その奇妙な石の眼の奥には、人間の、あるいは人間を超えた知性があるにちがいない。トスティグが必殺の一撃をくりだしたとき、その剣が像を打つことになったのは、ただの偶然だったのだろうか？

「このしろものはなんだ？」とゲール人がたずねる。

「わしらに残された唯一の神だ」と相手は沈んだ声で答えた。「われらが大王、ブラン・マク・モーンの似姿だ。何百年も前、ばらばらだったピクト人の部族をまとめあげ、ひとつの強大な国にしたお方、北方人とブリトン人を追い払い、ローマの軍団を打ち破ったお方だ。偉大な王《モルニ》がまだ存命で統治されているころ、ある魔道士がこの像を作った。そして最後の大いくさで亡くなられると、大王の霊魂がそのなかにはいった。それがわしらの神だ。

悠久のむかし、わしらは支配者だった。デーン人の前、ゲール人の前、ブリトン人の前、ローマ人の前に、わしらは西方の島々を統治した。わしらの石の環は、太陽に向かってそそり立った。わしらは燧石と獣皮で細工し、幸福だった。やがてケルト人がやってきて、わしらを荒野へ追いやった。彼らは南の地に居すわった。だが、わしらは北で繁栄し、強大だった。ローマ人がブリトン人を打ち破り、わしらに敵対した。だが、わしらのあいだにブラン・マク・モーンが立ったのだ。槍使いのブルール、アトランティスが沈む数千年も前に君臨したヴァルシアのカル王の友人だった男の血を引くお方が。ブランはカレドニア人すべての王となった。ローマの鉄壁の守りを破り、恐れをなした軍団は〈ハドリアヌスの防壁〉の南へ逃げもどった。

ブラン・マク・モーンは闘いで斃れ、国は瓦解した。内乱が国を揺さぶったのだ。ゲール人がやってきて、クルーフェニの廃墟の上にダルリアディアの王国を打ち立てた。スコットランド人のケネス・マクアルピンがゴールウェイの王国を打ち破ったとき、ピクト帝国のなごりは、山上の雪のように消えた。わしらはいま、あちこちの島や、高地の岩山や、ゴールウェイの薄暗い丘陵で狼のように生きておる。わしらは消えゆく民だ。盛りは過ぎた。しかし、〈暗黒の男〉はとどまる――〈暗黒のお方〉、大王ブラン・マク・モーンの亡霊は、生前の姿をかたどった石のなかに永遠に宿るのだ」

　夢を見ているかのように、ターロウは老いたピクト人がテーブルから像を持ちあげるのを見た。その老人は、死んだ腕に〈暗黒の男〉をかかえていた男とよく似ていた。老人の腕は萎びた枝のように細かったし、皮膚はミイラのそれのように頭蓋に張りついていたが、ふたりのたくましいヴァイキングが苦労して運んでいた像を、彼はやすやすとあつかった。

　まるで彼の考えを読んだかのように、ブロガルが低い声でいった。

「友だけが〈暗黒のお方〉に触れても無事でいられる。おぬしが友であることは知っていた。なぜなら、彼はおぬしの舟に乗り、危害を加えなかったからだ」

「どうしてそれを知っている？」

「老いたる者」と白髯《はくぜん》の老人を指さし、「ゴナル、〈暗黒の男〉の司祭長だ——ブランの亡霊が夢のなかで彼のもとを訪れる。像を盗み、長い舟で海へ持ちだしたのは下級司祭のグロクとその一味だった。夢のなかでゴナルは追いかけた。そう、眠っているうちに、モルニの亡霊とともにみずからの霊魂を送りだし、やつらがデーン人に追跡され、〈剣の島〉で闘い、皆殺しにされるところを見たのだ。おぬしがやってきて、〈暗黒のお方〉を見つけるのを眼にしたし、大王の亡霊がおぬしに満足されているのも見た。マク・モーンの敵には災いを！　だが、彼の友には幸運がもたらされるのだ」

　ターロウは没我状態からさめるように、はっとわれに返った。燃える広間の熱が顔に当たっていた。ちらちら光る炎が、〈暗黒の男〉の彫り刻まれた顔を照らしたり、陰らせたりして、奇妙な生命をあたえていた。彼を崇める者たちが、〈暗黒の男〉を建物から運びだそうとしてた。とうに亡くなった王の霊魂が、本当にあの冷たい石のなかに宿っているのだろうか？　ブラン・マク・モーンは野蛮な愛でみずからの民を愛した。すさまじい憎悪で彼らの敵を憎んだ。命のない盲目の石に、何世紀もつづく脈動する愛と憎悪を吹きこむことはできるのだろうか？

ターロウは死んだ娘のぴくりともしない、か細い体を抱きあげ、炎上する広間から運びだした。長い、甲板のない小舟が五艘、碇をおろしており、粗野な男たちが起こした焚き火の燃えさしがあたりに散らばり、酒盛りをしていて音もなく死んだ男たちの朱に染まった死骸がころがっていた。

「どうやって見つからずに忍びよったんだ？」とターロウはたずねた。「それに、その甲板のない舟でどこからやってきたんだ？」

「隠れて生きる者は、豹の忍び足をわがものとしておるのだ」とピクト人が答えた。「それに、こいつらは酔っ払っていた。わしらは〈暗黒のお方〉の足跡をたどり、スコットランド本土に近い〈祭壇の島〉からここまでやってきた。グロクはそこから〈暗黒の男〉を盗んだのだ」

ターロウはその名前の島を知らなかったが、このような小舟で外海へ乗りだしたこの男たちの勇気は理解できた。彼は自分自身の小舟を思いうかべ、人をやって回送してもらえないかとボルガルに頼んだ。ピクト人は応じてくれた。彼らが小舟に乗って岬をまわりこんでくるのを待つあいだ、生き残りの傷に包帯を巻く司祭を見まもった。寡黙で、無表情の彼らは、不平の言葉も感謝の言葉も口にしなかった。

射しそめた曙光が海面を赤く染めたちょうどそのとき、漁師の小舟が勢いよく岬をまわりこんできた。ピクト人たちは、死者と負傷者を抱きかかえて自分たちの小舟に乗りこむところだった。ターロウは自分の小舟に乗りこみ、見るも哀れな荷をそっとおろした。

「彼女は自分自身の土地で眠るのだ」と彼は厳粛な口調でいった。「この冷たい異国の島で横たわることはない。ブロガル、おぬしらはどこへ行く?」

「〈暗黒のお方〉をご自分の島と祭壇へお連れする」とピクト人。「みずからの民の口を通じて、王がおぬしに礼を述べておられる。わしらのあいだには血の絆があるのだ、ゲール人よ。ひょっとすると、おぬしの危急のさいには、ふたたびわしらがおぬしのもとへやって来るかもしれん。ピクト人王国の大王ブラン・マク・モーンが、来たるべき時代のいつの日か、ふたたび民のもとへやって来るように」

「あんたはどうする、善良なるジェロームよ? おれといっしょに来るか?」

司祭はかぶりをふり、アセルステインを指さした。負傷したサクソン人は、雪の上に獣皮を積み重ねて造った粗末な寝椅子の上に寝かされていた。

「ここに残ってあの男の世話をする。あの男はひどい傷を負っている」

ターロウは周囲を見まわした。スカリの壁は焼け落ちて、赤く輝く燠のかたまりとなっている。ブロガルの部下たちは、倉庫と長いガレー船にも火を放っていた。煙と炎が、明るさをましつつある朝陽とけばけばしさを競っていた。

「凍え死ぬか、飢え死にするかだぞ。いっしょに来い」

「ふたり分の食料を見つけるまでだ。せっかくだが遠慮しておく、息子よ」

「やつは異教徒で略奪者だ」

「かまわん。彼は人間だ——生きものだ。見殺しにはできん」

「好きにしろ」

ターロウはもやい綱を解きにかかった。ピクト人たちの小舟は、すでに岬をまわりかけていた。その櫂受けがカタンカタンと鳴る音が、はっきりと耳にとどいた。彼らはふり返らず、無表情のまま仕事に没頭していた。

彼は浜辺に散らばっているこわばった屍、スカリの焦げた燃えさし、ガレー船の赤々と輝く木材をちらっと見た。ギラギラした光を浴びて、痩せこけて青白い司祭は、この世のものとは思えなかった。ちょうど古い彩色写本に描かれている聖人のようだ。やつれた蒼白の顔には人間の悲しみにとどまらないもの、人間の疲労よりも偉大なものがあった。

「見ろ！」司祭は不意に叫んで、沖を指さした。「海原が血に染まっておる！　昇る朝陽を浴びて、赤い海がうねるさまを見よ！　ああ、わが民よ、わが民よ、おまえたちが怒りに駆られてこぼした血が、海を真っ赤に染めるのだ！　どうしたらおまえに切りぬけられる？」

「おれは雪と霙のなかをやってきた」と、最初はなんのことかわからずにターロウはいった。「来たときと同じように行くまでだ」

司祭はかぶりをふった。

「あれは尋常な海ではない。おまえの手は血で赤く染まっており、おまえがたどるのは、赤い海の道だ。それでも、おまえひとりの罪ではない。全能なる神よ、血の統治はいつ終わるのですか?」

ターロウはかぶりをふった。

「民族というものがつづくかぎり、終わりはない」

帆が朝風をとらえ、はらんだ。彼は曙光から逃げる影のように、西へひた走った。こうしてターロウ・ダブ・オブライエンは司祭ジェロームの視界から消えていった。司祭は細い手を疲れた額にかざして見送った。やがて小舟ははるか沖合、逆巻く青海原の上のちっぽけな点にすぎなくなった。

バーバラ・アレンへの愛ゆえに

"For the Love of Barbara Allen"

「それは陽気な五月のこと、
可憐なつぼみがふくらむころ、
やさしきウィリアムは死の床に臥す。
バーバラ・アレンへの愛ゆえに」

祖父がため息をつき、うんざりしたようにギターをゴツンとたたくと、歌を終わらせないまま、それをわきへ置いた。

「わしの声は老いぼれすぎて、ひび割れすぎとる」とクッションを敷いた椅子にもたれかかり、コーンパイプと煙草を探して、たるんだ古いヴェストのポケットをごそごそやりながら祖父がいった。「兄貴のジョエルを思いだすよ。兄貴がこの歌をどんなふうに歌ったかをな。兄貴の十八番《おはこ》だった。かわいそうな老レイチェル・オーモンドのことが頭に浮かぶよ。兄貴を愛しとった女《ひと》だ。死にかけとるそうだ。甥のジム・オーモンドに昨日そう聞いた。彼女は年寄りだ。わしよりも年寄りなんだ。彼女に会ったことはないんだろう?」

ぼくは首をふった。

「若いころ、彼女は眼のさめるような美人だった。ジョエルは生きとって、彼女を愛しておった。いい声をしとったよ、ジョエルはな。ギターを弾いて、歌うのが大好きだった。馬に乗りながら歌ったもんだ。レイチェル・オーモンドに出会ったときは、『バーバラ・アレン』を歌っておった。兄貴の歌声を耳にして、彼女は道ばたの月桂樹の茂みから出てきて耳をすましたんだ。朝陽を背にして立っておって、茂みの夜露が宝石に変わっておったそうだ。彼女を眼にしたとたん、ジョエルは馬を止め、莫迦《ばか》みたいにぽかんと見とれたそうだ。まるで彼女が燃えあがる白い光につつまれてるみたいだったんだと。

山の朝のことで、ふたりとも若かった。春の朝、カンバーランド川流域の春の朝を見たことはないんだろう?」

「テネシーへは行ったことがないんだ」と、ぼくは答えた。

「そうか、そのことはなんにも知らんのか」と半分はおもしろがるように、半分は老人特有のすねるような口調で祖父はいった。「おまえはポスト・オーク地帯育ちだ。砂の吹きだまりと、乾いた叢林におおわれた尾根しか見たことがない。樺や月桂樹におおわれた山腹や、ひんやりした影のなかをくねくねと流れて、サラサラと岩を越えていく冷たい澄んだ小川についてなにを知っておる? カンバーランド川の青い靄《もや》がかかっている、高地の森についてなにを知っておる?」

「なにひとつ」と、ぼくは答えた。そういううちにも、祖父の語ったもののイメージが、はっとするほどあざやかに、ぼくの心にくっきりと飛びこんできた。あまりにも鮮明だったので、五感でも感じとれそうだった——もうすこしで花水木《はなみずき》の花や、深い森のひんやりした青葉のにおいを嗅げそうだった。石を越える隠れた小川のせせらぎが聞こえそうだった。

「知っとるわけないな」と祖父はため息をついた。「おまえのせいじゃない。わしだって帰るつもりはない。でも、ジョエルはあそこが大好きだった。ほかはなにも知らんかった、戦争がはじまるまではな。戦争がなかったら、おまえはあそこで生まれておったはずだ。戦争がなにもかも引き裂いた。そのあと、ものごとは同じとは思えんかった。わしは西へやってきた、大勢のテネシー人がそうしたようにな。わしはテキサスでうまくやってきた――テネシーでやっていたよりもうまくやってきた。でも、年をとるにつれ、夢を見るようになったんだ」

祖父の視線は虚空に据えられていた。彼は深々とため息をついた。たいへんな年寄りがちょくちょくそうするように、心のなかをしばらくさまよっていたのだ。

「ベッドフォード・フォレストの下で四年」とうとう彼はいった。「あんな騎兵隊の指揮官はまたとおらんかった。一日《いちんち》じゅう馬を走らせては、鉄砲を撃って闘って、雪んなかで寝たんだぞ――真夜中になる前に起きだして、『ブーツを履いて鞍を置け』、そしてまた出発だった。

フォレストはけっして引かんかった。いつだって部下の前にいて、三人分の働きをした。彼のサーベルは重すぎて、並の男には使えんかったし、剃刀《かみそり》みたいな刃がついとった。ジョエルが戦死した小競り合いを憶えとるよ。低い丘にはさまれた峡谷からいきなり出たら、北軍《ヤンキー》の幌馬車隊が谷間を進んでおったんだ。騎兵隊の分遣隊が護衛についとった。わしらはその騎兵隊に稲妻みたいに襲いかかり、さんざんに蹴散らしてやった。

いまでもフォレストの姿が眼に浮かぶよ。あぶみに足をかけて立ちあがり、あの大きな剣をふりまわしながら、『突撃だ！　それ行け、者ども、それっ！』と叫んどるところがな。わしらは未開人みたいな雄叫びをあげて突進した。フォレストが先頭に立っておるかぎり、生きるか死ぬかを気にする者なんぞおらんかった。

わしらはその分遣隊をバラバラにしてやり、踏みつぶしたり、谷の端から端まで追いかけてやったりした。闘いが終わると、フォレストが士官たちにまじって馬を止め、こういったんだ。『諸君、吾輩のあぶみの片方が吹っ飛ばされたようだ！』とな。片足しかあぶみにかかっとらんかった。でも、見ると、どういうわけか左足があぶみから出ておって、そのあぶみは鞍の反対側にぶらさがっておった。彼はあぶみの革の上にずっとすわっておったんだが、突撃の興奮のせいで気づいておらんかったんだ。

そのときわしは彼のすぐそばにおった。わしの馬が頭を撃ちぬかれて、倒れてしまったからだ。鞍をはずそうとしておった。ちょうどそのとき、兄貴のジョエルが徒歩でやってきた。朝陽を背にして、にこにこしとった。でも、闘いのせいで頭がぼうっとしておったんだろう。なぜかというに、顔に奇妙な表情を浮かべていて、わしを見ると、ぴたりと立ち止まったからだ。わしが見知らぬ人間であるみたいにな。それから世にも奇妙なことをいいおった。『あれ、おじいちゃん！』といったんだ。『若返ったんだね！　ぼくより若いじゃないか！』とな。つぎの瞬間、どっかに隠れとった狙撃手の放った弾《たま》が兄貴に当たり、死体がわしの足もとに倒れこんだのさ」

またしても祖父はため息をつき、ギターを手にとった。

「レイチェル・オーモンドが死にかけとる」と祖父がいった。「彼女は結婚せんかった。ほかの男には見向きもせんかった。オーモンド一家がテキサスへ移ったとき、彼女もついてきた。いま彼女は死にかけとる。丘の中腹に立つ家族の家んなかでな。そういう話だ。彼女がずいぶん前に死んだのをわしは知っておるがな。ジョエルの訃報が彼女のもとにとどいたときだよ」

彼はギターをつま弾き、丘の民のむせび泣くような奇妙な詠唱調で歌いはじめた。

「東へ人をやり、西へ人をやった、
彼女の住んでいる場所へと、
やさしきウィリアムは病を患い、あなたを呼んでおられます、
バーバラ・アレンへの愛ゆえに」

家屋の反対側にある父の部屋から、父がぼくに声をかけた。

「外へ出て、馬どもの喧嘩をやめさせてこい。あの音からすると、納屋の壁が蹴りとばされそうだ」

祖父の声が家から厩舎のなかまで追ってきた。よく晴れた静かな日で、彼の声は遠くまでとどいた。その音をべつにすれば、厩舎のなかで馬たちがいないいたり、蹴ったりする音、遠い雄鳥《おんどり》のあげるときの声、メスキートの茂みにいる燕の鳴き声しかなかった。

バーバラ・アレン！　不毛な土地のポスト・オークにおおわれた尾根のあたりでは、遠い忘れられた故地のこだまだ。ぼくの心のなかに、ピードモントから西へ進む入植者たちが見えた。アレゲーニー山脈を越え、カンバーランド川にそって進む——徒歩で、足の遅い雄牛に引かれた荷車に乗って、馬の背にまたがって——広幅織物《ブロードクロス》をまとった男たちと、鹿革《バックスキン》をまとった男たち。夜は焚き火のわきで、人里離れた丸太小屋のなかで、星明かりのもと黒い川のほとりで、梟が鳴

く長い尾根の上で、ギターとバンジョーがかき鳴らされた。バーバラ・アレン――過去との絆、今日とおぼろげな昨日とをつなぐもの。

ぼくは馬房の仕切りをあけ、なかへはいった。ぼくの半野生馬のペドロ――生まれ育った土地に負けず劣らず性悪だ――が端綱を噛み切って、鹿毛の馬を攻撃していた。憤怒のいななきをあげ、邪悪な歯をむきだし、眼を爛々と光らせ、耳を寝かせて。ぼくはやつのたてがみをつかみ、ぐいっとふり向かせた。噛みつこうとしてくると、鼻先をぴしゃりとたたき、馬房から追いだした。やつは飛びだすと同時に、蹄《ひづめ》で激しく打ちかかってきた。でも、ぼくはそれを警戒していたので、さっと後退した。

鹿毛の馬のことを忘れていた。半野生馬の攻撃で怒り狂っていたそいつは、足のとどく範囲にはいってきたものを片っ端から殺すつもりでいたのだ。蹄鉄をはめた蹄がぼくの頭を間一髪でかすめたが、それだけでもぼくは、まったくの忘却へ送りこまれた。

最初に感じたのは、動いているということだった。何度も上下に揺さぶられた。やがてぼくの肩をつかむ手があり、ぼくを揺すった。そして聞き慣れているのに、奇妙に聞き慣れない訛りで声が怒鳴った――

「おい、おめえ、ジョエルさんよ、鞍にまたがったまま眠っちまうぞ!」

はっと眼がさめた。その動きは、ぼくがまたがっている痩せ馬のものだった。周囲に男たちがいた。くたびれた灰色の制服をまとっている、見るからに痩せ衰えた男たちだ。ぼくらが馬を進めているのは、木々にびっしりとおおわれた低い丘と丘とのあいだだった。人馬が密集しているせいで、行く手にあるものは見えなかった。夜明けだった。灰色の頼りない夜明けで、ぼくはぶるっと身震いした。

「じきに陽が昇るさね」ぼくの感情を誤解して、男たちのひとりが母音をのばす発音でいった。「すぐに闘いになって、血があったまらあ。ベッドフォードおやじがおれたちをひと晩じゅう行軍させたのは、伊達や酔狂じゃねえ。この先の谷間を幌馬車隊がやって来るって話だ」

ぼくはまだ幻影の蜘蛛の巣のなかで弱々しくもがいていた。このすべてになじみのある気がした。それでいて異様で異質でもあった。ぼくはなにかを必死に思いだそうとしていた。まるで本能に導かれるかのように、手を内ポケットにすべりこませ、一枚の写真をとりだした。古めかしい写真だ。若い娘がもの怖じせずにぼくにほほえみかけてきた。ふくよかな唇と、もの怖じしない眼をした美しい娘だ。ぼくはぼうっとしたまま首をふり、写真をしまった。

前方で低いうなり声があがった。ぼくらは峡谷から出るところで、幅広い谷間が眼前に開けていた。この谷間にそって不格好な幌馬車の列がゴトゴトと進んでいた。馬にまたがった男たちも見えた——青い服をまとった男たち。その外見と馬は、ぼくたちよりも溌剌としていた。そのあとはぼんやりしていて、なにがなんだかよくわからない。

喇叭《らっぱ》が鳴ったのを憶えている。ぼくらの隊列の先頭で大きな馬にまたがった、ひょろりと背の高い男が抜刀し、あぶみを踏みしめて立ちあがるのが見えた。その声が喇叭の吹奏を圧してひびきわたった——「突撃だ！　それ行け、者ども、それっ！」

つぎの瞬間、空を切り裂く喚声があがり、ぼくらは峡谷から飛びだして、鉄砲水のように谷間へなだれこんだ。ぼくはふたりの人間のようだった——ひとりは馬にまたがり、叫び声をあげ、赤く染まったサーベルで右へ左へと斬りかかる。もうひとりは腰をおろし、自分には理解できない幻影のようなものに関して、あれこれと首をひねっている。でも、このすべてを前に経験したことがあるという確信が大きくなりつつあった。夢のなかで前もって知らされたエピソードを生きているかのようだった。

　青い線はしばらく持ちこたえたが、怒濤のようなぼくらの猛攻の前にやがて寸断された。ぼくらは谷間の端から端までやつらを狩りたてた。戦闘は無数の小規模な闘いに分かれ、そこでは青衣をまとった男たちと灰色ずくめの男たちが、昇る朝陽に輝く剣をきらめかせながら、蹄を踏み鳴らしたり、さお立ちになったりする馬に乗って、たがいのまわりをぐるぐるまわった。

　ぼくの痩せ馬がつまずいて倒れた。ぼくは体を引き離した。ぼうっとしていたので、鞍をはずさなかった。士官と兵士が集まっているほうへ歩いていく。彼らは突撃を率いた長身の男のまわりに群がっていた。近づくと、その男がこういうのが聞こえた——「諸君、吾輩のあぶみの片方を敵が吹っ飛ばしてしまったようだ」

　そのとき、ほかにはなにも聞こえないうちに、とうとう見憶えのある男と向かいあった。とはいえ、ほかのすべてと同じように、彼はなんとなく変わっていた。ぼくは息を呑んだ——「あれ、おじいちゃん！　若返ったんだね！　ぼくより若いじゃないか！」その瞬間、わかったのだ。ぼくはこぶしを握り、呆然と立ちつくした。凍りつき、麻痺して、口をきくことも、身動きすることもできずに。そのとき、なにかがぼくの頭にぶつかり、その衝撃で、すさまじい閃光が遍在する闇をつかのま照らした。つぎの瞬間、なにもかもが忘却のなかにあった。

「――やさしきウィリアム、彼は悲嘆のあまり亡くなった、
　そしてわたしも悲しみに暮れて死ぬのだわ！」

祖父の声が遠くかすかにまだ耳のなかでむせび泣いているうちに、ぼくは鹿毛の蹄が頭皮を裂いた傷口に手を押しあてながら、よろよろと立ちあがった。胸がむかむかして、頭がふらふらした。祖父の歌声はつづいていた。鹿毛の蹄にやられて、乱雑な厩舎の床に気絶して倒れていたのは、ほんの数秒だったらしい。それなのに、その短い数秒間に、ぼくは永遠を旅して帰ってきた。そしてついにわかったのだ、宇宙的な真の自分の素性が。木々におおわれた山々や、音をたてて流れる川や、子供のころから夢にとり憑いて離れない、あのもの怖じしない美しい顔を夢に見る理由が。

囲いのなかへはいり、半野生馬をつかまえて鞍をつけた。頭皮の傷を手当てする手間はかけなかった。出血は止まっていたし、頭は澄みわたっていたからだ。馬に乗って谷を下り、丘を登ると、やがてオーモンドの家に行きあたった。砂地の斜面にしがみついて貧相な姿をさらし、茶色いポスト・オークの茂みを背に輪郭をくっきりと浮きあがらせていた。ゆがんだ板のペンキは、雨と陽射しでとっくのむかしに剥げ落ちてしまっていた。分水界の丘陵では、雨も陽射しも激しいのだ。

ぼくは馬をおりて、有刺鉄線の柵で囲まれた庭へはいった。ポーチで餌をついばんでいた鶏たちが、けたたましい声で鳴きながら、あわててぼくの前から逃げていき、痩せこけた犬が吠えてきた。ノックに応えてドアが開き、戸口を額縁にしてジム・オーモンドが立っていた。痩せた猫背の男で、こけた頬、どんよりとした眼、節くれだった手をしている。

彼は鈍い驚きの眼でぼくを見つめた。というのも、ぼくらは顔見知りにすぎなかったからだ。

「ミス・レイチェルは——」ぼくはいいかけた。「彼女は——もう——」とまどって口ごもる。

彼はもじゃもじゃの頭をふった。

「死にかけとる。ブレイン先生がついとるよ。長くはねえだろうな。あの女《ひと》は生きたくねえんだよ、ちっとも。」

「はいってもいいですか？」と、ぼくはたずねた。「ブレイン先生に会いたいんです」死人だって、招かれずには瀕死の者のもとへは行けないのだ。

「はいりな」彼はわきにのき、ぼくはみじめなまでにがらんとした部屋にはいった。だらしない頭をした女がせかせかと動きまわっており、綿帽子のような頭の子供たちが、反対側の出入口からおどおどとぼくを見つめた。ブレイン先生が奥の部屋から出てきて、まじまじとぼくを見た。

「いったいぜんたい、ここでなにをしてるんだね？」

オーモンド家の者たちは、ぼくに対する興味を失っていた。疲れた顔で自分の仕事にとりかかった。ぼくはブレイン先生に近寄り、低い声でいった——

「レイチェル！　彼女に会わなければ！」

彼はぼくの口調の強さに眼を丸くした。でも、意識には理解できないことを、ときには本能的に把握する男なのだ。

彼のあとについて部屋にはいると、ベッドに横たわるひどく年老いた女性が見えた。それだけ高齢になっても、彼女の活力は明らかだった。ただし、それは急速に衰えていた。彼女のおかげで、みじめな周囲のものさえ新しい雰囲気をまとっていた。そしてぼくは彼女を知っており、根が生えたように立ちつくした。そう、ぼくは彼女を知っていた。すべての歳月と、それらがもたらした変化を超えて。

彼女が身じろぎし、つぶやいた——

「ジョエル！　ジョエル！　ずっと待っていたわ！　来てくれるのはわかっていたの」

彼女は萎びた両腕をのばした。ぼくは無言で足を運び、彼女のベッドのかたわらに腰をおろした。認識の光が彼女の濁った眼に射してきた。その骨ばった指が愛撫するようにぼくの指を握った。その手ざわりは若い娘のそれだった。

「わたしが死ぬ前に来てくれるのはわかっていたわ」と彼女はささやき声でいった。「さしもの死もあなたを遠ざけてはおけなかった。ああ、その頭の傷はなんてひどいんでしょう、ジョエル！でも、苦しみは終わったのね、すぐにわたしがそうなるように。わたしのことを忘れなかったのね、ジョエル？」

「忘れなかったよ、レイチェル」ぼくは答えた。背後でブレイン先生がはっとしたのを感じ、ぼくの声が彼の知っているジョン・グライムズの声ではなく、まったくべつの声、歳月を超えてささやきかける声なのだとわかった。先生が出ていくところは見えなかったが、爪先立ちで出ていくのがわかった。

「歌ってちょうだい、ジョエル」彼女はささやき声でいった。「あなたのギターが壁にかかっているわ。いつもかけておいたの。あの日カンバーランド川のほとりで会ったとき、あなたが口ずさんでいた歌を歌ってちょうだい。いつも大好きだったのよ」

ぼくは古びたギターを手にした。その曲を前に弾いたことはなかったけれど、迷いはなかった。くたびれた弦をかき鳴らして歌った。ぼくの声はこの世のものとも思えないほど豊かでなめらかだった。瀕死の女性の手がぼくの腕にかかり、眼を向けると、そこに見えたのは、夜明けにあの峡谷で見た写真の顔だとわかった。若さと、永遠につづく愛と理解が見えた。

「やさしきウィリアムは教会の墓地に横たわる、
そのかたわらには恋人が、
彼の墓の上には純白の薔薇が育ち、
彼女の墓の上には茨が育つ。
それらは育ち、教会のとがり屋根のてっぺんまで育ち、
そこまで育てば、
結びあって真《まこと》の恋人の結び目となり、
永遠《とわ》に結ばれたままでいるのだ」

弦が大きな音をたてて切れた。レイチェル・オーモンドはじっと横たわっており、その口もとには微笑が浮かんでいた。ぼくは彼女の死んだ指から腕をそっとはずし、出ていった。ブレイン先生がドアのところでぼくを出迎えた。

「亡くなったのかね？」

「彼女はずっとむかしに亡くなりました」と、ぼくは重々しい声でいった。「ずっと彼を待っていたんです。いまはよそで待たなければなりません。戦争のせいです。それはものごとのバランスを崩して、永遠にも正せない混乱に人生を投げこむんですよ」

影の王国

The Shadow Kingdom

1　王の騎行

喨々《りょうりょう》たる喇叭《らっぱ》の音が高まった。濃い金色《こんじき》の潮が満ちるように、ヴァルシアの銀砂の浜にひたひたと寄せる夕べの潮のざわめきのように。群衆が叫び、女たちが屋上から薔薇の花をふりまくなか、銀《しろがね》の蹄《ひづめ》のたてる軽やかな音がはっきりしてきて、金色の尖塔をいただく〈光輝の塔〉を迂回して分かれた、幅広の白い街路に強大な軍勢の第一波が見えてきた。

先陣を切るのは喇叭手である。すらりとした若者たちが、灰色の衣をまとい、長く、ほっそりした金色の喇叭を吹き鳴らしながら馬を進めている。つぎが弓兵。長身の山岳民だ。つづくは重装歩兵であり、幅広の楯をいっせいに打ち鳴らして、長い槍を歩調とぴたりと合わせて揺らしている。つづいてやって来るのが世界最強の兵士、騎馬武者の〈赤い近衛兵〉である。威風堂々と馬にまたがり、兜から拍車まで赤ずくめの武具に身を固めている。誇らしげに駿馬《しゅんめ》にまたがり、左右には眼もくれないが、叫び声には気を配っている。銅像さながらであり、頭上にそびえる槍の森は小揺るぎもしない。

この誇り高き精鋭につづくのは、雑多な傭兵の縦列である。精悍で、荒々しい面がまえの戦士たち。ムーと、カア＝ウと、東の山間地と、西の島嶼出身の男たちだ。槍をたずさえ、重い剣を佩《は》いている。すこし離れてひとかたまりになっているのは、レムリアの弓兵だ。そのあとヴァルシア国の軽装歩兵がやってきて、しんがりを務めるのは、またしても喇叭手である。

勇壮な光景だ。これを見て、ヴァルシア王カルの魂にゾクゾクするような戦慄が湧きあがった。カルは壮麗な〈光輝の塔〉の正面に位置する〈トパーズの玉座〉につくのではなく、大きな雄馬の背に置いた鞍にまたがっていた。これぞ真の戦士王である。軍勢の通過に合わせて、彼はたくましい腕をさっとかかげて答礼した。猛々しい眼が華麗な喇叭手を軽く一瞥して通り過ぎ、つづく兵士の上には長くとどまった。〈赤い近衛兵〉が彼の正面で馬を止め、武具を打ち鳴らし、乗馬を棹立ちにさせて、王冠に敬意を表したとき、その眼は勇猛な光で爛々と輝いた。傭兵が通りかかったときには、わずかに細められた。だれにも敬礼しないのだ、傭兵というものは。肩をそびやかして歩き、臆せずにカルをまっすぐ見据える。とはいえ賛嘆の色は隠せない。またたかない獰猛《どうもう》な眼、蛮族の眼が、蓬髪《ほうはつ》と太い眉毛の下から見つめてきた。

そしてカルも同じ眼つきを返した。彼は勇敢な男を尊《たっと》んでおり、世界じゅうのどこを探しても、彼らより勇敢な者はいない。いまや彼とは縁を切った野生の部族民のなかにさえ。しかし、カルは野蛮すぎて、この男たちに親愛の情はいだけなかった。あまりにも多くの宿怨があるのだ。多くの者は、カルの生国の積年にわたる敵である。そしてカルの名は、いまや同胞の暮らす山や谷では忌み言葉となっており、カルは同胞のことを心から締めだしていたとはいえ、古い憎しみ、むかしながらの激情はいまだに消えていなかった。なぜかというに、カルはヴァルシア人ではなく、アトランティス人であるからだ。

軍勢は、〈光輝の塔〉の宝石を燦然と輝かせた肩をまわりこんで視界から去っていき、カルは手綱を引いて馬首をめぐらすと、ゆるい足どりで宮殿へ向かって進みはじめた。随行する指揮官たちと閲兵について意見を交わしながら。言葉数はすくなく、それでいて能弁に。

「軍勢というものは剣に似ておる」とカル。「錆びつかせてはならん」こうして一行は街路を進んでいった。街頭にまだ群れている人々から聞こえてくるささやきなど、カルは耳も貸さなかった。

「やあ、あれがカルか！　ヴァルカの神よ！　しかし、なんて王だ！　なんて男だ！　あの腕を見ろ！　あの肩を！」

もっと悪意のこもったささやき声――「カルだとよ！　ふん、異教の島から来て王位を簒奪した外道じゃないか」――「ああ、野蛮人が〈諸王の玉座〉についてるなんて、ヴァルシアの名折れもいいところだ」……

カルは気にもとめなかった。彼は由緒あるヴァルシアの朽ちかけた玉座を強引につかみとり、それにもまして強引に玉座を守っているのだ。ひとりの男が一国を敵にまわした形であった。

議場のあと宮殿の謁見の間へ顔をだしたカルは、居並ぶ貴族や貴婦人たちの堅苦しい褒め言葉に答えた。その軽佻浮薄ぶりに呆れていることは注意深く隠して。そのうち貴族と貴婦人たちが型どおりの挨拶をして去っていくと、カルは白貂《てん》の毛皮を張った玉座にもたれかかり、国事に思いをめぐらせた。やがて侍従が偉大なる王に話しかける許可を求め、ピクト国大使からの使者が到来したことを告げた。

カルはヴァルシアの国事という、ほの暗い迷路をさまよっていた心を呼びもどし、ピクト人を仏頂面で凝視した。その男はひるまずに、王をじっと見返した。腰が細く、胸板が厚い中背の戦士で、その民族の例にもれず、肌は浅黒く、体つきはたくましい。がっしりした無表情の顔から、不可解な眼がたじろがずに見つめている。

「評議会の長《おさ》、部族の民カ＝ヌー、ピクト国王の右腕が挨拶を送り、かくのごとく申しあげます――『今宵、月が昇るころ、王のなかの王、君主のなかの君主、ヴァルシアの帝王カルのために宴の上座を設けます』と」

「よかろう」とカルは答えた。「西方諸島の大使、老賢カ＝ヌーに伝えよ。ヴァルシアの王は、月がザルガラの丘にかかるころ、大使と酒を酌み交わすであろう、と」

それでもピクト人は去らなかった。

「王に申しあげる言葉があります」――と蔑《さげす》みをこめて片手をひらひらさせ――「この奴隷たちに聞かせるのではなく」

カルはひとことかけて侍従たちをさがらせ、油断なくピクト人を見やった。

男は近づいて、声をひそめ――

「今宵、宴へはおひとりでお越し願いたい、国王陛下。わが長はそう申しておりました」

王の眼が細くなり、灰色の剣の鋼《はがね》さながら、冷たい光を放った。

「ひとりでだと？」

「さよう」

ふたりは無言でにらみ合った。共通する部族間の敵愾心《てきがいしん》が、礼節という外套の下でふつふつと煮えていた。ふたりが口にするのは文明の言葉、自分自身の民族ではなく、高度に洗練された民族の慣習的な宮廷言葉である。しかし、ふたりの眼は根源的な野蛮さという原初の伝統を炯々《けいけい》と光らせていた。カルはヴァルシアの王であり、そのピクト人はヴァルシアの宮廷に遣わされた使者かもしれない。しかし、ここ、諸王の玉座の間で、ふたりの部族民が獰猛に油断なくにらみ合い、いっぽう野生の闘いと、世界ほども古い宿怨の亡霊がささやき合っているのだった。

王のほうが有利な立場にあり、彼はその優位を存分に活用した。顎を手に載せて、ピクト人をにらむ。こちらは頭をふりたて、眼をそらさず、銅像さながらに立っている。

カルの口もとに、せせら笑いに近い微笑が浮かんだ。

「するとひとりで来いというのか――ひとりきりで？」文明暮らしは、彼に当てこすりというものを教えこんでいた。ピクト人が黒い瞳をギラリと光らせたが、返事はしなかった。「おまえがカ＝ヌーのところから来たと、どうしてわかる？」

「そう申しあげました」と不機嫌そうな声で応《いら》えがあった。

「ピクト人がいつ真実を申した？」とカルはせせら笑った。ピクト人が嘘をつかないのは白も承知だが、その男を怒らすために、この手を使ったのである。

「見え透いたことを、王よ」とピクト人は動じずに答えた。「わたしを怒らせたいのだろう。ヴァルカの神にかけて、そこまでにしておけ！　もうはらわたが煮えくりかえっておる。一対一の決闘を申しこむぞ。得物は槍でも、長剣でも、短剣でもいい。騎馬でも徒歩《かち》でもけっこう。おぬしは王か、それとも男か？」

カルは、敵ながら天晴れといいたげに眼をきらりと光らせた。しかし、相手をさらにいらだたせる機会を見逃しはしなかった。

「王たる者は、名もない蛮族の挑戦を受けぬものだ」と、せせら笑い、「ヴァルシアの帝王が〈大使の休戦〉を破るわけにもいくまい。立ち去るがよい。ひとりで行くとカ＝ヌーに伝えよ」

ピクト人の眼に殺意がひらめいた。彼は原始的な血の渇きにとらえられ、ぶるっと身を震わせた。それから、ヴァルシアの王にくるりと背を向けると、謁見の間をすたすたと横切り、大きな扉をぬけて姿を消した。

ふたたびカルは、白貂の皮を張った玉座にもたれかかり、黙想にふけった。

そうするとピクト人の評議会の長は、このわしにひとりで来てほしいのか？　しかし、どういう理由で？　騙し討ちだろうか？　カルはいかめしい顔で大剣の柄に触れた。しかし、それはありそうにない。ピクト人はヴァルシアとの同盟に多大な価値を置いており、宿怨が理由であろうと、裏切るはずがない。カルはアトランティス人の戦士であり、生まれつきピクト人全員の敵かもしれない。だが、ヴァルシアの王、すなわち西方人たちのもっとも有力な盟友でもあるのだ。

カルは旧敵が友となり、旧友が敵となった数奇な運命の転変に長々と思いをはせた。立ちあがり、獅子顔負けの音をたてない、すばやい足運びで広間をそわそわと行ったり来たりする。野望をかなえるため、彼は友情と部族と伝統から成る鎖を引きちぎった。そして、海と陸の神ヴァルカにかけて、その野望を実現したのだ！　彼はヴァルシアの王であった——衰退するヴァルシア、過ぎ去った栄光の夢に浸って生きているヴァルシア。それでも強国であり、七帝国のうち最大だ。

ヴァルシア――夢の国、と部族民は名づけた。カルには、自分が夢のなかを動きまわっているように思えるときがあった。宮廷と宮殿、軍勢と民人の策謀は、彼にとって奇異なものだった。なにもかもが仮面劇さながらで、男も女もすべらかな仮面で本当の考えを隠している。それでも玉座の奪取は簡単だった――臆せずに好機をとらえ、剣を一閃。人々が死ぬほどうんざりしていた暴君を斃《たお》し、宮廷で冷遇されていた野心的な政治家たちと狡猾な策をすぐに立て――そして放浪する冒険者、アトランティスから追放された身であるカルが、眼もくらむ夢の絶頂へと登りつめたのだ。彼はヴァルシアの君主、王のなかの王であった。それでも、いま思えば、玉座の奪取は、玉座の維持よりはるかに容易だった。ピクト人を眼にしたせいで、若いころの思い出が彼の心によみがえった。自由で、野蛮でいられた子供時代の思い出が。そしていま、近ごろそういっことがつづいたように。奇妙な胸騒ぎ、これは現実ではないのだという気持ちが襲ってきた。海と山で育った直情径行の男でありながら、往古の神秘に染まった恐ろしいほど賢明で奇妙な民族を治めるとは、自分は何者なのだろう？　蒼古よりつづく民族は――

「わしはカルだ！」獅子がたてがみをふるうように、頭をふりたてて彼はいった。「わしはカルだ！」

その隼を思わせる視線が、古色を帯びた広間をぐるっと撫でていく。自信がよみがえってきた……。そして広間の薄暗い片隅で、綴れ織りが動いた――わかるかわからぬほどに。

2　ヴァルシアのものいわぬ殿堂はかく語りき

西方諸島の大使、カ＝ヌーのテーブルにしつらえられた上座にカルが腰をおろしたとき、月は昇っておらず、庭園は銀の油壺に浸された松明に赤々と照らされていた。右手にすわったのは老いたピクト人。勇猛な民族の使者でありながら、先ほどの男とは似ても似つかない。政《まつりごと》に揉《も》まれて齢《よわい》を重ねたカ＝ヌーは老獪であった。カルを値踏みするように見るその眼には、幼稚な憎しみなどない。部族の伝統が彼の判断を狂わせることもない。文明国の政治家たちと長くつき合ってきたおかげで、そのような古臭い偏見は一掃されていたのだ。カ＝ヌーの心の前面にあるのは、この男はどこのだれで、どういう者か、という疑問ではない。この男は使えるか、どうやって使うか、という疑問なのだ。部族の偏見を用いるのは、みずからの謀《はかりごと》を進めるためだけである。

そしてカルは、短く受け答えしながらカ＝ヌーから眼を離さず、文明に染まれば自分もこのピクト人のようになるのだろうか、と感慨にふけっていた。というのも、カ＝ヌーはでっぷりと太って、太鼓腹を突きだしていたからだ。カ＝ヌーが剣をふるってから、どれだけの歳月が過ぎたことか。たしかに彼は老人だ。しかし、闘いの最前線に立つもっと高齢な男たちをカルは見たことがあった。ピクト人は長命の民族なのだ。美しい娘がカ＝ヌーのわきに控え、酌をする役目を仰せつかって、忙しい思いをしていた。いっぽうカ＝ヌーは冗談と世事に対する論評の火を絶やさず、その饒舌をひそかに蔑んでいたカルも、大使の辛辣な戯《ざ》れ言を聞き逃しはしなかった。

宴席にはピクト人の族長と政治家も連なっていた。政治家は陽気で屈託がなく、戦士は礼儀正しい。だが、どう見ても和気藹々《あいあい》という風ではなかった。それでもカルは、ヴァルシア宮廷の堅苦しさとは対照的な自由な気風を見てとって、一抹の羨望をおぼえた。こうした自由闊達な雰囲気は、アトランティスの粗野な宿営地には瀰漫《びまん》していたものだ——カルは肩をすくめた。

けっきょく、古臭い慣習や偏見に関するかぎり、ピクト人であることを忘れたに思えるカ＝ヌーが正しいにちがいない。そして自分、カルも名ばかりでなく、心もヴァルシア人になったほうがいいのだろう。

とうとう月が天頂に達すると、三人分は飲み食いしていたカ＝ヌーが、満足げなため息をついて寝椅子にもたれかかり、

「そろそろお開きとしよう、みなの者。王とわしは、これから子供にはかかわりのない話をするのだ。そう、おまえもだよ、わしのかわいい娘や。その前にその真っ赤な唇に接吻させておくれ——そうそう。さあ、行くのだ、わが薔薇の花よ」

カ＝ヌーは白髯《はくぜん》の上で眼をきらめかせながら、しゃちほこばってすわっているカルをしげしげと見た。

「こう考えておるな、カルよ」不意に老政治家がいった。「カ＝ヌーは役立たずの老いぼれで、ワインをがぶ飲みしたり、若い女に接吻したりするくらいしか能がない、とな！」

じつは、この指摘は当たらずとも遠からずだったし、単刀直入もいいところだったので、カル

はぎくりとした。もっとも、おくびにも出さなかったが。

カ＝ヌーが喉を鳴らし、太鼓腹を揺らして呵々大笑した。

「ワインは赤く、女子《おなご》はやわらかい」と鷹揚に指摘し、「とはいえ――はっはっ！――老いぼれカ＝ヌーがどちらかに溺れて、仕事をおろそかにするとは思わないことだ」

彼はふたたび哄笑し、カルは落ち着きなく身じろぎした。これではからかわれているも同然ではないか。王の爛々と光る眼が、冷酷の色を帯びはじめた。

カ＝ヌーはワインのはいった水差しに手をのばし、杯を満たすと、もの問いたげな視線をカルに走らせた。彼はいらだたしげに首をふった。

「然り」と落ち着いた声でカ＝ヌー。「鯨飲を苦にせぬのは年寄りの頭。わしは老いておる、カル。そなたのような若者が、老人ならではの快楽にふけるわしを妬んでどうする。わしときたら、老いぼれて、友もなく、喜びもないのだ」

しかし、その顔つきは言葉とは裏腹だった。血色のよい顔はほどよく赤らみ、眼はキラキラしているので、白髯が不釣り合いに思えるほどだ。なるほど、この男は小妖精そっくりだ、とカルはなんとなく腹立たしい思いに駆られた。老獪な男は、自分の民族やカルの民族にそなわった始原の美徳を残らず失ってしまった。それなのに、老境を迎えてますます楽しそうではないか。

「聞くがよい、カル」教え諭すように指を立ててカ＝ヌーがいった。「若者を褒めるのは危険なことだ。しかし、そなたの信頼を得るために、わしの本当の考えを口にしなければならん」

「阿諛追従《あゆついしょう》で信頼を得られると思っているなら――」

「ちっちっ。だれが阿諛追従の話をした。わしが世辞をいうのは、あくまでも本意を隠すため」

カ＝ヌーの眼が強烈な閃光を放った。けだるげな微笑にはそぐわない、冷たい輝きである。彼は人間というものを知っていた。そして目的を達するためには、この虎のごとき野蛮人と真っ向からぶつからなければならないと承知していた。言葉の網をもつれさせ、偽りを混ぜたとしても、この男は狼が罠を嗅ぎ分けるように、過《あやま》たずに嗅ぎだしてしまうだろう。

「そなたには力がある、カル」生国の議場にいるときよりも慎重に言葉を選びながら、彼はいった。「みずからを最強の王となし、ヴァルシアの失われた栄光を多少なりとも回復する力が。いやいや。ヴァルシアなどどうでもいい——女子とワインは絶品だが——大事なのは、ヴァルシアが強ければ強いほど、ピクトの国が強くなるということだ。しかも、アトランティス人が玉座についていれば、最後にはアトランティスとの合体も——」

カルは耳ざわりな声で嘲笑した。カ＝ヌーは古傷に触れてしまったのだ。

「わしが世界じゅうの都に富と名声を求めに出たとき、アトランティス人はわが名を呪われたものとした。われら——きゃつら——は七帝国の積年の敵であり、帝国の盟友にとって大いなる敵なのだ。おぬしが知らぬはずはあるまい」

カ＝ヌーは顎鬚をしごき、謎めいた笑みを浮かべた。

「いやいや。それはまたべつの話。とはいえ、自分がなにをいっておるかくらいは承知しておる。そうなれば闘って得るものがなくなり、戦《いくさ》はやむだろう。平和と繁栄の世界が見える——人は隣人を愛し——善が至上のものとなる。このすべてをそなたは達成できるのだ——命があればな！」

「なんだと！」カルは痩せた手で剣の柄を握り、腰を浮かせた。その瞬発力と動きの速さにカ＝ヌーはぞくりとして、老いた血が湧き立つのを感じた。血統つきの馬を見ぬく人がいるように、彼は人を見ぬくのだ。ヴァルカの神よ、なんという戦士だ！　鋼と炎でできた神経と腱が、完璧な筋肉の協調や闘争本能と相まって、恐るべき戦士を作りあげているのだ。

しかし、カ＝ヌーの熱狂は、おだやかで皮肉っぽい口調に微塵も表れていなかった。

「ちっちっ。すわるのだ。まわりを見ろ。庭園に人けはなく、席は空っぽ。わしらだけではないか。このわしが怖いのか？」

カルは油断なく周囲に眼を配りながら腰を沈めた。

「これだから野蛮人は」とカ＝ヌー。「騙し討ちをするつもりなら、疑いの眼が向けられるに決まっておる、こんなところでことにおよぶと思うか？　ちっちっ。そなたら若い部族民には、学ぶことがたっぷりとある。そなたがアトランティスの山間《やまあい》の生まれだから、わしの族長たちはくつろげずにいたし、そなたはそなたで、わしがピクト人だから内心ではわしを蔑んでおる。まったく。わしはそなたをヴァルシア王カルとして見る。西方諸島を荒らしまわった略奪者たちの首領、情け容赦ないアトランティス人のカルとしてではなく。だから、わしをピクト人ではなく、ひとりの国際人、世界を股にかける男として見るのだ。さあ、その男の言葉に耳をかたむけよ！　もしそなたが明日殺されれば、だれが王になる？」

「ブラアル男爵カアヌウブだ」

「そうであろう。わしは多くの理由でカアヌウブを推さぬが、きゃつが傀儡《かいらい》でしかないという事実がとりわけ大きい」

「どうしてまた？　あやつはわしの最大の敵だったが、裏であやつられているとは知らなかった」

「夜には耳がある」とカ＝ヌーは答えをはぐらかした。「世界のなかに世界がある。だが、わしを信じるがよい。そして槍使いのブルールを信じるがよい。見よ！」彼はローブから黄金の腕輪をとりだした。三重にとぐろを巻き、頭にルビーの角を三本生やした有翼の龍をかたどった腕輪である。

「とくと調べよ。明晩そなたのもとを訪れるとき、ブルールはそれを腕にはめておる。だから、彼とわかるはず。おのれを信じるようにブルールを信じよ。そして彼にいわれたとおりにせよ。信頼の証《あかし》に、これを見るがいい！」

そういうと、襲来する鷹の速さで老人はなにかをローブからつかみだした。そのなにかが奇怪な緑の光をふたりに投げる。と、たちまちそれをしまいこんだ。

「盗まれた宝玉だ！」カルはひるんで声をはりあげた。「〈蛇の神殿〉から盗まれた緑の宝玉だ！　ヴァルカの神よ！　きさま！　なぜわしに見せる？」

「そなたの命を救うためだ。わしを信じてもいいと証すためだ。わしがそなたの信頼を裏切れば、そなたもわしを裏切るがよい。そなたはわしの命を手中にしておるのだ。これで騙したくても、そなたを騙すことはできん。なぜかというに、そなたのひとことで、わしは破滅するからだ」

その言葉とは裏腹に、老獪な男は満面の笑みを浮かべ、愉快でたまらないようすだった。

「しかし、なぜ自分の命をわしにあずける？」刻一刻と困惑をつのらせながら、カルがたずねた。

「先ほどいったとおりだ。さあ、そなたを欺くつもりがないのはわかっただろう。明晩、ブルールがそなたを訪ねたとき、裏切りを恐れることなく彼の助言にしたがうのだ。話はここまでとしよう。そなたを宮殿まで送っていく護衛が外で待っている、陛下」

カルは立ちあがった。

「しかし、おぬしはなにも教えてはくれぬ」

「まったく。若者とはなんとせっかちなものか！」カ＝ヌーは前にもまして悪戯好きの小妖精めいて見えた。「行って、玉座と権力と王国の夢でも見るがよい。そのあいだわしは、ワインと女子の柔肌と薔薇の夢を見るとしよう。道中ご無事で、カル王よ」

庭園を去りぎわに、カルがちらっとふり返ると、カ＝ヌーはあいかわらずものうげに席に寄りかかり、陽気な老人らしく、世界に満面の笑みを向け、親愛の情をふりまいていた。

庭園を出たところで、騎馬の戦士が王を待っていた。それがカ＝ヌーの招待を伝えにきたのと同じ男だとわかって、カルはいささか驚いた。カルが鞍にまたがるときも、がらんとした街路に蹄の音をひびかせていくときも、言葉は発せられなかった。

昼間の色彩とにぎわいは、夜の不気味な静寂に席をゆずり渡していた。曲がった銀色の月のもと、都の古めかしさがいつもにもまして明らかだった。邸宅と殿堂の巨大な列柱が、星空へ向かってそそり立っている。ひっそりして人けのない幅広の階段は、果てしなく登りつづけ、天界の暗闇のなかへ消えているように思えた。星々への階《きざはし》だ、とカルは思った。想像力ゆたかな心が、その光景の奇怪な壮麗さに煽りたてられたのだ。

カッッ！　カッッ！　カッッ！　月光あふれる幅広の街路に銀の蹄の音が鳴りひびく。だが、それ以外の音はなかった。都の古さ、その信じがたい古めかしさが、王にのしかかってくるようだった。あたかも巨大な沈黙する建物が、想像もつかない嘲りをこめて、音もなく彼を笑っているかのように。それらは、いかなる秘密をかかえているのだろう？

「そなたは若い」殿堂と神殿と寺院がいった。「だが、われらは年老いておる。われらが建立されたとき、世界は若く荒々しかった。そなたやそなたの部族は過ぎ去るであろう。だが、われらは無敵だ、不滅なのだ。アトランティスとレムリアが海からせりあがる前に、われらは異様な世界の上にそびえていた。レムリアの尖塔とアトランティスの山々の上で緑の海面が底知れぬ深みを思ってため息をつくとき、西方人の島々が見知らぬ土地の山々となるとき、われらは依然として君臨しておろう。

アトランティスのカルが、創造の鳥カーの心に浮かぶ夢となる前に、いくたりの王がこの街路に駒を進めるのを見てきたであろうか？　進め、アトランティスのカルよ。より偉大な者がそなたにつづくであろう。より偉大な者がそなたの前にやってきた。彼らは塵だ。忘れ去られる身だ。われらは立っておる。知っておる。ここにある。進め、進むがよい、アトランティスのカルよ。王者のカル、愚者のカルよ！」

鳴りひびく蹄の音が沈黙の反復を形作り、うつろにこだまする嘲弄を夜の闇に伝えるかのようだった——

「王者――の――カル！　愚者――の――カル！」

輝け、月よ。王の行く手を照らせ！　きらめくがよい、星々よ。帝王の一行の松明となれ！

鳴りひびけ、銀の蹄鉄をはめた蹄よ。ヴァルシアを巡行するカルの先触れとなれ。

さあ！　めざめよ、ヴァルシア！　カルのお通りだ、王者カルのお通りだ！

「われらは多くの王を知っておる」とヴァルシアのものいわぬ殿堂がいった。

こうして鬱々としたもの思いに沈みながら、カルは宮殿までやってきた。そこでは護衛を務める〈赤い近衛兵〉の面々が、大きな雄馬の手綱を受けとり、カルを寝所まで案内しようとやってきた。むっつりと黙ったままのピクト人は、ここで手綱を荒っぽくひねって、馬首をめぐらすと、亡霊さながら暗闇のなかへ駆け去った。カルの活発になった想像力が、〈蒼古の世界〉から来た小鬼のように森閑とした街路を疾走する男の姿を描きだした。

その夜、カルはまんじりともしなかった。暁が近く、夜が明けるまで玉座の間を行ったり来たりしながら、起きたことに考えをめぐらせていたからだ。カ＝ヌーはなにも教えてくれなかった。それなのに、自分の命をカルの手にゆだねたのだ。ブラアルの男爵が傀儡にすぎないといったとき、なにをほのめかしたのだろう？　そして今宵、神秘的な龍の腕輪をはめて訪れてくる、そのブルールとは何者だろう？　そしてなぜ？　それよりなにより、なぜカ＝ヌーは恐怖の的である緑の宝玉、遠いむかし〈蛇の神殿〉から盗まれた宝玉を見せたのか？　というのも、その神殿の奇々怪々たる番人たちに知られたら、戦乱が世を揺るがし、カ＝ヌーの部族がいくら勇猛であっても、彼らの復讐からカ＝ヌーを救うことはできないかもしれないのだから。しかし、カ＝ヌーは自分の身が安泰だと知っている――カルはそう思った。政治家というものはぬけ目がないので、無駄に危ない橋は渡らないものだからだ。しかし、王の守りを解き、騙し討ちへの道を敷くためだとしたら？　カ＝ヌーはいまのところ自分を生かしておこうというのか？　カルは肩をすくめた。

3　夜歩くものたち

カルが剣の柄に手をかけて窓辺に歩み寄ったとき、月はまだ昇っていなかった。窓は王宮の広大な内庭に開けており、香木のにおいを運ぶ夜風が、薄いカーテンをなびかせていた。王は窓外に眼をやった。遊歩道と木立に人けはない。丹念に刈りこまれた木々は、こんもりした影だ。近くの噴水は、星明かりを浴びて銀色の光芒を噴きあげており、遠くの噴水は絶え間なくさざ波立っている。この庭園を歩く衛士はいない。外壁の警備が厳重きわまるので、ここまでやって来られる侵入者などいるとは思えないからだ。

宮殿の壁は、のびあがる蔓《つる》植物におおわれている。これをよじ登るのは簡単だな、とカルが思った折りも折り、窓の下の暗がりから影の断片が分離し、むきだしになった褐色の腕が下枠をまわりこむように越えてきた。カルの大剣がシュッと鞘走る。と、王の手が止まった。筋骨たくましい腕に、昨夜カ＝ヌーに見せられた龍の腕輪が燦然と輝いていたのだ。

腕の持ち主は、木登りする豹の身軽な動きで下枠をすばやく乗り越え、部屋にはいってきた。

「おぬしがブルールか？」とカルはたずね、驚きのあまり絶句した。その驚きには、とまどいと疑いも交じってた。というのも、その男はカルが謁見の間で嘲った相手、ピクト国大使のもとから彼を送りとどけた戦士だったからだ。

「わたしが槍使いのブルールだ」とピクト人が用心深い声で答えた。と思うと、カルの顔をひたと見据えて、聞こえるか聞こえないくらいの声でささやいた。

「カ・ナマ・カアア・ラジェラマ！」

カルははっとした。

「おい！　どういう意味だ？」

「知らないのか？」

「知らぬ。聞きおぼえのない言葉だ。そんな言葉は耳にしたこともない――それなのに、ヴァルカの神にかけて！――どこかで――聞いたことがある――」

「さよう」としかピクト人はいわなかった。部屋をぐるっと見まわす。宮殿の書斎である。二、三のテーブル、一、二の寝椅子、羊皮紙の書物が並ぶ大きな書架をのぞけば、壮麗な宮殿のなかで、ひときわ殺風景な部屋だった。

「教えてくれ、王よ、扉をだれが守っておる？」

「十八名の〈赤い近衛兵〉だ。しかし、どうやって来た？　夜陰にまぎれて庭を通りぬけ、宮殿の壁をよじ登ったのか？」

ブルールはせせら笑った。

「ヴァルシアの衛士など眼の見えぬ野牛だ。やつらの鼻先から娘っ子をかっさらうことだってできる。やつらのまっただなかに忍びこんだが、やつらには姿も見えなければ、音も聞こえなかっただろう。それに壁――蔓などなくてもよじ登れた。鋭い東風が海から霧を吹きこむころ、霧深い浜辺で虎を狩ったものだし、西海の山の絶壁をよじ登ったこともある。だが、行くぞ――いや、この腕輪にさわれ」

彼は腕をさしだし、カルがとまどい顔でいわれたとおりにすると、見るからにほっとしたようすでため息をついた。

「これでよし。さあ、その王者のローブを脱げ。今宵、あなたの行く手には、アトランティス人が夢に見たこともない壮挙が待っているのだから」

ブルール自身も腰帯ひとつのこしらえで、短い彎刀《わんとう》をさしている。

「わしに命令するとは何様のつもりだ？」と、すこし腹を立ててカル。

「なにごとも指図にしたがえ、とカ＝ヌーにいわれなかったか？」とピクト人がいらだたしげにたずね、一瞬眼を光らせた。「わたしはあなたを好いてはおらん、陛下。しかし、さしあたり宿怨のことは心から締めだしておる。あなたも同じようにしろ。では、行くぞ」

音もなく歩きだすと、彼は先に立って部屋を横切り、扉まで行った。扉には引き蓋があるので、外からは見られずに回廊をのぞける仕組みだ。ピクト人がカルにのぞくよう命じた。

「なにが見える？」

「十八人の衛士だけだ」

ピクト人はうなずき、カルについて来るよう身ぶりで伝えてから部屋を横切った。反対側の壁の羽目板、その一枚の前でブルールは足を止めると、しばらく手探りした。と、剣をぬきながら、軽い動きであとじさった。カルは大声を発した。羽目板が音もなく開き、ぼんやりと照らされた通路が現れたのだ。

「秘密の通路だ！」カルは小声で悪態をついた。「わしはなにも知らんかった。ヴァルカの神にかけて、この件でだれかを踊らせてくれるぞ！」

「静かに！」と声を殺してピクト人。

ブルールは銅像のように立っていた。どんなかすかな物音も聞き逃すまいと、全身の神経を張りつめさせているかのように。その態度のなにかが気になって、カルの毛がわずかに逆立った。恐ろしいからではなく、不吉な胸騒ぎがするからだ。やがてブルールが手招きしながら秘密の出入口をぬけ、羽目板を閉めずに歩きだした。通路はむきだしだが、使われていない秘密の回廊とは異なり、ほこりにおおわれてはいなかった。ぼんやりした灰色の光が、どこかから射しこんでいるが、光源は判然としない。数フィートおきに扉があり、外からは見えないが、なかからは容易に見えるのだ。

「宮殿はまさに蜂の巣だ」とカルはつぶやいた。

「さよう。昼も夜も、あなたは見張られているのだ、王よ。数多くの眼にな」

王はブルールの身のこなしに感心した。ピクト人は腰をかがめ、剣を低くかまえて突きだし、そろそろと進んだ。口をきくときはささやき声であり、絶えず視線を左右に配っていた。

回廊は鋭く曲がっており、ブルールは油断なく角の向こう側に眼をこらした。「見ろ！」と声をひそめて、「だが、忘れるな！　しゃべるな！　音をたてるな——命が惜しければな！」

カルはブルールの肩ごしに用心深く眼をこらした。回廊は曲がり角のところで階段となっていた。と、カルがあとずさりした。その階段をおりきったところに、今宵、王の書斎の警備についているはずの〈赤い近衛兵〉十八名が横たわっていたのだ。ブルールが王のたくましい腕を握りしめ、王の肩口で小声で制す。おかげでカルは階段を駆けおりるのを思いとどまった。

「静かに、カル！　静かに、ヴァルカの神の名において！」とピクト人。「この回廊はいまは空っぽだが、あなたに見せるため、多大な危険を冒しているのだ。それも、これからいわねばならぬことを信じてもらうため。さあ、書斎にもどろう」そういうと彼は来た道を引きかえし、カルはそのあとを追った。心は困惑で乱れに乱れていた。

「これは裏切りだ」と王がつぶやき、鋼を思わせる灰色の眼に怒りをくすぶらせた。「汚《けが》らわしい早業だ！　つい先ほどまで、あの男たちは警備についていた」

書斎にもどると、ブルールは隠し扉を注意深く閉め、外扉の引き蓋からもういちど見るようカルに身ぶりで伝えた。カルはあえぎ声をもらした。なぜかというに、十八名の衛士が外に立っていたからだ。

「これは妖術だ！」剣をぬきかけて彼はささやいた。「死人《しびと》が王を守るのか？」

「さよう！」かろうじて聞こえる声でブルールが返事をした。ピクト人のキラキラ光る眼には妙な色があった。ふたりは一瞬、たがいの眼をまともにのぞきこんだ。カルは困惑して顔をしかめ、眉間にしわを刻みながら、ピクト人の不可解な顔の表情を読もうとした。と、ブルールの口もとがわずかに動いて、言葉を形作った――

「もの――を――いう――蛇!」

「黙れ!」ブルールの口を手でふさぎながら、カルが小声でいった。「それを口にすれば命がない! それは呪われた名前だ!」

ピクト人の恐れを知らない眼が、彼をひたと見据えた。

「もういちど見ろ、カル王。ひょっとして衛士が交替したのでは?」

「いや、同じ男たちだ。ヴァルカの神の名において、これは妖術だ――狂気の沙汰だ! あの男たちの死体をこの眼で見てから、八分とたっておらん。それなのに、あそこに立っておる」

ブルールがあとじさり、扉から離れた。カルは思わずあとを追った。

「カル、あなたは自分が支配する民族の伝統についてなにを知っておる?」

「多くを――それでいて、なにも知らぬも同然。ヴァルシアの歴史はあまりにも古い――」

「さよう」ブルールの眼が奇妙な光を放った。「われらは野蛮人にすぎぬ――七帝国にくらべれば乳飲み児も同然だ。どれほど古いのかは本人たちも知らぬ。人の記憶も、歴史家たちの年代記も、最初の人間がいつ海からあがってきて、岸辺に都を築いたのか教えてくれるほど過去にはさかのぼらぬ。されど、カル、人はかならずしも人に治められていたわけではないのだ!」

王はぎくりとした。ふたりの眼が合う。

「然り、わが民には伝説がある――」

「わが民にも！」とブルールが割ってはいり、「われら島の者がヴァルシアと手を結ぶ前のこと。然り、ピクト人七代目の大族長、獅子の牙の治世だ。どれほどのむかしなのか、だれも憶えておらぬほど遠い日のことだ。陽の沈む島々から、われらは海を渡ってきた。アトランティスの岸辺を迂回し、火と剣をたずさえてヴァルシアの浜辺へ上陸した。然り、長い白砂の浜に槍のぶつかり合う音がひびき渡り、夜は燃えあがる城の炎で昼と見まごうばかりだった。そして王は、ヴァルシアの王は、その遠い日の赤く染まった砂浜で命を落とした――」その声が途切れた。ふたりは見つめあい、どちらも口をきかなかった。やがて、うなずき合った。

「ヴァルシアの歴史は古い！」と、ささやき声でカル。「ヴァルシアが若かったころ、アトランティスとムーの山は海に浮かぶ島だった」

夜風が開いた窓から吹きこんできた。ブルールやカルが故地でなじみ、満喫していた自由でさわやかな海風ではなく、麝香《じゃこう》のたちこめた過去からのささやきを思わせる吐息である。忘れられたもののにおいに満ち、世界が若かったころには年老いていた秘密を呼吸している風であった。

綴れ織りがさらさらと音をたてる。カルは、神秘的な過去の計り知れない叡智の前に裸で立つ子供のような気分を不意に味わった。これは現実ではないという感覚が、またしても襲ってきた。魂の奥底で、ぼんやりした巨大な亡霊が忍び歩き、おぞましいことをささやいた。ブルールも似たような思いをしているのだと感じとれた。ピクト人の眼は王の顔を穴のあくほど見つめていた。ふたりの視線が合った。カルは、敵の部族のこの一員に仲間意識をおぼえて心が温かくなった。

競いあう豹が狩人に追いつめられたときのように、このふたりの蛮族のあいだに、古さという非人間的な力に対する共通の大義が生まれたのである。

ふたたびブルールが先に立って隠し扉へもどった。無言でほの暗い回廊にはいり、無言で進んでいく。先ほどとは反対の方向へ。しばらくしてピクト人が足を止め、隠し扉のひとつに身を寄せると、隠れている隙間ごしにいっしょに見るようカルに命じた。

「この向こうはめったに使われない階段で、書斎の扉の前を通る回廊に通じている」

眼をこらすと、じきに階段をこっそりと登ってくる無言の人影が現れた。

「チューだ！　首席評議員の！」カルが声をはりあげた。「夜中にぬき身の短剣をさげて！　これはいったいどういうことだ、ブルール？」

「人殺しだ！　そして不浄きわまる裏切りだ！」と声を殺してブルール。「よせ」――カルが扉を勢いよく開き、飛びだそうとしたのだ――「ここでやつに会ったら、われらは一巻の終わりだ。あの階段の下にはもっと多くがひそんでいるのだからな。来い！」

小走りに回廊を引きかえす。隠し扉をブルールが先にぬけ、注意深く閉めてから、部屋を横切って、めったに使われない隣の部屋への入口まで行く。そこで薄暗い片隅にかかった綴れ織りを何枚かわきへ寄せ、カルを引っぱってその裏へまわった。数分がじりじりと過ぎた。隣の部屋に吹きこむ風が、カーテンをはためかせる音が聞こえ、カルにはそれが幽霊のつぶやきのように思えた。やがて扉をぬけて、首席評議員チューが忍び足でやってきた。書斎をぬけてきたのは一目瞭然。そこがもぬけの殻だったので、犠牲者がいちばんいそうな場所へ探しにきたのだろう。

彼は短剣をかまえ、忍び足でやってきた。つと立ち止まり、空っぽに見える部屋を見まわす。部屋は一本の蠟燭で、ぼんやりと照らされている。やがて彼は用心深く歩きだした。王がいないとわかって途方に暮れていると見える。隠れ処の前で立ち止まり――そして――

「殺せ！」とピクト人が声をひそめていった。

カルはひとっ飛びで部屋に躍りこんだ。チューが身をひるがえしたが、眼にもとまらぬ速さの虎を思わせる攻撃に、身を守る暇も、反撃に出る暇もなかった。ほの暗い光を浴びて剣の鋼がひらめき、骨を砕くと同時に、チューがうしろざまに倒れた。カルの剣が肩のあいだに突き立っていた。

カルは死体にかがみこんだ。歯をむきだして殺し屋のうなり声をあげ、冷たい海の灰色の氷を彷彿とさせる眼の上で太い眉根を寄せる。と、剣の柄を離して、身震いし、めまいに襲われながらあとじさった。死神の手に背すじを撫でられたかのように。

というのも、眼前でチューの顔が奇妙にぼやけ、あやふやになったからだ。目鼻がおよそあり得ない形で混じりあい、溶けあっていく。やがて、霧の仮面が消えるように、その顔がいきなり消え去り、代わりに現れたのは、あんぐりと口をあけ、横眼でにらむおぞましい蛇の頭だった！

「ヴァルカの神よ！」カルはあえいだ。玉のような汗が額に噴き出る。もういちど――「ヴァルカの神よ！」

ブルールが顔色を変えずに身を乗りだした。それでも、そのきらめく眼は、カルの恐怖のいくばくかを映していた。

「剣をとりもどせ、国王陛下」と彼はいった。「なすべき仕事がまだあるのだ」

カルはおずおずと柄に手をかけた。足もとにころがる恐ろしいものに足を載せたとたん全身が粟立った。そして踏まれた筋肉が反応して痙攣が起こり、その身の毛もよだつ口がいきなりぱっと開いたとたん、飛びすさって胸をむかつかせた。それから、自分に腹が立って、剣を引きぬき、首席評議員のチューとして知っていた、その名状しがたいものをじっくりと調べた。爬虫類の頭をのぞけば、その化け物は人間そっくりだった。

「頭が蛇の人間か！」とカルはつぶやいた。「ならば、こやつは蛇神の神官なのか？」

「さよう。チューはなにも知らずに眠っておる。つまり、魔法の護符のたぐいを用いて、顔のまわりに妖術の網をかける。役者が仮面をかぶるように。こうして望みどおり、だれにでも成りすませるのだ」

「ならば、古い伝説は真《まこと》だったのか」と王は感に堪えぬといった口調で、「冒瀆者として死ぬのを恐れ、あえて小声で口にする者もない不気味なむかし話は、絵空事ではない。ヴァルカの神にかけて、わしはそうにらんでいた——薄々そう思っていたのだ——しかし、現実の境界を超えているように思える。はっ！　扉の外の衛士たちは——」

「やはり蛇人間だ。待て！　なにをするつもりだ？」

「やつらをぶち殺す！」と食いしばった歯のあいだからカル。

「どうせなら自分の頭でもぶち割れ」とブルール。「扉の外に十八人、回廊にはひょっとしたら二十人以上が待っておるのだ。聞け、王よ、カ＝ヌーはこの陰謀を嗅ぎつけた。彼の諜者は、蛇の神官どもの内懐深く食いこんでおり、陰謀の概要を持ち帰った。彼はずいぶん前に宮殿の秘密の通路を発見した。そして彼の命で、わたしはその配置に精通するようになり、あなたを守るため、夜中にここへ来た。ヴァルシアのほかの王たちのように死んでもらっては困るのでな。ひとりで来た理由は、大勢を送れば疑惑をかきたてるからだ。わたしのように宮殿に忍びこめる者は多くない。汚らわしい策略のいくつかは、その眼で見たはず。蛇人間があなたの部屋の扉を警備し、チューを騙《かた》ったあやつは、宮殿のどこへでも行くことができた。神官たちの企みが首尾よくいかなかった場合、朝になったら、本物の衛士が持ち場にもどっていただろう。なにも知らず、なにも憶えておらずに。神官たちの企みがうまくいけば、衛士のせいにされたはず。だが、この腐肉をかたづけるあいだ、ここにいてくれ」

そういいながら、ピクト人は身の毛のよだつものを無造作にかつぎあげ、べつの隠し扉をぬけて姿を消した。カルはひとり立ちつくした。頭のなかは渦巻いていた。強大な蛇神の修練士たちは、いったい何人がこの国の街々にひそんでいるのだろう？　どうしたら偽物と本物を区別できるのだろう？　いや、信頼する評議員や将軍のうち何人が人間なのだろう？　信用できるのは――だれだろう？

隠し扉がさっと内側へ開き、ブルールがはいってきた。

「早かったな」

「さよう！」戦士は歩を踏みだして、床に眼をやった。「敷物に血のかたまりがある。ほら」

カルは身をかがめた。眼の隅にぼんやりした動きが映った。鋼鉄のきらめきが。矢を放った弓のように、彼はさっと背すじをのばし、剣を突きあげた。戦士はその剣に胸からのしかかり、自分の剣を床に落として、けたたましい音をあげさせた。そのときでさえ、カルは冷酷に考えていた——自分の民族が得意とする、突きあげられた剣にかかって死を迎えるのは、裏切り者にはお似合いだ、と。つぎの瞬間、ブルールが剣からすべり、手足を広げて床の上で動かなくなると同時に、その顔が溶けて消えはじめ、カルが息を呑み、総毛立つなか、人間の目鼻が消え失せ、ぱっくりと開いたおぞましい大蛇の顎門《あぎと》、死してなお悪意をたぎらせた恐るべき丸い眼が現れた。

「こやつは、はじめから蛇の神官だったのか！」と王はあえいだ。「ヴァルカの神よ！　わしの守りをはずそうとして、なんと手のこんだことを！　カ＝ヌーにしても、人間なのか？　わしが庭で話をしたのは、本当にカ＝ヌーだったのか？　全能の神ヴァルカよ！」ある恐ろしい考えが浮かび、全身が粟立った。「ヴァルシアの民は人間なのか、それともひとり残らず蛇なのか？」

　どうするか決めかねて立ちつくしているうちに、ブルールという名の化け物が、もはや龍の腕輪をはめていないのにようやく気づいた。と、物音がして、彼はくるっとふり向いた。

　ブルールが秘密の扉をぬけて来るところだった。

「待て！」と腕があがり、王がふりかぶった剣を止めようとした。その腕で龍の腕輪がきらめいた。「ヴァルカの神よ！」ピクト人はぴたりと足を止めた。それから冷酷な笑みを浮かべて、唇をまくりあげる。

「海原の神々にかけて！　この悪魔どもは、思いのほか悪知恵がまわるようだ。というのも、回廊にひそんでいたやつが、仲間の屍《かばね》を運んでいくわたしを見て、わたしに成りすましたにちがいないからだ。そうすると、始末する屍がひとつふえたわけだ」

「待て！」カルの声には死の威嚇がこめられていた。「ふたりの人間が眼の前で蛇に変わるところを見せられたのだ。おぬしが真の人間だと、どうしてわかる？」

ブルールが笑い声をあげた。

「ふたつの理由でだ、カル王よ。蛇人間はこれをはめておらん」――と龍の腕輪を示し――「それにこの言葉を口にできん」カルの耳にふたたびあの異様な言葉が届いた。「カ・ナマ・カアア・ラジェラマ」

「カ・ナマ・カアア・ラジェラマ」カルはつられて鸚鵡《おうむ》返しにした。「ヴァルカの神の名において、いったどこでそれを耳にしたのか？　いや、耳にしたことなどない！　それなのに――それなのに――」

「さよう、あなたは憶えておるのだ、カル」とブルール。「記憶というほの暗い回廊の隅々に、この言葉はひそんでおる。この人生では耳にしたことがなくとも、過ぎ去りし時代に霊魂にしっかりと刻みこまれたため、けっして滅びることはなく、この先百万年にわたって輪廻転生をくり返したとしても、あなたの記憶のなかの目立たない弦をつねにかき鳴らすのだ。なぜなら、数えきれぬほど世紀を重ねたむかし、あの言葉が、〈蒼古の宇宙〉のおぞましい怪物どもと闘った人間という種族の合い言葉であったころから、あの言葉は血塗られた悠久の時を通じてひそかに伝えられてきたからだ。なぜなら、顎と口の形がほかの生き物とはちがっておる、正真正銘の人間にしか口にできないからだ。意味は忘れられてしまったが、言葉そのものは忘れられなかった」

「そのとおりだ」とカル。「わしは伝説を憶えておる――ヴァルカの神よ！」言葉を途切れさせ、眼をみはる。神秘の扉が音もなく大きく開いたかのように、靄《もや》のたちこめた、底知れない領域が意識の奥まったところで急に開け、つかのま人生と人生とのあいだに広がる茫漠たる虚無を見通すかと思われたからだ。曖昧模糊とした霧を通して、おぼろな影が死んだ歳月を生きなおす――おぞましい怪物と闘いをくり広げ、身の毛もよだつ恐怖に満ちた惑星の勝者となる人間たち。絶えず移ろう灰色を背景に、悪夢めいた異様な姿、狂気と恐怖から生まれた途方もないものたちが蠢《うごめ》く。そして神々の戯れから生まれた人間、やみくもに、分別もなく、塵から塵へともがく者たちが、わけもわからず、野獣のように、つまずきながら、みずからの運命という長く血塗られた道をたどる。血に飢えた大きな子供さながらに。それでいて、神に授かった炎の火花をどこかに感じながら……。カルは震えながら額をぬぐった。こうして記憶の深淵をいきなりのぞきこむと、かならずぎくりとするのだ。

「やつらはいなくなった」みずからも秘密の心の内を読んでいるかのようにブルールがいった。「鳥女、ハーピー、蝙蝠《こうもり》人間、空飛ぶ悪鬼、狼人間、悪魔、小鬼《ゴブリン》――例外は、足もとにころがっているこいつらや、ひと握りの狼男くらいだ。最初の人間が猿の王国の泥濘《ぬかるみ》から身を起こし、当時世界を統べていた者たちに刃向かって以来、長く恐ろしい戦が、血塗られた星霜を通じて延々とつづいたのだ。

そしてついに人類は勝利を得た。あまりにも遠いむかしなので、漠然とした伝説が歳月を越えて伝わるばかりだが。蛇人間は最後まで抵抗したが、人間はとうとうやつらさえ征服し、世界の荒れ地へと放逐した。そこでやつらは真の蛇と番《つが》い、賢者たちによれば、いつの日か、その忌まわしい種族は完全に消え去るはずだったという。ところが、人間が軟弱になり、退廃に溺れ、いにしえの戦を忘れるにつれ、化け物どもは巧妙な偽装をほどこして帰ってきたのだ。ああ、それは凄惨で秘密の戦だった！〈若き地球〉の人間のあいだに、忌まわしい叡智と神秘の技に守られ、ありとあらゆる姿形をとった〈蒼古の地球〉の恐るべき怪物どもがまぎれこみ、世にも恐ろしいことどもを秘密裏になしたのだ。真の人間と偽物は、だれにも区別がつかなかった。だれも他人を信用できなかった。それでも知恵を絞り、本物と偽物を見分ける方法を編みだした。人は象徴や旗印として、空飛ぶ龍、有翼の恐龍、過去の時代の怪物を選びとった。それが蛇の最大の敵であったからだ。そして、あなたに告げたあの言葉を合い言葉に使った。というのも、先ほどいったように、真の人間にしか復唱できないのだから。こうして人類が勝利をおさめた。ところが、忘却の歳月が過ぎ去ったあと、悪鬼どもはふたたびやってきたのだ――眼の前にないものは忘れるという点において、人はいまだに猿であるから。やつらは神官としてやってきた。奢侈《しゃし》にふけり、そのころには古い宗教や礼拝に対する信仰を失っていた人間のために、新たな、より正しい宗派の導師に身をやつした蛇人間たちが、蛇神崇拝にまつわる奇々怪々な宗教を打ち立てたのだ。やつらの力は強大であり、蛇人間にまつわる古い伝説を口にすれば、いまや死に見舞われるほどだ。人々は新たな形をとった蛇神にふたたび頭《こうべ》を垂れておる。そして盲目の愚か者にほかならぬ人間の大多数は、この力と、人間が悠久のむかしに打ち倒した力とのつながりを見ぬけないのだ。蛇人間は神官として支配することに満足しておる――ところが――」言葉が途切れた。

「どうした、先をつづけよ」カルは、うなじの短い毛がわけもなく逆立つのを感じた。

「ヴァルシアでは、真の人間が歴代の王として治めてきた」とピクト人が声をひそめていった。「ところが、戦で斃れ、蛇として死んだ者がおるのだ——われら島の者が七帝国を侵略したとき、血染めの浜辺で獅子の牙の槍に斃れた男が死んだときのように。どうしたらこんなことがあり得るのだ、カル王よ。この王たちは女から生まれ、人間として生きたのだ！　こういうことだ——真の王が秘密裏に死をとげた——今宵、あなたが死をとげるはずだったように——そして〈蛇〉の神官どもが、だれにも知られず、代わって統治するわけだ」

カルは歯を食いしばって罵声を発した。

「然り、そうにちがいない。周知のとおり、〈蛇〉の神官を眼にして生きながらえた者はおらん。きゃつらは秘密の奥の奥に生きておる」

「七帝国の政は、迷路のように入り組んでおる複雑怪奇なものだ」とブルール。「真の人間は、蛇の諜者がまぎれこんでいるのを知っておるし、〈蛇〉と手を組んだ人間もおる——たとえば、ブラアル男爵カアヌウブだ——それでも、復讐を恐れて、あえて疑惑の仮面をはごうとする者はおらん。だれも仲間を信用できず、真の政治家は、腹の内を割って話しあおうとはせん。たしかなことがわかれば、蛇人間なり陰謀なりを白日のもとにさらすことができたら、そのとき〈蛇〉の力はなかば破られたようなもの。なぜなら、そのとき人は一致団結して、共通の大義を奉じ、裏切り者をあぶりだすからだ。やつらと渡りあうだけのぬけ目なさと勇気をそなえているのは、カ＝ヌーただひとり。そのカ＝ヌーにしても、陰謀の全容に通じているわけではなく、なにが起こるかをわたしに告げるのが精いっぱいだった――つまり、いままでに起きたことだ。ここまでは、そなえができていた。これから先は、幸運とぬけ目なさだけが頼りだ。おそらく、いまここは安全だろう。扉の外にいる蛇人間どもは、真の人間が予想外にやって来る場合にそなえて、持ち場を離れようとはすまい。しかし、明日はなにか仕掛けてくる、それはたしかだ。やつらがどう出るかは、だれにもわからん。さしものカ＝ヌーにも。だが、勝利をおさめるか、ふたりとも命を落とすまで、敵対している暇はないぞ、カル王よ。さあ、ついて来い。もう一体を運んでいった隠し場所まで、この死骸をかついでいく」

身の毛もよだつ荷を背負ったピクト人につづいて、カルは隠し扉をぬけ、薄暗い回廊を進んだ。荒野の静寂に合わせて訓練された彼らの足は、こそりとも音をたてなかった。亡霊のごとく、かすかな光のなかをすべるように進んでいく。この回廊は本当に空っぽなのだろうか、とカルは疑問にとらわれていた。曲がり角にさしかかるたびに、なにか恐ろしい幽霊に鉢合わせそうな気がしてならないのだ。疑惑がよみがえった。このピクト人は自分を待ち伏せに遭わせようとしているのではないか？　彼はブルールから一、二歩さがり、ピクト人の無防備な背中のあたりに剣をかざした。裏切るつもりなら、ブルールのほうが先に死ぬだろう。だが、ピクト人が王の疑惑に気づいたとしても、そぶりは見せなかった。ふたりはひたすら歩きつづけ、やがて久しく使われていない、ほこりまみれの部屋に行き当たった。そこには朽ちかけた綴れ織りが、重たげに垂れさがっていた。ブルールはその何枚かをわきに寄せ、その裏に死骸を隠した。

そして来た道を引きかえそうと向きを変えた。そのとき、ブルールがいきなり立ち止まった。

あまりにも唐突だったので、彼は危うく命を落とすところだった。カルの神経が過敏になっていたからだ。

「回廊を動いているものがいる」と声を殺してピクト人。「カ＝ヌーによれば、このあたりは空っぽのはずなのだが――」

彼は剣をぬき、回廊に忍びこんだ。カルが油断なくあとにつづく。

回廊をすこし行った先に、ぼんやりした奇妙な輝きが現れ、ふたりのほうへ向かってきた。総毛立つ思いをしながら回廊の壁に背中をつけ、ふたりは待った。輝きの正体はわからなかったが、ブルールの息が歯の隙間からもれる音が聞こえ、ブルールに裏切りの心配がないことはわかった。

輝きが溶けあって朦朧《もうろう》とした形になった。なんとなく人間に似た形だが、ぼんやりしていて、とらえどころがない。ちょうど霧のひと筋のように。近づいてくるにつれ、それはしだいにはっきりしてきたが、完全な実体にはならなかった。顔がふたりに向けられた。爛々と光る大きな一対の眼は、百万世紀におよぶ苦しみのすべてを宿しているかに思えた。ぼんやりした、疲れた表情のその顔に威嚇の色はなく、大いなる哀れみだけがあった――その顔は――その顔は――

「全能の神々よ！」カルは息を呑んだ。氷の手が心臓に触れたのだ。「ヴァルシア王エアラール、千年前に死んだ男ではないか！」

ブルールはできるかぎり身を縮こまらせた。細い眼が見開かれ、純粋な恐怖の光を放ち、剣を握った手がブルブル震えている。この妖異の夜にはじめて落ち着きを失ったのだ。カルは無用の長物となった剣を本能的にかまえ、傲然と直立していた。全身が粟立ち、毛が逆立っているが、それでも王のなかの王のまま、生者の力と同じように、まだ知らぬ死者の力に挑戦する覚悟だった。

亡霊はまっすぐやってきたが、ふたりには眼もくれなかった。それがわきを通り過ぎるとき、カルは身を縮めた。極北の雪原から吹く風のような冷えびえとした息吹を感じる。人影はゆっくりと、音もない足どりでまっすぐ進みつづけた。あたかも、あらゆる歳月の鎖が、その朦朧とした足にからみついているかのように。回廊の曲がり角あたりで姿がかき消えた。

「ヴァルカの神よ!」ピクト人がつぶやき、冷たい大粒の汗を額からぬぐった。「あれは人間ではなかった! 幽霊だった!」

「然り!」カルはいぶかしげに首をふった。「あの顔がわからなかったのか? いまのはエアラール。千年前にヴァルシアを治め、玉座の間でむごたらしく殺されているところを見つかった男だ——いまその部屋は〈呪われた部屋〉として知られておる。〈諸王の殿堂〉で彼の彫像を見たことがないのか?」

「そうだった、いまその話を思いだした。おい、カル! あれも蛇の神官たちの恐ろしく汚らわしい力を示すしるしだ——あの王は蛇人間に殺されたから、彼の魂はやつらの奴隷となり、未来永劫、やつらの命令にしたがうのだ! 賢人たちがずっといってきたように、人が蛇人間に殺されれば、その幽霊はやつらの奴隷となるのだから」

カルの巨体に震えが走った。

「ヴァルカの神よ! しかし、なんという運命だ! 聞け」——ブルールの筋骨たくましい腕を鋼鉄のような指で握り――「聞け！　もしわしが、あの汚らわしい怪物どもに致命傷を負わされたら、わしの魂が奴隷にされぬよう、その剣でわしの胸を貫くと誓え」

「誓うとも」獰猛そうな眼を光らせてブルールが答えた。「わたしにも同じことをしてくれ、カル」

ふたりは力強い右手同士を握りあわせ、無言で血の盟約を締結した。

4　仮面

カルは玉座にすわり、こちらに向けられた顔また顔をもの思わしげに見つめていた。ひとりの廷臣が単調な声で滔々としゃべっているが、王はろくに聞いていなかった。そばには首席評議員のチューが控え、カルの命令を待っている。そちらに眼をやるたびに、カルは内心で身震いした。宮廷生活の表面は、潮と潮とのあいだの凪いだ海面さながらである。もの思いに沈む王にとって、昨夜の出来事は夢かと思われるが、それも玉座の肘掛けに眼を落とすまでだった。そこには褐色の筋骨たくましい腕が載っており、手首には龍の腕輪を光らせているのだ。ブルールが玉座のかたわらに立っていた。そしてピクト人が声を殺してささやくたびに、非現実の領域をさまよっていた王の心が連れもどされるのだった。

いや、あれは夢ではなかった、あの妖異きわまる幕間《まくあい》は。謁見の間で玉座にすわり、廷臣、貴婦人、貴族、政治家たちに眼をこらすと、彼らの顔が幻影の産物、物質のまがいものや影としてのみ存在する非現実的なものが見えるようだった。彼らの顔をつねに仮面として見てきたが、これまでは侮蔑の念をこめて眺め、仮面の下には浅薄でつまらない魂、貪欲で、好色で、欺瞞に満ちた魂が見えると思っていた。いまは、もっと不吉な意味、すべすべした仮面の下にひそむ漠然とした恐怖が不気味な底流をなしていた。貴族や評議員と丁重な挨拶を交わしているあいだにも、にこやかな顔が煙のように消えていき、恐ろしい蛇の顎門がぱっくりと開くように思えてならない。眼に映る者たちの何人が、人間にあらざる忌まわしい怪物で、人間の顔というなめらかで催眠術めいた幻影の下で、王の死を企んでいるのだろうか？

ヴァルシア——夢と悪夢の国——色あざやかなカーテンの裏を行ったり来たりしながら、玉座にすわる虚しき王を嘲る亡霊たちの支配する影の王国——そこでは王その人も影なのだ。

そして寄り添う影さながら、ブルールが彼のわきに控え、表情を変えない顔に黒い眼を炯々と光らせていた。本物の男だ、ブルールは！　その野蛮人に向ける親愛の情が、現実のものとなるのをカルは感じた。ブルールが彼に向ける親愛の情も、たんなる政治的必要性の域を超えているのだと感じとれた。

では、人生の現実とはなんだ？　カルは思いをめぐらせた。野心か、権力か、誇りか？　男の友情か、女の愛か——カルがまだ知らないものだ——闘いか、略奪か、なんなのか？　玉座にすわっているのが本当のカルなのか、それともアトランティスの山々をよじ登り、陽の沈む遠い島々を蹂躙《じゅうりん》し、アトランティス海の怒濤逆巻く青海原で高笑いしたのが本当のカルなのか？　人はどうして一生のうちにこれほど多くの異なった人間になれるのだろう？　というのも、カルは多くのカルがいることを知っており、どれが本物のカルだろうと疑問をいだいていたからだ。けっきょく、〈蛇〉の神官たちは、魔法を使って一歩踏みだしただけなのだ。なぜかというに、すべての人間が仮面をかぶっており、男も女も、それぞれが多くの異なる仮面をかぶっているからだ。どの仮面の下にも蛇がひそんでいるのではなかろうか、とカルは思った。

こうして彼は玉座にすわったまま、迷路のように入り組んだもの思いにふけっていた。廷臣たちが去来し、その日の些事がかたづいて、とうとう居眠りしている侍従たちをのぞけば、謁見の間に残るのは王とブルールだけとなった。

カルは疲れをおぼえた。彼もブルールも昨夜は一睡もしておらず、カルのほうはその前夜、庭園でカ＝ヌーにはじめて奇怪なことどもをほのめかされたときから眠っていないのだ。秘密の回廊から書斎にもどったあと、昨夜はそれ以上なにごとも起きなかった。しかし、ふたりとも眠らなかったし、眠ろうとも思わなかった。狼なみの信じがたい活力をそなえたカルは、野蛮な暮らしをしていた時代、何日も眠らずに過ごしたことがある。しかし、いまは絶え間ない思考と、神経をさいなむ前夜の怪異のせいでピリピリしていた。彼には眠りが必要だが、眠りはその心からもっとも遠いものだった。

眠りのことを考えたとしても、眠る気にはなかっただろう。

彼を動揺させたもうひとつのことは、書斎の衛士が交替するのかどうか、あるいはいつ交替するのかと、彼とブルールが眼を皿のようにして見張っていたにもかかわらず、知らぬ間に交替していたという事実だった。というのも、翌朝警備についていた者たちは、ブルールの魔法の言葉を復唱できたものの、尋常でないことはなにひとつ憶えていなかったからだ。いつもどおり、ひと晩じゅう警備についていたと考えており、カルは異を唱えなかった。この者たちは真の人間だと信じていたが、ブルールに秘密厳守を進言され、カルもまたそれが最善だと思ったのだ。

と、ブルールが玉座に身をかがめ、ものうげな侍従にさえ聞かれぬよう声をひそめて、

「まもなく襲ってくるだろう、カル。しばらく前、カ＝ヌーから秘密の合図が来た。もちろん、神官たちはわれらに陰謀を知られたと承知しておる。しかし、どこまで知られたかは知らないでおるのだ。どんな行動にも出られるそなえをしておかねばならん。いまカ＝ヌーとピクト人の族長たちは、この件がなんらかの決着を見るまで、声の届く距離にとどまるはずだ。なあ、カルよ、会戦となれば、ヴァルシアの街路と城は赤く染まるだろうよ！」

カルは凄絶な笑みを浮かべた。どんな行動だろうと、諸手をあげて歓迎だ。幻影と魔術の迷宮をこうしてさまようことは、彼の気性にはほとほとうんざりすることなのだ。彼は跳躍し、剣を打ちあわせることを、喜びに満ちた闘いの自由に恋い焦がれた。

そのとき、謁見の間にふたたびチューをはじめとする評議員たちがやってきた。

「国王陛下、評議会の刻限が迫っております。陛下を議場まで案内する用意はととのいました」

カルは立ちあがり、評議員たちが片膝を折るなか、彼のためにあけられた通路を通りぬけた。その背後で評議員たちが立ちあがり、あとにつづく。ピクト人が傲然と王について歩きだしたとき、彼らは眉毛を吊りあげたが、異を唱える者はいなかった。押し入ってきた蛮族の傲岸さで、ブルールの挑戦的な視線が評議員たちのすべらかな顔を撫でていった。

一団は廊下をつぎつぎと通りぬけ、議場に行き着いた。いつもどおり扉が閉じられ、評議員たちは序列にしたがって並び、その前にしつらえられた演壇に王が立った。銅像のようにブルールが、カルの背後に控える位置を占めた。

カルはすばやく部屋を見まわした。ここに裏切りの機会がないのはたしかだ。そこにいる十七人の評議員は、みな気心の知れた仲。彼が玉座に昇ったとき、ひとり残らず彼の大義を支持したのである。

「ヴァルシアの者たちよ――」彼はしきたりどおりにいいはじめた。とそのとき、とまどい顔で言葉を切った。評議員たちがいっせいに立ちあがり、彼のほうへ向かってきていたのだ。彼らの顔つきに敵意はないが、その行動は議場には奇異なものだった。先頭の男が王に迫ったとき、ブルールが飛びだして、豹のようにうずくまった。

「カ・ナマ・カア・ラジェラマ！」彼の声が部屋の不気味な静寂を切り裂く。先頭の評議員があとじさると、ローブにさっと手をさしこんだ。と、放たれた発条《ばね》のようにブルールが動き、男は彼の剣の切っ先にまともに飛びこんだ――頭から倒れこんで、ぴくりとも動かなくなる。いっぽうその顔が消えていき、巨大な蛇の頭となった。

「殺せ、カル！」ピクト人がしゃがれ声でいった。「こいつらはみんな蛇人間だ！」

あとは緋色の迷路だった。全員がいっせいに突進してくるなか、晴れていく霧のように見慣れた顔が消えていき、代わりに忌まわしい爬虫類の、ぱっくりと口を開いた顔が現れた。カルの頭はくらくらしたが、巨体はふらつかなかった。

彼の剣の歌声が部屋にあふれ、押し寄せてくる洪水は赤い波となって砕けた。しかし、彼らはふたたび寄せてきた。王を引きずり倒すためなら、喜んで命を投げだすつもりと見える。おぞましい顎門が、彼に向かって大きく開き、恐ろしい眼がまばたきせずに彼の眼をにらみつけた。身の毛もよだつ悪臭が空気にしみ渡る――カルが南の密林で知っていた蛇のにおいだ。長剣と短剣が彼を狙ってくりだされ、傷を負わせたのをカルはぼんやりと意識した。しかし、カルは本来の自分にもどっていた。これほど薄気味悪い敵にお目にかかったことはないが、それはどうでもいい。こやつらは生きており、こぼれる血が血管には流れていて、彼の大剣が脳天を断ち割るか、胴体を貫くかすれば命を落とすのだ。斬って、突いて、突いて、剣をふりまわす。それでも、かたわらにうずくまり、剣を受け流したり、突いたりしている男がいなかったら、カルはそこで死んでいただろう。というのも、王が闘いにわれを忘れているのは明白であり、死をもたらすためなら死ぬのも厭わぬ、恐るべきアトランティス人の流儀で闘っていたからだ。突いてくる剣や斬りかかってくる剣を避けようともせず、まっすぐに立って、ひたすら突き進む。その狂乱した頭に殺戮以外の考えはなかった。カルが原始的な憤怒のあまり戦闘術を忘れるなど、めったにあることではない。だが、いま彼の魂のなかで鎖がちぎれてしまい、殺戮への欲望という赤い波が心にあふれていた。彼は一撃ごとに敵をひとり斃した。だが、敵は周囲に押し寄せてきて、カルのかたわらにうずくまっているブルールが、何度も必殺の突きをそらした。彼は冷徹な技で剣を受け流したり、かわしたりしながら――遠くから斬りおろし、突いて殺すカルとはちがって――近くから斬りおろし、突きあげて殺すのだった。

カルは笑い声をあげた。狂気の哄笑だった。身の毛もよだつ顔が、緋色の炎となって周囲で渦巻いた。鋼鉄が腕に食いこむのを感じ、剣を落とす前に弧を描かせて、敵を胸骨まで斬り裂いた。と思うと、霧が晴れて、王は自分とブルールがふたりだけで、床の上にぴくりともせずに横たわる、ぶざまに手足を広げた深紅の死骸を見おろしているのに気づいた。

「ヴァルカの神よ！　なんという殺戮だ！」とブルールが、眼から血をふり払いながらいった。「カル、この者らが鋼の使い方をわきまえた戦士だったら、ここがわれらの死に場所となっていた。この蛇の神官どもは、剣技のなんたるかを知らず、これまでに斃したどれよりもあっさりと死んでいった。それでもあと二、三人いれば、結末はちがっていただろう」

カルはうなずいた。荒々しい狂戦士の熱情は過ぎ去り、残ったのは精根つき果て、頭がぼんやりする感じだった。胸や肩、腕や脚の傷口から血が滴っている。ブルールは、自分も二十箇所あまりの真新しい傷口から血を流しているのだが、王に気遣わしげな視線を走らせた。

「カル王よ、その傷を急いで女たちに手当てさせてくれ」

カルはたくましい腕を酔漢のようにふりまわして、彼を押しのけた。

「だめだ、決着を見届けないうちはやめぬぞ。とはいえ、おぬしは行って、傷を見てもらえ——命令だ」

ピクト人はぞっとするような笑い声をあげた。

「あなたの傷にくらべたら、わたしの傷など、国王陛下——」といいかけたところで、言葉を切る。あることに不意に思いあたったのだ。「ヴァルカの神にかけて、カル、ここは議場ではないぞ！」

カルが周囲を見まわすと、いきなりべつの霧が晴れたかに思えた。

「たしかに、ここは千年前にエアラールが命を落とした部屋だ――それ以来使われておらず、〈呪われた間〉という名前がついておる」

「ならば、神々にかけて、けっきょく欺かれたということか！」ブルールが憤怒のあまり声をはりあげ、足もとの屍を蹴りつけた。「われらは愚か者のように待ち伏せのなかへ歩かされたのだ！魔法ですべての外見を変え――」

「ならば、さらなる悪魔の所行が進んでおるのだ」とカル。「ヴァルシアの評議会に真の人間がいるならば、いまは本物の議場にいるはずだからな。さっさと来い」

見るも忌まわしい番人たちを部屋に残して、ふたりは人けがないように思える廊下を急ぎ足でつぎつぎとぬけ、本物の議場に行き着いた。そのときカルがぶるっと身震いして足を止めた。議場からしゃべっている声が聞こえてくる。それは彼の声なのだ！

震える手で綴れ織りを分け、議場をのぞきこむ。評議員たちが着席していた。つい先ほど彼とブルールが殺した男たちの生き写しである。そして演壇にはヴァルシア王カルが立っていた。

心がたじろいで、彼はあとじさった。

「狂気の沙汰だ！」と小声でいう。「わしはカルか？　ここに立っておるのか、それとも、あそこにいるカルが正真正銘のカルで、わしは影に、思考の断片にすぎんのか？」

ブルールが彼の肩をつかみ、激しく揺さぶって、正気に返らせた。

「ヴァルカの神の名において、たわけたことをいうな！　あれだけのものを見たあとなら、なにを驚くことがあろう。あの者らは真の人間で、あなたに化けた蛇人間に騙されているだとわからんのか？　ほかのやつらが、彼らに化けたのと同じことだ。いまごろは、あなたが死んでいて、あそこの怪物が代わりに統治しているはずだったのだ。あなたに頭を垂れる者たちには知られずにな。飛びだして、いますぐ殺せ。さもなければ、われらはおしまいだ。真の人間である〈赤い近衛兵〉が左右にぎっしり並んでいる。あやつのもとへたどり着き、殺せるのはあなただけだ」

カルは押し寄せてくるめまいをふり払い、むかしながらの反抗の姿勢で頭をふりたてた。泳ぎに長けた者が、海に飛びこむ前にするように長い深呼吸をする。つぎの瞬間、綴れ織りをはねのけ、獅子が跳ねるように演壇までひとっ飛びした。ブルールのいったとおりだった。〈赤い近衛兵〉の面々が並んでいたのだ。襲いかかる豹なみにすばやく動くよう訓練された衛士たちだ。カル以外の者だったら、王を騙る者のもとへたどり着く前に死んでいただろう。しかし、演壇上の男とうりふたつのカルを見て、彼らはその場を動けなかった。一瞬心が麻痺したのだ。その一瞬があればよかった。演壇上の男は剣に手をのばしたが、柄を握ると同時に、カルの剣が肩のうしろに突き立って、王だと思われていた化け物は演壇から前のめりに倒れ、声もださすに床の上に横たわった。

「待て！」カルがかかげた血まみれの手と王者然とした声が、突進しかけていた者たちを押しとどめた。彼らが愕然と立ちつくすあいだ、カルは彼らの眼前に横たわるものを指さした――その顔が消えてゆき、蛇のそれに変わった。衛士たちが飛びすさる。と、ひとつの扉からブルールが、べつの扉からカ＝ヌーがはいってきた。

　ふたりは血に染まった王の手をつかみ、カ＝ヌーが声をはりあげた。

「ヴァルシアの諸君、ご自分の眼で見られたとおりだ。こちらが真のカル、ヴァルシアがいただいたうちで最強の王であらせられる。〈蛇〉の力は打ち破られ、汝らはみな真の人間だ。カル王よ、ご用命はいかに？」

「その腐肉をかつぎあげろ」とカル。数名の衛士が化け物をかついだ。

「では、ついて来い」王はそういうと、〈呪われた間〉へと向かった。ブルールが気遣わしげな顔で、腕を貸そうと申し出たが、カルはその手をふり払った。

　出血している王にとって、その距離は無限かと思われたが、とうとう扉の前に立ち、恐れおののく評議員たちのわめき声を耳にして、気味の悪い高笑いを放った。

　彼の命令で衛士たちが、かついできた屍をほかの死骸のかたわらへ放りだす。カルは全員に部屋から出るよう身ぶりで伝え、最後に出ると、扉を閉めた。

　めまいの波が襲ってきて、彼はふらついた。青ざめた、もの問いたげな顔がいくつも彼に向けられ、渦巻き、おぼろな霧のなかで溶けあった。傷口から流れる血が手足を伝い落ちるのを感じ、なにをすればいいのかがわかった。手早くやらなければならない。さもなければ、できずに終わるだろう。

　彼は剣をぬいた。

「ブルール、いるか？」

「いるぞ！」ブルールの顔が霧を通して彼を見つめた。肩のそばにあったが、ブルールの声ははるか彼方、久遠をへだてて聞こえてきた。

「誓いを憶えておろうな、ブルール。さあ、その者らをさがらせろ」

彼は左腕で場所をあけさせると同時に、剣をふりかぶった。と、つぎの瞬間、なけなしの力をふり絞って、大剣をわき柱に突き通し、柄まで押しこむと、その部屋を永遠に封印した。

脚を大きく踏ん張り、酔漢のようにふらふらしながら、恐れおののく評議員たちに向きなおり、

「この部屋は二重に呪われたことになる。あの腐った死骸は、蛇の力が滅びゆくしるしとして、永久にあのままにしておこう。ここでわしは誓う、陸から陸へ、海から海へと蛇人間たちを狩りたて、ひとり残らず血祭りにあげられ、善が勝利し、地獄の力が打ち破られるまで休ませはしない、と。これを誓う——わし——ヴァルシア——の王——カルは」

膝が折れると同時に、いくつもの顔が揺らいで渦巻いた。評議員たちが飛びだしたが、カルのもとにたどり着く暇もなく、王は床へ崩れ落ち、仰向けに横たわって動かなくなった。

評議員たちが倒れた王のまわりに殺到し、口々にわめきたて、怒鳴り散らした。カ＝ヌーが激しくののしりながら、握りこぶしで彼らをさがらせた。

「さがれ、愚か者ども！　まだ残っているわずかな命まで消そうというのか？　どうだ、ブルール、王は死んだのか、助かりそうか？」——と、仰向けのカルにかがみこんでいる戦士に向かっていう。

「死んだのかですと？」ブルールがいらだたしげにせせら笑った。「これほどの男は、殺したっ

て死にはしません。睡眠不足と失血で弱っているだけ——ヴァルカの神にかけて、二十もの深手を負っていますが、致命傷はひとつもありません。それでも、そのおしゃべりの愚か者どもに、いますぐ女官たちを連れてこさせなさい」

ブルールの眼が、勇猛で誇り高い光を放った。

「ヴァルカの神よ、カ＝ヌー、ここにいるのは、この退廃した時代に存在するとは知らなかった男です。二、三日もすれば鞍にまたがっているでしょう。そうなれば、世界じゅうの蛇人間はヴァルシアのカルに用心したほうがいい。ヴァルカの神よ！　しかし、世にも稀な狩りになるでしょうな！　ああ、このような王がヴァルシアの玉座についておれば、長きにわたる世界の繁栄が眼に見えますぞ」

訳者あとがき——ハワード紹介の新時代に向けて

ロバート・E・ハワードは一九〇六年に生まれ、三六年に亡くなった。その短い生涯の最後の十二年間に三百篇以上の小説を書いた。その執筆分野は広く、幻想怪奇、ボクシング、秘境、歴史、ウェスタン、探偵、〝スパイシー〟と呼ばれるお色気もの、SF、果ては告白実話と称される読み物にまでおよんだ、しかし、その半数以上は未発表に終わり、生前は一冊の単行本も出ることがなかった。

そういう作家の名が現在まで語り継がれ、その作品が読み継がれているのには理由がある。もちろん、ヒロイック・ファンタシー（別名〈剣と魔法〉）というサブジャンルを創始し、蛮人コナンという稀代のキャラクターを生みだしたからだが、それだけではない。《コナン》シリーズをきっかけにハワードの作品に触れた者たちが、ほかの作品に手をのばし、そこに宿っている圧倒的な力に感化されたからだ。こうして、ハワード・リヴァイヴァルを承けて、わが国では六九年に本格

本国で一九六六年にはじまったハワード・リヴァイヴァルを承けて、わが国では六九年に本格的紹介がはじまり、《コナン》シリーズや幻想怪奇小説、さらにはSF長篇『魔境惑星アルムリック』（雑誌発表一九三九／邦訳一九七二／ハヤカワ文庫SF）の訳出がつづいて、わが国独自の傑作集『スカル・フェイス』（一九七七／国書刊行会）と『剣と魔法の物語』（一九八六／ソノラ

マ文庫海外シリーズ)も上梓されるにいたった。だが、《クトゥルー神話》系の作品を集成した『黒の碑』(原著一九八七/邦訳一九九一/創元推理文庫)の訳出を最後にハワード作品の刊行は絶え、その名はもっぱら《クトゥルー神話》との関連で語られるようになった。そして二十年以上前の知識が流布しつづけることとなったのだ。

しかし、本国ではハワード研究がめざましい進展を見せていた。ラスティ・バーク、パトリス・ルネ、マーク・フィンといった新進気鋭の学者たちが、実証学的な見地から過去の偏見を正し、新たなハワード像を構築していたのである。

筆者は十四歳という多感な時期にハワード作品の洗礼を浴び、その魅力にとり憑かれたひとりだ。長年にわたってハワード作品や、その周辺情報を追いつづけていたので、ハワードを《クトゥルー神話》関連の作家として片づける風潮には歯がゆい思いをしていた。

そんな現状に一石を投ずるチャンスがめぐってきたのが二〇〇三年。おりからのファンタシー・ブームが追い風となって、『不死鳥の剣――剣と魔法の物語傑作選』(河出文庫)というアンソロジーを編むことができたのだ。これはヒロイック・ファンタシーの主要作家八名の作品を年代順に並べ、その発展を跡づけられるようにしたもの。《コナン》シリーズ第一作である表題作を新訳し、解説において同シリーズの意義を強調しておいた。

これが呼び水になったのか、ハワード生誕百周年に当たる二〇〇七年、創元推理文庫から出る《新訂版コナン全集》の編纂をまかされることとなった。このときハワードの原典だけを集めるという編集方針を立て、全十巻の予定ながら七巻で中絶していた同社の旧《コナン》シリーズを再編集し、未刊行部分を補うことにした。各巻には最新の知見をたっぷりと盛りこんだ解説を付し、過去の誤ったハワード像を修正することに意を注いだ。

この全集は二〇一三年に完結したが、こうなると欲が出てくる。《コナン》シリーズでも、《クトゥルー神話》関連でもないハワード作品を紹介したいという欲が。

その願いは、意外に早く叶えられることになった。ホラー専門誌〈ナイトランド〉を発行していた出版社トライデント・ハウスから、同じ年にハワードの怪奇小説傑作集を編まないかという打診があったのだ。同誌はハワードの怪奇小説を重視しており、すでに拙訳で三篇を掲載していたので、自然な流れではあった。筆者にとっては渡りに船のような話であり、ふたつ返事で引き受けた。

ところが、同社の活動が休止となり、この企画は頓挫してしまう。しかし、捨てる神あれば拾う神あり。今年になって版元をアトリエサードに変え、この企画が復活することになったのだ。「不死鳥のごとく」という紋切り型を使いたくなるではないか。

そういうわけで、ここにお届けするのが、その怪奇小説傑作集だ。すでに記したように、ハワードの執筆分野は多岐にわたっており、これらをできるだけ広くカヴァーするように心がけた。さいわいにもハワードは、怪奇小説と他のジャンルの小説を混ぜあわせた作品をたくさん書いているので、そうした複合《クロス》ジャンル的な作品を柱とし、ハワードの代名詞であるヒロイック・ファンタシーや、異色のSFなどを加えた。

その目論見が成功したかどうかは読者の判断にゆだねるとして、収録作の解題に移ろう。

「鳩は地獄から来る」"Pigeons from Hell"

初出〈ウィアード・テールズ〉一九三八年五月号。

ヴードゥーの魔術を題材にした南部《サザン》ゴシックの傑作。少年時代のハワードが、黒人のメイドから聞いた話が元になっているという。ホラー界の巨匠スティーヴン・キングが、「二十世紀最高のホラー・ストーリーのひとつ」と述べたように、ハワードの怪奇小説の最高峰という評価が定まっている。ボリス・カーロフがホストを務めたオムニバス形式のTVドラマ・シリーズ《スリラー》の一エピソードとして、一九六一年に映像化されたことでも知られる。

名作だけあって、既訳が二種類ある。アンソロジー『暗黒の祭祀　怪奇幻想の文学II』(一九六九／新人物往来社)に収録された町田美奈子訳「鳩は地獄からくる」と、前述の作品集『黒の碑』に収録された夏来健次訳「鳩は地獄から来る」だ。どちらも版を重ねており、ハワードの邦訳のなかでは読者の目に触れる機会が多かったと思われるが、ハワード怪奇小説傑作集にこの作品を欠かすわけにはいかず、あえて新訳で収録に踏みきった。邦題は「来る」を漢字表記にした夏来訳を踏襲した。

「トム・モリノーの霊魂」"The Spirit of Tom Molyneaux"

初出〈ゴースト・ストーリーズ〉一九二九年四月号。本邦初訳。

ハワードは怪奇小説専門誌〈ウィアード・テールズ〉をホームグラウンドとしたが、原稿料の安さに耐えかねて、しきりに他ジャンルへの進出を図っていた。面白いのは、そのさい小手調べとして、怪奇小説とのクロス・ジャンル的な作品に手を染めたことだ。つまり、ウェスタン仕立ての怪奇小説や、ミステリ仕立ての怪奇小説などを書いたわけだ。ボクシング小説仕立ての幽霊譚である本篇は、その嚆矢に当たり、ハワードの小説が〈ウィアード・テールズ〉以外の商業誌にはじめて掲載された例となった。

掲載誌はいわゆる告白実話雑誌であり、三人称の叙述を一人称の語りに変え、実話という体裁をととのえるようハワードに求めた。ハワードはこれに応じ、登場人物のひとりが聞いた話に書きあらためた。したがって、初出時には「ジョン・タヴェレル談」と記されており、題名も"The Apparition in the Prize Ring"に変えられていた。

本篇でボクシング小説を書くコツを会得したハワードは、この後、船乗りスティーヴ・コスティガンを主人公にしたユーモア・ボクシング小説でヒットを飛ばすことになる。

「失われた者たちの谷」 "The Valley of the Lost"

初出〈スタートリング・ミステリ・ストーリーズ〉一九六七年春季号。

ウェスタン仕立てのコズミック・ホラー。ハワードの生前は未発表に終わった。

初出時のタイトルは"Secret of Lost Valley"といったが、これには面白い裏話がある。

ハワードの遺稿を整理し、つぎつぎと世に出していた版権代理人グレン・ロードが、あるとき秘境冒険小説の草稿を発見し、定冠詞のない"Valley of the Lost"の題名で〈マガジン・オブ・ホラー〉一九六六年夏季号に発表した。そのむかし雑誌の予告に題名だけ出た作品の現物だと思ったからだ。ところが、のちに本物の"The Valley of the Lost"の草稿が発見され、前記の作品は"King of the Forgotten People"というべつの作品だと判明した。困ったロードは、苦肉の策で本物のほうを改題したのだった。とはいえ、現在では両方とも本来の題名にもどっている。書誌学者泣かせというしかない。

〈ナイトランド〉第二号（二〇一二）に掲載された拙訳を改稿した。

「黒い海岸の住民」"People of the Black Coast"

初出〈スペース・サイエンス・フィクション〉一九六九年九—十月号。本邦初訳。

ハワードには珍しいＳＦ。生前は未発表に終わった。

終生のテーマである「文明と野性の対立」が、ひとひねりした形であつかわれている。主人公の恋人には、一九二八年に南太平洋上で消息を絶った女性飛行家アメリア・イアハートの面影がある。

文中に出てくるテヴィス・クライド・スミスは、ハワードの親友で文学仲間。歴史冒険小説"Red Blades of Black Cathay"(1931) などを共作している。

「墓所の怪事件」"The Dwellers Under the Tomb"

初出 *Lost Fantasies 4* (1976)。

探偵小説仕立ての怪奇小説。ハワードの生前は未発表に終わった。

ミステリはパルプ雑誌の世界において重要なマーケットであり、ハワードも食いこもうとしたが、推理という要素が肌には合わなかったらしく、のちに「読みとおすこともできないのに、ましてや書くことなど」と吐き捨てている。とはいえ、怪奇小説とのクロス・ジャンル作品には見どころのある作品が多い。アーサー・マッケンの影響を色濃く感じさせる本篇は、その好例といえるだろう。

〈ナイトランド〉第四号（二〇一二）に掲載された拙訳を改稿した。

「暗黒の男」"The Dark Man"
初出〈ウィアード・テールズ〉一九三一年十二月号。本邦初訳。
十一世紀のアイルランド人戦士、ターロウ・オブライエンを主人公にしたシリーズの第一作。ピクト人の戦士王を主人公とするヒロイック・ファンタシー《ブラン・マク・モーン》シリーズとのクロスオーヴァーになっており、〈剣と魔法〉仕立ての歴史冒険小説と呼べる。ちなみに、三世紀の終わりから四世紀にかけての時代に生きたブラン・マク・モーンが、超古代王国ヴァルシアのカル王と共演する「闇の帝王」（一九三〇）という作品もある。
続篇"The Gods of Bal-Sagoth"では、本篇で生き残ったサクソン人戦士アセルステインとターロウが行動をともにする。ところが、〈ウィアード・テールズ〉には続篇のほうが先に掲載されるという椿事が起きたのだった。

「バーバラ・アレンへの愛ゆえに」"For the Love of Barbara Allen"

初出〈ザ・マガジン・オブ・ファンタシー&サイエンス・フィクション〉一九六六年八月号。本邦初訳。

ハワードのオブセッションだった「前世の記憶」、あるいは「輪廻転生」をテーマにした作品。生前は未発表に終わった。元々は無題だったが、遺稿を整理したグレン・ロードが、文中で歌われる古謡《バラッド》にちなんで題名をつけた。

文中に出てくるポスト・オークとは、柵の柱《ポスト》に用いるのに都合のいい矮小なオークのこと。ハワードが住んでいたテキサス中央部は、この木が多いのでポスト・オーク地帯と呼ばれる。

「影の王国」"The Shadow Kingdom"

初出〈ウィアード・テールズ〉一九二九年八月号

超古代王国ヴァルシアの蛮人王を主人公とする《キング・カル》シリーズ第一作。執筆は一九二七年九月であり、ハワードのヒロイック・ファンタシー第一号でもあったことが判明している。早くから歴史冒険小説と怪奇小説を融合しようとしてきたハワードの試みは、ここに結実したのである。

とはいえ、本篇と掌編「ツザン・トゥーンの鏡」(一九二九)以外のシリーズ作品は売れ口がなく、その失敗から学ぶ形でハワードは、不滅の《コナン》シリーズを生みだしたのだった。

H・P・ラヴクラフトが、力作「闇にさまようもの」(一九三五)のなかで本篇に登場する蛇人間に言及したことから、《クトゥルー神話》に組みこまれた。

雑誌形式のアンソロジー『ウィアード・テールズ2』(一九八四/国書刊行会)に三崎沖元訳で収録されたが、本書のために新訳を起こした。

以上八篇。ハワードの多彩な作品世界を概観できるようにしたつもりだ。とはいえ、その一端に触れたにすぎないも事実。今後もハワード作品の紹介がつづけられることを願ってやまない。

二〇一五年七月

ロバート・E・ハワード Robert E. Howard
1906年、米国テキサス州に生まれる。幼少時より冒険小説作家を志望し、25年に〈ウィアード・テールズ〉誌にデビュー。以後、怪奇、幻想、冒険を中心に幅広いジャンルの小説を手がける。32年の「不死鳥の剣」に登場させた蛮人コナンは、のちの作家たちに多大な影響を与えた。H・P・ラヴクラフトを囲む作家グループとも文通で交流した。1936年死去。邦訳書に《新訂版コナン全集》全6巻、『黒の碑』(以上、東京創元社) などがある。

中村 融 (なかむら とおる)
1960年、愛知県に生まれる。英米文学翻訳家、SF研究者、アンソロジスト。訳書にウェルズ『宇宙戦争』、カーター『ファンタジーの歴史 空想世界』、ハワード《新訂版コナン全集》(以上、東京創元社)、ブラッドベリ『塵よりよみがえり』(河出書房新社) ほか多数。アンソロジーに《ザ・ベスト・オブ・アーサー・C・クラーク》、『ワイオミング生まれの宇宙飛行士』(以上、早川書房)、『時の娘』、『街角の書店』(以上、東京創元社) などがある。

ナイトランド叢書

失われた者たちの谷

ハワード怪奇傑作集

著　者　ロバート・E・ハワード

編・訳　中村融

発行日　2015年8月24日

発行人　鈴木孝

発　行　有限会社アトリエサード
東京都新宿区高田馬場1-21-24-301 〒169-0075
TEL.03-5272-5037 FAX.03-5272-5038
http://www.a-third.com/ th@a-third.com
振替口座／00160-8-728019

発　売　株式会社書苑新社

印　刷　モリモト印刷株式会社

定　価　本体2300円＋税

ISBN978-4-88375-209-6 C0097 ¥2300E

ナイトランド叢書

ウィリアム・ホープ・ホジスン
夏来健次 訳

「幽霊海賊」

四六判・カヴァー装・240頁・税別2200円

航海のあいだ、絶え間なくつきまとう幻の船影。
夜の甲板で乗員を襲う見えない怪異。
底知れぬ海の恐怖を描く怪奇小説、本邦初訳!

★2015年9月刊行予定 **ブラム・ストーカー 森沢くみ子訳「七つ星の宝石」**

ナイトランド・クォータリー

海外作品の翻訳や、国内作家の書き下ろし短編など満載の
ホラー&ダーク・ファンタジー専門誌(季刊)

vol.01 吸血鬼変奏曲
A5判・並装・136頁・税別1700円

新創刊準備号「幻獣」
A5判・並装・96頁・税別1389円

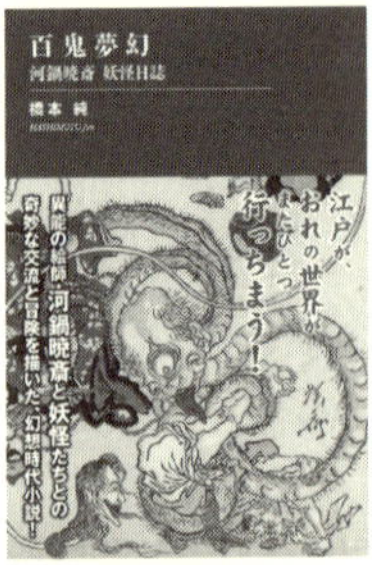

TH Literature Series

橋本純

「百鬼夢幻~河鍋暁斎 妖怪日誌」

四六判・カヴァー装・256頁・税別2000円

江戸が、おれの世界が、またひとつ行っちまう!——
異能の絵師・河鍋暁斎と妖怪たちとの
奇妙な交流と冒険を描いた、幻想時代小説!

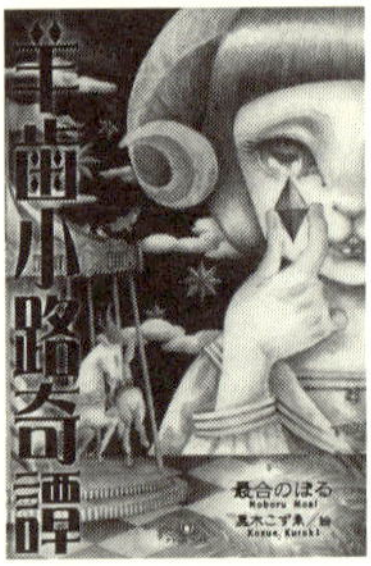

TH Literature Series

最合のぼる(著)+黒木こずゑ(絵)

「羊歯小路奇譚」

四六判・カヴァー装・200頁・税別2200円

不思議議な小路にある怪しい店。
そこに迷い込んだ者たちに振りかかる奇妙な出来事…。
絵と写真に彩られた暗黒ビジュアル童話!

詳細・通販は、アトリエサード http://www.a-third.com/